Johanna Lindsey

Así habla el Corazón

Título original: *So speaks the hearth*

Traducción: Claudia Adan

1.ª reimpresión: julio 1998

© 1983 by Johanna Lindsey
© 1984 by Ediciones B Argentina, S.A.,
    para el sello de Javier Vergara Editor
    Paseo Colón 221, 6º - Buenos Aires (Argentina)

Printed in Spain
ISBN: 84-7417-132-6
Depósito legal: B. 33.545-1998

Impreso por LIBERDÚPLEX, S.L.
Constitució, 19 - 08014 Barcelona

Johanna Lindsey

Así habla el Corazón

GRUPO ZETA

arcelona • Bogotá • Buenos Aires • Caracas • Madrid • México D.F. • Montevideo • Quito • Santiago de Chile

1

Francia, 972 d.de J.C.

Brigitte de Louroux suspiró, sin apartar sus claros ojos azules del ganso cebado que yacía frente a ella sobre la mesa de trabajo. Con el ceño fruncido, concentrada, la joven continuó desplumando el animal, tal como le habían enseñado recientemente. Era ésta una tarea nueva para esa chica de diecisiete años, pero sólo una de las muchas a las que, con lentitud, ya comenzaba a habituarse. Fatigada, la muchacha se apartó del rostro un mechón de su larga cabellera rubia.

La sangre del ganso sacrificado salpicó el delantal y la parte inferior de la túnica de lana parda, que le asomaba por abajo. Todos los finos vestidos de Brigitte se hallaban estropeados por las inmundas tareas que ahora le eran impuestas. Sin embargo, esa fatigosa labor había sido elegida por ella, se recordó la joven a sí misma: su propia y obstinada elección.

Al otro lado de la mesa se encontraba Eudora, cuya tarea Brigitte se hallaba ejecutando. Los ojos pardos de Eudora miraron compasivos a su ama, hasta que ésta levantó la mirada y sonrió con expresión protectora.

—¡No es justo!— siseó la criada, y sus ojos sepusieron súbitamente redondos por la furia.- Yo, que he servido en la casa de su padre durante toda mi vida, y muy feliz de hacerlo, debo permanecer ociosa mientras vos trabajáis.

Brigitte bajó la mirada y sus ojos azules se humedecieron.

—Es mejor esto que rendirme a los planes que Druoda ha urdido para mí —murmuró la niña.

—Esa dama es muy cruel.

—Me siento inclinada a asentir —dijo Brigitte con voz suave.—Temo que no le agrado a la tía de mi hermano.

—¡Es una arpía! —exclamó Eudora con vehemencia.

La madre de Eudora, Althea, atravesó la cocina, agitando una enorme cuchara.

—Eres demasiado benévola, Eudora. Druoda nos obliga a llamarle lady, pero no es sino una vaca perezosa. Cada día que pasa, se vuelve más obesa, mientras que yo no he hecho más que perder peso desde que llegó. Me ha dicho que me cortará los dedos si pruebo el alimento mientras cocino, pero, me pregunto, ¿qué cocinero puede cocinar sin catar su comida? Debo probar lo que cocino, sin embargo, ella me lo prohíbe. ¿Qué puedo hacer?

Eudora sonrió con una mueca.

—Puedes echarle excrementos de pollo en su comida y rogar que ella no lo descubra, eso puedes hacer.

Brigitte rió.

—Tú no te atreverías, Althea. Druoda te pegaría, o incluso, llegaría quizás a despedirte. Hasta podría matarte.

—Sin duda, estáis en lo cierto, milady. —Althea soltó una breve risita, y todo su enorme cuerpo se sacudió.— Pero ha sido agradable imaginarlo, saborearlo como si se tratara de una deliciosa torta.

Eudora volvió a ponerse seria con rapidez.

—Todo ha sido terrible para nosotros desde que Druoda comenzó a mandar aquí. Es una dama muy cruel, y ese esposo cobarde que tiene no hace nada por detenerla. Lady Brigitte no merece ser tratada como la sirvienta

8

más humilde de la mansión. —Su furia se intensificó —. Ella es la hija de la casa y su hermanastro debería haber asegurado el porvenir de la muchacha después de la muerte de su padre. Ahora que él...

Eudora se detuvo bruscamente y bajó la cabeza avergonzada, pero Brigitte sonrió.

—Está bien, Eudora. Quintin está muerto y soy consciente de ello.

—Sólo quise decir que él debería haber hecho ciertos arreglos con su señor. No es justo que vos debáis someterte a la voluntad de una mujer como Druoda. Ella y su esposo vinieron aquí suplicando la clemencia de lord Quintin tan pronto como murió el barón. El muchacho no debería haberles admitido entonces. Ahora ya es demasiado tarde. Ambos parecen creer que este feudo les pertenece, y nó a vos. Vuestro hermano fue un gran hombre, pero en este caso...

Brigitte silenció a la otra joven con una mirada severa, y sus claros ojos azules brillaron con ferocidad.

—Eres injusta con Quintin, Eudora. Mi hermanastro no podía saber que Druoda me mantendría alejada del conde Arnulf. Pero el conde es nuestro señor y, desde ahora, mi legítimo tutor, no importa lo que Druoda diga, él mismo se ocupará de establecer mi condición. Sólo debo llegar hasta él.

—¿Y cómo lograréis llegar al conde si Druoda no os permite abandonar la mansión? —preguntó Eudora acaloradamente.

—Encontraré una forma. —La voz de Brigitte no parecía convincente.

—Si tan sólo tuvierais familia en alguna parte.—Althea suspiró, sacudiendo la cabeza.

—No tengo a nadie. Tú deberías saberlo, Althea, puesto que te encontrabas aquí cuando mi padre se convirtió en el señor de Lourox. El contaba con pocos parientes, y los últimos perecieron en la campaña del rey para recuperar Lotharingia. Por parte de mi madre no había nadie, dado que ella se encontraba bajo la tutela del conde Arnulf cuando se casó con el barón.

—Milady, Druoda os está forzando a trabajar como si fueras una mera sierva. Pronto comenzará a golpearos también —afirmó Eudora con tono serio—. Si conoces la forma de llegar hasta el conde Arnulf, entonces, te sugiero que lo hagas de inmediato. ¿No podríais enviar a un mensajero?

Brigitte dejó escapar un profundo suspiro.

—¿Y a quién, Eudora? Los sirvientes harían con agrado lo que yo les pidiera, pero necesitan permiso para abandonar la mansión.

—Leandor, sin duda, estaría dispuesto a ayudaros. O, incluso, alguno de los vasallos — insistió Eudora.

—Druoda mantiene también a Leandor confinado en la mansión — declaró Brigitte—. Ni siquiera le permite ir hasta la abadía de Bourges a comprar vino. Y ha convencido a los vasallos de mi hermano de que su esposo, Walafrid, será senescal aquí una vez que ella logre desposarme, y de que me encontrará un marido que no se atreverá a despedirlos... de manera que ninguno de ellos osará desobedecerle por mi causa... El conde Arnulf se encuentra a más de un día de viaje desde Louroux. ¿Cómo puedo llegar hasta él?

—Pero...

—¡Cállate, Eudora! — ordenó Althea a su hija con una mirada de advertencia—. Estás molestando a nuestra ama. ¿Acaso le permitirías viajar sola por la campiña?¿Dejarías que se convirtiera en presa de ladrones y asesinos?

Brigitte sintió un escalofrío, pese al calor de los fuegos de la cocina y al sudor que le corría por la frente. Observó con pesar el ganso a medio desplumar y pensó que sus perspectivas para el futuro no podían ser peores.

Eudora miró a la hija del barón con expresión compasiva.

—¿Por qué no vais a alimentar a Wolff, milady? Yo terminaré de desplumar el ganso en tu lugar.

—No. Si Hildegard entrara y no me encontrara trabajando, correría a contárselo a Druoda. Cuando Mavis se quejó de que me forzaran a realizar esta tarea, fue golpeada y expulsada. Y yo no pude hacer nada para ayudar a mi vieja amiga. Los soldados siguen las órdenes de Druoda, no las mías. Y luego, ¡enterarme de que Mavis había muerto en la ruta, asesinada por unos ladrones! Perder a Mavis fue como perder otra vez a mi madre. —La compostura de Brigitte comenzó a desmoronarse con rapidez.

De inmediato, la joven se secó las lágrimas que habían brotado de sus ojos. Desde su nacimiento, Mavis se había encontrado a su lado como su dama de compañía. La anciana celta había sido una segunda madre, un consuelo y ayuda constante para su pequeña protegida desde la muerte de la verdadera madre de la niña.

—Id, milady. —Althea apartó dulcemente a Brigitte de la mesa—. Id a alimentar a vuestro perro. El siempre logra animarte.

—Sí, id, milady. —Eudora se acercó a la mesa para ocupar el lugar de su ama—. Yo terminaré de desplumar el ganso. Y si viene Hildegard, la derribaremos a bofetadas.

Brigitte sonrió ante la imagen de la obesa sirvienta de Druoda siendo abofeteada. Luego, tomó un plato de sobras de comida para Wolff. Permitió que Althea le colocara su manto de lana sobre los hombros y, antes de abandonar la cocina con cautela, se aseguró de que el vestíbulo estuviera vacío. Por fortuna, sólo dos criados se encontraban allí, atareados en esparcir nuevos juncos en el suelo, y ninguno de ellos alzó la mirada.

Brigitte conocía a todos los sirvientes de la mansión por su nombre, puesto que ellos eran como de la familia; todos, excepto Hildegard, que había llegado con Druoda y Walafrid. Esa había sido una casa feliz antes de la inesperada muerte de Quintin y la poco afortunada transformación de la tía de huésped a ama.

Fuera, el aire estaba fresco y el fuerte aroma de los rediles de animales, situados hacia el oeste, volaba con el viento. Brigitte caminó en esa dirección, pasando junto a las habitaciones de la servidumbre, frente a los establos de caballos y cabras. Junto a éstos, se encontraba el corral de las vacas y, más allá, el aprisco de carneros y la porqueriza. Wolff se hallaba encerrado con los demás sabuesos en un inmenso redil, al lado del corral. Así lo había dispuesto Druoda. Wolff, el perro favorito de Brigitte, que nunca había conocido más que la libertad, ahora se encontraba tan prisionero como su dueña.

El padre de la niña había encontrado al animal siete años atrás, en el bosque que cubría la mayor parte de las tierras entre Louroux y el río Loira. Brigitte apenas había cumplido los diez años, cuando el barón llevó el cachorro a casa. Era evidente el inmenso tamaño que alcanzaría el animal con el tiempo y, sin duda, no había sido la intención del hombre destinarlo como mascota de su hija. Empero la pequeña se había enamorado de Wolff a primera vista y, aun cuando le estaba prohibido acercarse al perro, no era posible mantenerla alejada. Pronto se descubrió que el animal correspondía a la devoción de la niña, y ya no hubo más razón para inquietarse. Ahora que Brigitte medía un metro sesenta de altura, la inmensa cabeza blanca de Wolff le llegaba casi al mentón. Y, cuando el animal se levantaba sobre sus patas traseras, superaba a la niña en más de treinta centímetros.

Wolff había percibido la proximidad de su dueña y se sentó a aguardarla impacientemente junto a la entrada de su redil. Era extraño, pero el perro siempre parecía conocer los movimientos de Brigitte. A menudo, en el pasado, había sabido cuándo ella abandonaba la mansión y, de estar sujeto, se había desatado para unírsele en la ruta. Siempre había resultado imposible para la niña dirigirse a cualquier parte sin Wolff. Pero Brigitte ya no iba a ningún lado, y tampoco el perro.

La joven sonrió cuando abrió el portón del redil, para luego volver a cerrarlo, una vez que su mascota estuvo fuera.

—Te sientes como un rey, ¿verdad?, al no tener que aguardar con tus amigos hasta la hora de la cena. —Se inclinó para abrazarle, y sus largas trenzas cayeron sobre la inmensa cabeza del animal. Aun cuando la mayoría de las mujeres de Berry acostumbraban a usar largos mantos de lino, Brigitte siempre los había detestado. Sus trenzas

12

no eran indecentes, había decidido la niña, y le agradaba la libertad de no llevar constantemente la cabeza cubierta, aunque siempre usaba un manto de lino blanco para la iglesia.

Su prenda interior consistía, por lo general, en un vestido de lana hilada parda o, con tiempo cálido, de un liviano algodón teñido de color azul o amarillo. Sus túnicas eran usualmente azules, de un lino claro en el verano y de una lana oscura en el invierno.

—Puedes agradecérselo a Althea por echarme fuera de la cocina, o no estaría contigo ahora.

Wolff lanzó un ladrido en dirección a la casa antes de atacar su comida. Brigitte rió y se sentó junto al perro, con la espalda apoyada contra las estacas del redil. Desde allí, la joven miró por encima de la elevada pared que circundaba la mansión.

Era difícil ver más allá del alto muro, a menos que se elevara la mirada hacia la copa de los árboles. Toda la mansión, los establos, las cabañas de los sirvientes y los parques estaban rodeados por gruesas paredes de piedra, ennegrecidas por el paso de los años y marcadas por los conflictos bélicos. En la vida de Brigitte, la casa no se había visto asediada, pero su abuelo había luchado en varias batallas para conservar su feudo y, en su juventud, su padre había sufrido numerosos ataques contra su herencia. Los últimos veinte años habían visto tantas guerras con los sarracenos, que casi nadie en Francia contaba con los hombres necesarios para asediar a sus vecinos. Brigitte apenas si pudo divisar el huerto situado hacia el sur. La última vez que había visto florecer los árboles frutales, su vida era completamente diferente. Un año atrás, aún había tenido a Quintin y a Mavis. El feudo en el que había morado toda su vida había pasado a manos de Quintin, aunque ella siempre había conservado su dote matrimonial. Ahora todo le pertenecía, pero no podía gobernarlo. Debía desposarse, o la posesión del feudo volvería a poder del conde Arnulf.

Brigitte reflexionó sobre su patrimonio. Era una propiedad valiosa, con numerosos acres de tierra fértil en el centro de Francia, abundante fauna en los bosques y una próspera aldea. Y, durante veintisiete años, todo había pertenecido a Thomas de Louroux, su padre.

La mansión era magnífica. Lord Thomas la había construido en el mismo lugar de la antigua casa, tras haber sido ésta incendiada durante un ataque dirigido por un vasallo rebelde del conde Arnulf. La mitad de la aldea contigua a la mansión también había sido quemada, con la consiguiente muerte de muchos siervos. Las cabañas de argamasa y juncos del pueblo pudieron reemplazarse con facilidad, pero no así los sirvientes. Con el tiempo, sin embargo, la aldea haba crecido, y ahora contaba con una numerosa servidumbre, ligada a la tierra y a Louroux. Un alcázar se haba construido para proteger la propiedad, levantado sobre una colina desnuda a poco más de un Kilómetro hacia el norte.

Brigitte miró en esa dirección y observó la elevada torre iluminada por el sol de la tarde. Allí había nacido Quintin. Un lugar desusado para un alumbramiento, pero la primera esposa de Thomas de Louroux se había encontrado inspeccionando ahí los pertrechos, en el momento de llegar los primeros dolores.

Lord Thomas se había desposado con Leonie de Gascuña poco después de convertirse en vasallo del conde Arnulf. Lady Leonie era la hija de un caballero sin tierras, pero la pobreza de la dama no había sido suficiente para desanimar a un hombre enamorado. Ella brindó a su esposo felicidad y un hermoso hijo, nacido poco después de la boda. Pero la dicha no duró. Cuando Quintin cumplió cuatro años, su madre viajó a Gascuña para asistir a la boda de su única hermana, Druoda, con un escribiente, Walafrid de Gascuña. Leonie y todo su séquito habían sido cruelmente asesinados por soldados de Magyar, mientras atravesaban Aquitaine en el viaje de regreso a Louroux.

Thomas se halló fuera de sí con su pena y el conde Arnulf, afligido ante la desdicha de su vasallo predilecto, le persuadió a casarse con su hermosa pupila, Rosamond de Berry. Después de un adecuado período de luto, Thomas obedeció, y la encantadora Rosamond logró cautivar su corazón. La abundante dote de la dama resultó asimismo una bendición para Louroux. ¿Acaso algún otro hombre podía ser tan afortunado de amar a dos mujeres y encontrar la felicidad con cada una de ellas?

Unos años después, Rosamond dió a luz una niña, a quien ella y Thomas llamaron Brigitte, la belleza augusta de la pequeña fue evidente desde su nacimiento. Para entonces, Quintin tenía ocho años y ya era paje del conde Arnulf, en cuyo castillo el muchacho se encontraba aprendiendo las habilidades de un guerrero. Brigitte era una niña feliz, amada por sus padres y adorada por su medio hermano. Si bien ella sólo le veía en las breves visitas del muchacho a la mansión, no podría haberle amado más aun cuando él hubiese sido su verdadero hermano, o hubiera vivido en su constante compañía.

La vida era maravillosa para Brigitte, hasta que aconteció la muerte de su madre, cuando ella sólo contaba con doce años. Poco después, se sintió aún más desolada cuando Quintin, armado caballero dos años antes, partió con el conde Arnulf en una peregrinación hacia Tierra Santa. Su padre la consoló tanto como pudo, aunque su propia pena también era tremenda. El hombre consintió terriblemente a su hija durante los años siguientes. Brigitte se tornó arrogante e irascible, pero su orgullo fue castigado cuando murió su padre tres años más tarde.

Por fortuna, Quintin regresó a casa en 970, poco después de la muerte del barón, para asumir la autoridad en el señorío de Louroux. tras unos meses, llegaron Druoda y su esposo, e instaron al muchacho a acogerlos en la mansión. Quintin no se atrevió a denegar las demandas de su tía y el marido. Druoda parecía una mujer sumisa y retraída. De hecho, Brigitte prácticamente no notaba la presencia de la dama en la casa, excepto durante las comidas. Su hermano había llegado para quedarse y eso era lo único que le importaba a la pequeña. Ambos se consolaban mutuamente por la muerte de su padre.

Entonces, el abad del monasterio borgoñés de Cluny fue secuestrado por piratas sarracenos, mientras cruzaba los Alpes a través del paso del Gran San Bernardo. El conde de Borgoña se encolerizó y solicitó la ayuda de sus vecinos para deshacerse de las bandas de asaltantes sarracenos, que habían aterrorizado todos los pasajes occidentales de los Alpes y el sur de Francia durante más de un siglo. Si bien el conde Arnulf jamás se había visto acosado por tales piratas, necesitaba a Borgoña como aliada, y aceptó enviar muchos de sus vasallos y caballeros para librar batalla contra los hostigadores. Y Quintin fue también destinado a luchar.

El muchacho se sentía encantado. La vida de un caballero era la guerra, y él había estado ocioso durante más de un año. Tomó a la mayoría de sus vasallos y hombres, y a la mitad de los soldados que vigilaban el alcázar. Sólo dejó atrás a sir Charles y a sir Einhard, ambos ancianos y propensos a frecuentes enfermedades, y también a sir Stephen, uno de los caballeros de la casa.

Y así pues, partió Quintin en una brillante mañana, y fue ésa la última vez que Brigitte vio a su hermanastro. la joven no podía precisar con exactitud cuándo el escudero de Quintin, Hugh, le había llevado las noticias de la muerte del muchacho. Sólo sabía que habían pasado varios meses antes de que ella pudiera superar el fuerte impacto emocional y le dijeran que habían transcurrido semanas de las que no había tenido conciencia. Podía, empero, recordar con claridad las palabras de Hugh: "Lord Quintin cayó cuando los nobles franceses atacaron una de las bases piratas en la desembocadura del Ródano." El dolor jamás abandonó a la joven.

Brigitte se hallaba demasiado aturdida por las muertes acontecidas en su familia como para advertir los cambios que estaban teniendo lugar en la casa, o para preguntarse por qué los vasallos de Quintin no regresaban, o por qué Hugh había vuelto a la costa sur, Mavis había tratado de advertirle que notara tales cambios, en particular, la transformación de Druoda. Pero no sino hasta encontrar a Wolff encerrado con los otros perros, comenzó la niña a comprender.

Brigitte se enfrentó a Druoda. Fue entonces cuando, por primera vez, advirtió que la tía de su hermano no era la mujer que ella había creído conocer.

—¡No me fastidies con pequeñeces, niña! Tengo asuntos más importantes que atender —dijo Druoda con arrogancia.

Brigitte se irritó.

—¿Con qué derecho...?

—¡Con todo el derecho! —la interrumpió Druoda—. Como único pariente de tu hermano, como tu único pariente, tengo todo el derecho de asumir la autoridad en esta casa. Tú aún eres una doncella y necesitas un tutor. Naturalmente, Walafrid y yo seremos nombrados responsables.

—¡No! —replicó la niña—. El conde Arnulf será mi tutor. El se ocupará de velar por mis intereses.

Druoda era quince centímetros más alta que Brigitte, y se le acercó para amedrentarla.

—Mi niña, tú no tendrás voz en el asunto. Las doncellas no eligen a sus tutores. Ahora bien, si no tuvieras parientes, entonces el conde Arnulf, como señor de tu hermano, pasaría a ser tu tutor. Pero tú no estás sola, Brigitte.

Druoda esbozó una sonrisa presumida al agregar:
—Nos tienes a mí y a Walafrid. El conde Arnulf nos otorgará tu tutoría.

—Yo hablaré con él —respondió la niña con seguridad.

—¿Cómo? No puedes abandonar Louroux sin una escolta, y veo que tendré que negártela. Y el conde Arnulf no vendrá hasta aquí, puesto que aún no sabe que Quintin ha muerto.

Brigitte ahogó su exclamación.

—¿Por qué no ha sido informado?

—Creí que sería mejor aguardar —dijo Druoda con indiferencia—. Hasta que te desposaras. No hay necesidad de molestar a un hombre tan ocupado con la búsqueda de un esposo adecuado, cuando yo soy perfectamente capaz de escogerlo sin su ayuda.

—¿Escogerlo tú? ¡Jamás! —exclamó la niña con indignación—. Yo misma escogeré mi esposo. Mi padre me prometió la libertad de elegir, y Quintin estuvo de acuerdo. El conde Arnulf lo sabe.

—No seas ridícula. Una niña de tu edad es demasiado joven para tomar una decisión tan importante. ¡Pero qué idea tan absurda!

—¡Entonces no me casaré! — afirmó Brigitte impulsivamente—. ¡Me ordenaré en un convento de monjas!

Druoda sonrió y comenzó a caminar por la habitación con aire pensativo, mientras hablaba.

—¿De veras? ¿Una dama que jamás ha trabajado en nada más difícil que un torno de hilar? Pues entonces, si deseas ser novicia, debes comenzar de inmediato tu capacitación. — Volvió a sonreír —. ¿Sabías tú que las novicias trabajan día y noche como vulgares sirvientas?

Brigitte alzó el mentón con actitud desafiante, pero no respondió.

—Puedes comenzar tu aprendizaje aquí y ahora, Sí, eso podría ayudar a mejorar tu disposición.

La niña asintió obstinadamente. Le demostraría a Druoda que podría ser una perfecta novicia. Tampoco se echó atrás cuando, unos pocos días más tarde, regresó a su recámara para encontrar que todas sus pertenencias habían desaparecido. Ahí, Druoda la aguardaba para informarle que a las novicias no les estaba permitido poseer elegantes dormitorios y que, de allí en más, debería vivir en una de las chozas de los sirvientes al otro lado del patio.

Aun así, Brigitte jamás consideró la idea de abandonar la mansión. Ni siquiera cuando sir Stephen se rehusó a llevar su mensaje a Arnulf, pensó la niña en viajar sola hacia la casa del conde. Pero cuando Mavis fue expulsada con apenar unas ropas en la espalda, Brigitte tuvo que ser encerrada para impedir que se marchara con la doncella. Tres días después, la joven fue liberada.

El tiempo perdido no detuvo a la niña. Se dirigió directamente al establo, sin pensar en las consecuencias que podría acarrear el abandonar sola la mansión. Leandor, el alguacil de Louroux, le detalló los peligros cuando la descubrió preparando su montura.

—Si os marcháis, os arriesgaréis al estrupro y al asesinato —le había advertido el hombre, ofuscado ante la imprudencia de la niña—. Milady, no puedo dejaros ir sin escolta.

—Me iré, Leandor —le había respondido Brigitte con tono firme—. Si no puedo encontrar a Mavis, entonces, cabalgaré hasta el castillo del conde Arnulf y conseguiré su ayuda. Ya es hora de que él se entere de las sucias jugadas de la tía de mi hermano. Debería haberme marchado mucho antes.

—¿Y si os atacan en el camino?

—Nadie se atrevería. La pena por herir a una mujer noble es demasiado grande. Debo encontrar a Mavis.

Leandor bajó la cabeza.

—No deseaba revelaroós, pero vuestra dama de compañía fue encontrada anoche. Está muerta.

La niña retrocedió estupefacta.

—No —susurró, sacudiendo la cabeza—. No, Leandor.

—Una mujer sola nunca está segura, ni siquiera una tierna anciana como Mavis. Y vos, milady, con vuestra belleza, os arriesgarías a mucho más que el asesinato.

Ante la inesperada muerte de su fiel amiga, la joven se había sentido abatida una vez más. Y las siniestras predicciones de Leandor habían logrado debilitar su determinación de abandonar la casa sin escolta. Aguardaría. Tarde o temprano, el conde Arnulf tendría que aparecer.

Entretanto, Druoda debía creer que ella aún tenía intenciones de ingresar en un convento. Tal vez, eso detendría los propósitos casamenteros de la dama... al menos, por un tiempo.

2

Arles, una antigua ciudad en el corazón de Provenza, había sido construida varios siglos atrás a orillas del
río Ródano. Alguna vez fue una importante comunidad
romana, era denominada "la pequeña Roma", y aún se con-
servaban de esa época algunas antigüedades, como un palacio levantado por Constantino, un anfiteatro y una arena,
todavía intactos.

Arles era una ciudad desconocida para Rowland de
Montville. Pero incluso un lugar extraño jamás podía presentar dificultades para un joven caballero. Desde el
momento de abandonar su hogar en Normandía seis años
atrás, el muchacho se había enfrentado a incontables desa-
fíos y advertido cuán deficiente era, en realidad, su educación.

Rowland había aprendido el arte de escribir, hecho
poco común entre los nobles, y era además un diestro guerrero. Pero muchos nobles franceses sin instrucción le con-
sideraban vulgar, intratable, porque el joven no era refi-
nado. El muchacho se asemejaba a su padre, un rústico
noble rural.

El joven era consciente de su falta de refinamiento.
En todos esos años, después de abandonar a Luthor de
Montville, más de una vez había maldecido a su padre por

21

haber descuidado ese aspecto de su educación. Las damas se sentían agraviadas por Rowland. Los caballeros de menor categoría reían ante su vulgaridad, lo cual había provocado más de una rencilla durante todo ese tiempo.

El muchacho trató de mejorar. Hizo que su escudero le enseñara las correctas reglas de urbanidad, pero sus modales recientemente adquiridos le resultaban afectados y se sentía muy tonto. ¿Cómo podría deshacerse de los dieciocho años de educación vulgar? Sin duda, no era ésa una tarea fácil de ejecutar.

En Arles, el joven se sorprendió al toparse con otro caballero instruido por Luthor. Roger de Mezidon tenía el alma negra, si era eso posible, y Rowland había esperado no volver a ver al hombre nunca más. El muchacho aún no se había recuperado de su asombro, cuando fue abordado por Gui de Falaise, quien había viajado hasta Arles precisamente para encontrarle.

—Las órdenes de tu padre fueron, como de costumbre, muy explícitas —declaró Gui, luego de abrazarse con Rowland e intercambiarse noticias. Hacía seis años que no se veían, pero, alguna vez, habían sido muy íntimos amigos — ¡Yo no debía regresar a la mansión sin antes haberte encontrado!

—En ese caso, no has faltado a tu deber —afirmó Rowland con sequedad.

Al muchacho no le complacía que Gui hubiera jurado lealtad a su padre, pero era consciente de que el hombre no conocía a Luthor tan bien como él.

—Bueno, encontrarte era sólo parte de mi misión— reconoció Gui—. La otra parte es llevarte de regreso conmigo.

Rowland se sorprendió, pero se forzó a ocultar su asombro.

—¿Por qué? —preguntó con tono severo—. ¿Acaso la edad ha logrado enternecer a mi padre? ¿Olvidó él que me expulsó de la casa?

—¿Sigues aún resentido, Rowland? —Los ojos verdes de Gui reflejaron una profunda preocupación.

—Tú sabes que yo sólo quería luchar por el rey de Francia, que era el señor de nuestro duque. Pero Luthor se negó. Me convirtió en un valeroso guerrero, pero jamás me permitió demostrar mis habilidades. Santo Dios, en toda mi vida no me había alejado de Montville ni una sola vez, y allí estaba yo, con dieciocho años y armado caballero, y mi padre pretendía retenerme en casa como si se tratara de un bebé de pañales. No me fue posible tolerarlo.

—Pero tu riña con Luthor no fue peor que otras —insistió Gui—. Te golpeó, como siempre lo hacía, cuerpo a cuerpo.

Los ojos azules de Rowland se oscurecieron.

—Sí, eso viste tú, pero no oíste las palabras que se pronunciaron luego. Yo también fui responsable, lo admito, porque él me provocó con su presunción de que jamás perdería un combate frente a mí, ni aun cuando se estuviera acercando a la tumba. Si él no hubiese hecho tal alarde delante de su esposa e hijas, yo no habría afirmado que me marcharía sin su permiso para, probablemente, no regresar jamás. Pero lo dije ofuscado, y él entonces respondió: "¡Vete y será el fin! ¡Jamás te permitiré que regreses!".

—No sabía que habíais llegado a tanto. Pero eso ocurrió hace seis años, Rowland, y las palabras dichas con furia no deben ser recordadas para siempre.

—Pero él lo dijo, y mi padre jamás se retracta. Aun cuando esté equivocado, y sabe muy bien que lo está, no es capaz de rectificar.

—Lo siento, Rowland. Nunca supe la gravedad de la disputa. Te marchaste, y yo sabía que habías peleado con Luthor, pero él jamás volvió a hablar de ello desde que te fuiste. Ahora comprendo por qué él nunca estuvo seguro de si volverías a casa o no. Pero sé que el viejo guerrero te ha echado de menos. Estoy convencido de que habría enviado por ti mucho antes, si hubiese encontrado la forma de hacerlo sin perder su prestigio. Tú conoces a Luthor: es todo orgullo.

—Aún no me has dicho por que ha sido levantada mi expulsión.

— Tu padre quiere que estés cerca para reclamar su feudo en caso de que él muera — le informó Gui con brusquedad.

El rostro de Rowland empalideció lentamente.

—¿Luthor se está muriendo?

—¡No! No quise decir eso. Pero se está gestando cierto problema. Tu hermanastra, Brenda, se ha casado.

—De modo que la bruja por fin ha conseguido compañero —Roland dejó escapar una breve risita.— Presumo que el sujeto ha de ser estúpido y de aspecto repugnante.

—No, Rowland, se casó con Thurston de Mezidon.

—¡El hermano de Roger!— exclamó Rowland.

—El mismo.

—¿Por qué? Thurston era un hombre apuesto y agradaba mucho a las damas. ¿Por qué querría él casarse con Brenda? La muchacha no es sólo tan arpía como su madre, sino que además es terriblemente fea.

—Creo que la dote de la joven le atrajo —sugirió Gui con tono vacilante.

—Pero la dote matrimonial de Brenda no era muy grande.

—Oí que ella le hizo creer lo contrario; así de enamorada estaba la muchacha. También se dice que Thurston casi la mata a golpes en la noche de bodas, una vez que descubrió que la dote no era ni la mitad de lo que él había esperado.

—Supongo que eso no era más de lo que esa joven merecía— dijo Rowland espontáneamente.

Era sabida la falta de amor entre Rowland y sus dos hermanastras mayores. El muchacho había sufrido cruelmente en manos de las mujeres desde su más tierna infancia sin nadie que le protegiera. En verdad no sentía nada por ellas ahora, ni siquiera compasión.

—Y mi hermana Ilse —prosiguió Rowland—, ¿ella y su esposo continúan viviendo con Luthor?

—Oh, si. Geoffrey jamás abandona sus borracheras lo suficiente como para construir una mansión en su pequeño feudo — respondió Gui con tono despectivo—. Pero se ha producido un importante cambio. Geoffrey súbitamente ha entablado una íntima amistad con Thurston.

— ¿Y?

24

—Ese es un mal presagio para Luthor. Tiene un hijo político que está furioso por el miserable dote de Brenda y que quiere mucho más de Montville. Su otro hijo político vive bajo su mismo techo y es afable con Thurston. Luthor siente que debe mantenerse en guardia ahora, puesto que es muy posible que sus dos hijos políticos se unan en su contra.

—¿Qué puede temer Luthor? Tiene suficientes hombres.

—No subestimes a Thurston. Ese sujeto tiene la ambición y la codicia de dos hombres. Rapiña en Bretaña y en Maine, ha logrado juntar un ejército bastante grande, lo suficiente como para que Luthor tuviera que reforzar Montville. Seguro que se desatará una guerra si no asesinan antes al anciano señor.

—¿Crees que Thurston sería capaz de recurrir al asesinato?

—Sí, Rowland, eso creo. Ya ha habido un accidente inexplicable. Y si muriera Luthor sin que tú estuvieras allí para reclamar Monteville, Thurston y Geoffrey lo reclamarían para sí y necesitarías un ejército tan poderoso como el del duque para recuperarlo.

—¿Y si no lo quiero?

—¡No puedes decir eso, Rowland! ¿Serías capaz de abandonar los caballos que amas, la tierra que Luthor desea para tí?

Rowland enredó una mano en su abundante cabellera ondulada. No había razón para fingir.

—Es verdad, lo deseo. Es lo único que quiero de Luthor.

—Entonces, ¿regresarás a casa? — preguntó Gui, esperanzado—. ¿Aunque hayas jurado no hacerlo?

—Yo soy como mi padre en muchos aspectos, Gui, pero cuando afirmo una necedad, no me la llevo a la tumba. La sostengo durante unos pocos años, tal vez, pero no para siempre. — Rowland soltó una leve risita —. Aunque él también se ha retractado, o al menos, eso parece.

—Has cambiado, mi viejo amigo. Recuerdo tus muchas peleas con Roger de Mezidon sólo porque no querías rectificar una aseveración. ¿Te has topado con ese sinvergüenza en alguno de tus viajes?

—Está aquí, con el conde de Limousin.

Gui se sorprendió.

—Nos hemos enterado de la habilidad de Roger. Ha logrado juntar tierras por todo el reino. Me pregunto cómo tiene tiempo de servir a tantos señores.

—Es tan codicioso como su hermano mayor, Thurston.

—¿Y has hablado con Roger? —preguntó Gui con ansiedad.

Rowland se encogió de hombros.

—Sí, le ví. No me provocó tanto como solía hacerlo, pero ahora no está tan seguro de poder vencerme.

—Has crecido mucho desde la última vez que te ví. Estás más alto y más musculoso también. Apostaría a que incluso eres más alto que Luthor ahora, y aún no he visto a un solo hombre que pudiera mirar al anciano con desprecio desde arriba.

Los labios de Rowland se curvaron en una mueca de satisfacción.

—Sea como fuere, he superado a Roger, para desgracia del bribón.

—¿Pero has cambiado en otros aspectos? —se aventuró a preguntar Gui, y sus ojos verdes brillaron con picardía—. ¿Acaso los francos lograron ablandarte? —Agachó súbitamente la cabeza, anticipando el golpe burlesco de su amigo —. ¿No? ¿Es de suponer entonces que ahora tendremos dos Luthors en casa?

Rowland soltó un gruñido.

—Al menos, yo sólo golpeo cuando alguien me provoca, lo cual es mucho más de lo que puede decirse de mi padre.

Era verdad. Luthor de Montville era un hombre rudo, recio, a quien otros señores enviaban sus hijos para adiestrarse, dado que los niños regresaban a casa convertidos en fuertes, diestros guerreros.

Rowland era el único hijo varón de Luthor, su bastardo. El lord no daba importancia a ese hecho, pero el muchacho detestaba su condición. La madre de Rowland procedía de una aldea cercana. Una mujer sin rango ni familia, había muerto en el alumbramiento, según habían informado al muchacho, y la partera tomó al niño a su cuidado. Luthor jamás supo de la existencia de ese hijo hasta un año y medio más tarde, cuando la anciana que había atendido a Rowland estaba a punto de morir e hizo llamar al lord.

Luthor no tenía otro hijo varón, por lo que llevó a casa a Rowland junto a su esposa, expresando una vez más su desprecio hacia Hedda, porque ésta sólo le había dado dos niñas. Hedda odió al bebé desde el primer momento y jamás se ocupó de él, hasta que el niño creció lo suficiente como para sentir la maldad de su madrastra. Desde que Rowland cumplió los tres años, Hedda y sus hijas le pegaban por cualquier razón.

Luthor jamás hizo ningún esfuerzo por impedir el cruel tratamiento de que era objeto su hijo. El mismo había sido criado con rudeza y creía que toda su fuerza se debía a su dura juventud.

Con su padre, Rowland aprendió a reprimir la ternura y a controlar todos sus sentimientos, excepto la ira. El muchacho fue entrenado para correr, saltar, nadar y, cabalgar, lanzar la jabalina o el hacha de armas con increíble precisión, y empuñar la espada o usar los puños con brutalidad y destreza. Luthor supo enseñar bien a su hijo, golpeándole por los errores cometidos y elogiándole de muy mala gana los aciertos.

La niñez del muchacho quedó marcada por zurras recibidas no sólo dentro, sino también fuera del hogar, ya que los hijos de los nobles llevados a Luthor para el adiestramiento eran maliciosos, en especial, Roger de Mezidon, quien era dos años mayor que Rowland y había llegado a Montville cuando el niño apenas tenía cinco. Las tundas diarias continuaron hasta que Rowland adquirió suficiente fuerza para defenderse. Y si Luthor no impidió los crueles tratos de Hedda y sus dos hijas cuando el muchacho era pequeño e indefenso, tampoco detuvo a Rowland cuando éste creció lo suficiente para devolver los golpes.

La vida resultó más fácil para el joven una vez que respondió al primer ataque. En adelante, no volvió a ejercer represalias contra las mujeres de la casa. Prefirió ignorarlas. Ya no había razón para temer el abuso de las damas y sólo se ocupó de repeler los golpes de los muchachos mayores y de Luthor.

—¿Podemos partir por la mañana? —preguntó Gui a su amigo cuando llegaron a la tienda de Rowland en las afueras de Arles. Una vez ganada la batalla, la ciudad entera se había entregado a la celebración y ya no había razón para permanecer allí.— Cuanto antes nos marchemos, mejor. Me ha llevado casi medio año encontrarte.

—¿Y qué te hizo buscarme aquí? —inquirió Rowland.

—La batalla, desde luego —respondió Gui con una amplia sonrisa—. Si algo he aprendido es que dondequiera que esté la guerra, allí estarás tú. Ya debes de tener tantos feudos como Roger, después de todas las batallas que has librado.

Rowland dejó escapar una breve risa y sus ojos brillaron como zafiros.

—Yo peleo por oro, jamás por tierra. La tierra necesita cuidados, y me agrada la libertad de vagar a mi placer.

—Entonces, debes de poseer una cuantiosa fortuna en oro.

Rowland sacudió la cabeza.

—Ay, la mayor parte se fue en mujeres y bebida, pero aun así, tengo alguna fortuna.

—¿Y saqueos de los sarracenos?

—Eso también. Esos piratas tienen sedas y piezas de cristal, orfebrería y lámparas en oro, por no mencionar las joyas.

—¿Y la batalla?

—Hubo muchas batallas —Respondió Rowland.— Los sarracenos tienen campamentos a lo largo de toda la costa. Pero la más importante se encuentra en Niza. Sin embargo, no tuvieron una buena actuación, porque peleaban sin armadura. Cayeron como campesinos frente a los hábiles caballeros. Algunos lograron escapar en sus navíos, pero saqueamos sus campamentos y luego les prendimos fuego.

—Supongo que llegué justo a tiempo, entonces.

—Sí. Mis servicios al duque de Borgoña han terminado. Podemos partir por la mañana. Pero esta noche, esta noche te haré pasar un rato agradable, *mon ami*. Conozco una taberna apropiada junto a la entrada del norte, donde sirven un sabroso potaje y cerveza dulce. —Rowland rió de repente.— No te imaginas cuánto he echado de menos el *ale* de mi padre. Los franceses pueden ahogarse en su maldito vino, yo siempre estaré dispuesto a beber *ale* con los campesinos.

Rowland se sujetó la correa de la vaina y enfundó su larga espada; luego, se colocó un largo manto de lana sobre los hombros. Atrás dejó la cota y la armadura. El muchacho había crecido para convertirse en un hombre de espléndida figura, pensó Gui con satisfacción. Duro como una roca, firme y fuerte, Rowland era un verdadero guerrero. Lo admitiera o no, Luthor estaría orgulloso de tener a este hijo a su lado en la batalla.

Gui dejó escapar un suspiro. Rowland había crecido sin el amor de una sola persona. Era natural que, en ocasiones, el muchacho fuera hosco, cruel e irascible; tenía todo el derecho a serlo. Aun así, Rowland también poseía excelentes cualidades. Era capaz de demostrar tanta lealtad por un hombre, como odio por otro. Y no le faltaba sentido del humor. En verdad, Rowland era un gran hombre.

—Debo advertirte, Gui —dijo el muchacho cuando entraron el la ciudad.— Roger de Mezidon también ha descubierto las virtudes de la taberna a la que nos dirigimos, ya que cierta doncella ha atrapado su interés allí.

—Y el tuyo también, sin duda —acotó Gui con tono divertido.— Tú y él siempre os habéis sentido atraídos por las mismas mujeres. ¿Competisteis también por ésta?

Rowland hizo una mueca ante el recuerdo reciente.

—Sí, peleamos. Pero el taimado truhán me tomó desprevenido, después de que yo había tomado unas cuantas copas de más.

29

—¿Entonces perdiste?

—¿No es eso acaso lo que acabo de decirte? —contestó Rowland con brusquedad.— Pero ésa será la última vez que pelearé con un hombre por algo tan insignificante. Las mujeres son todas iguales y muy fáciles de conseguir. El y yo tenemos suficientes razones para reñir sin necesidad de disputarnos unas faldas.

—Aún no me has preguntado por Amelia —le hizo notar Gui con cautela.

—Es verdad, no te he preguntado —replicó Rowland.

—¿No sientes curiosidad?

—No —respondió el muchacho—. Perdí mis derechos sobre Amelia al marcharme. Si ella aún sigue libre a mi regreso, entonces, tal vez, volveré a reclamarla. Si no... —Se encogió de hombros.— Encontraré otra. No tiene demasiada importancia para mí.

—La muchacha está libre. Rowland. Y te ha esperado fielmente durante estos seis años.

—No le pedí que lo hiciera.

—No obstante, ella aguardó. La muchacha espera casarse contigo y aun Luthor está de acuerdo. Ya ha comenzado a tratarla como a una hija.

Rowland detuvo la marcha y frunció el entrecejo.

—Ella sabe que yo no estoy dispuesto a casarme. ¿Qué le brindó el matrimonio a mi padre más que un par de hijas regañonas y una esposa arpía?

—No puedes equiparar a todas las mujeres con tu madrastra —le indicó Gui.— Con seguridad, tus viajes por Francia te habrán demostrado que no todas las damas son iguales.

—Al contrario. Aprendí que una mujer puede ser muy dulce cuando quiere algo, pero, de otra manera, es una bruja. No, no deseo una esposa que me esté regañando todo el tiempo. Preferiría consumirme en el infierno antes de desposarme.

—Estás actuando como un tonto, Rowland —se aventuró a afirmar Gui.— Ya sé que has dicho esto antes, pero pensé que habías cambiado de opinión. Deberías casarte. Desearás un hijo algún día. Debes tener a alguien a quien dejarle Montville.

—Con seguridad, tendré uno o dos bastardos. No necesito casarme para eso.

—Pero...

Los oscuros ojos azules de Rowland se entrecerraron.

—Tengo una opinión muy firme sobre esto, Gui, de manera que no sigas hostigándome.

—Muy bien —aceptó Gui con un suspiro—. Pero, ¿qué pasará con Amelia?

—Ella ya conocía mis ideas cuando vino a mi cama. Es muy tonta si pensó que volvería a considerarlo —.Reanudaron la marcha y Rowland suavizó su tono al proseguir.— Además, es la última mujer que yo recomendaría por esposa. Tiene una buena figura y es bonita, pero veleidosa. Roger la tuvo antes que yo y, sin duda, también muchos otros antes que él. Tú mismo, posiblemente, también has saboreado a la muchacha. Vamos admítelo.

El rostro de Gui enrojeció y se apresuró a cambiar de tema.

—¿Cuánto falta para llegar a esa taberna?

Rowland soltó una estruendosa carcajada al percibir la inquietud de su amigo y le dió una palmada en la espalda.

—Tranquilízate, mon ami. Ninguna mujer merece una disputa entre amigos. Tienes mi permiso para poseer a cualquier dama que yo tenga. Como te dije antes, todas son iguales y muy fáciles de conseguir, incluso Amelia. Y, con respecto a tu pregunta, la taberna está allí delante —.Señaló un edificio situado al final de la calle. Dos caballeros se encontraban dejando el lugar y ambos le saludaron con la mano.— Esos hombres pelearon a mi lado en la última batalla —explicó Rowland.— Borgoñeses de Lyon. Al parecer, todo el reino ha colaborado en la expulsión de los sarracenos. Incluso los sajones enviaron a su caballeros.

—De haber llegado antes, yo hubiera participado también —comentó Gui con melancolía.

31

Rowland dejó escapar una breve risita.

—¿Aún no has saboreado tu primera batalla? Supongo que Luthor no habrá estado ocioso durante todos estos años, ¿o sí?

—No, pero fueron sólo escaramuzas contra bandidos.

Entonces, debes esperar ansioso el enfrentamiento con Thurston.

Gui sonrió, al tiempo que llegaban a la taberna.

—A decir verdad, no he pensado mucho en eso. Lo único que me preocupó desde que salí de casa fue qué hacer si te negabas a volver, dado que, si eso ocurría, yo tampoco podría regresar.

—Entonces, debes de sentirte muy aliviado, ¿eh?

—Sin duda. —Gui soltó una risotada.— Preferiría enfrentarme al demonio, antes que a la furia de Luthor.

Al entrar, encontraron la taberna repleta de caballeros que bebían junto a sus escuderos y soldados. El lugar era de piedra y muy espacioso. Los hombres se hallaban junto a la enorme fogata, donde se asaba la carne o congregados en grupos, conversando. Había una veintena de mesas de madera con bancos de piedra y la mayoría se encontraban ocupados. Pese a la existencia de dos puertas, una a cada lado de la inmensa habitación, el lugar estaba muy cálido y cargado. Casi todos los caballeros llevaban puestos atuendos de cuero y cotas; sus escuderos, sólo la prenda de cuero. Ninguno de ellos parecía muy cómodo.

En casa, lejos de la batalla, Rowland y sus vecinos, Gui y Roger y Thurston y Geoffrey, todos preferían la capa de tres lados sobre la larga camisa que usaban bajo el atuendo de cuero. Sujeta sobre un solo hombro, la capa les permitía libre acceso a la espada que siempre portaban, pero no era tan incómoda como la cota o la túnica de cuero. Rowland, sin embargo, solía preferir la túnica, dado que nunca había logrado habituarse a la capa. Le resultaba mujeril, y el hecho de que Roger de Mezidon se viera afeminado con la prenda la tornaba aun más sospechosa a los ojos del muchacho.

Roger se encontraba en la taberna con dos de sus vasallos y sus escuderos. Gui había viajado sin su propio escudero y el de Rowland había caído bajo una cimitarra sarracena y aún no había sido reemplazado.

Rowland conocía a uno de los vasallos de Roger, sir Magnus, quien era pupilo del padre de su señor. Al igual que el hijo de Luthor, sir Magnus tenía veinticuatro años y había recibido su entrenamiento junto con Gui y Roger y el mismo Rowland.

Roger, de veintiséis años, era el mayor de todos y, desde un principio, se había transformado en el líder. Había sufrido una penosa juventud, con la certeza de que, como segundo hijo, debería labrar su propio camino en el mundo. Envidiaba a Rowland porque, bastardo o no, el muchacho estaba seguro de poseer Montville algún día. El hecho de que un bastardo fuera a heredar, mientras que él, hijo de un noble, no contaría con tal privilegio, le resultaba por demás irritante. Rowland y Roger rivalizaban en todo y éste, siendo el mayor, generalmente ganaba y, en cada oportunidad, se regocijaba con malicia por la victoria. Durante toda su juventud, ambos jóvenes había peleado y discutido más que si hubieran sido hermanos, y la lucha no había cesado con la edad.

Roger advirtió la llegada de Rowland y decidió ignorarle. Pero sir Magnus vio a Gui y se levantó para saludarle.

—¡Santo Dios, Gui de Falaise, el enano! —exclamó Magnus con efusión—. Han pasado años desde la última vez que te vi. ¿No tomaste al viejo Luthor de Montville como tu señor?

—Sí —respondió Gui con tono severo.

Le encrespaba el mote con que le habían apodado en su juventud. El enano. Era corto de estatura, y ese hecho no podía modificarse. Eso le había convertido en objeto de burlas cuando era joven y un blanco fácil para hombres como Roger y Magnus, que solían avasallar con sus enormes tamaños. Rowland se había compadecido de él y había intentado protegerle, luchando a menudo en su lugar. Esto había creado un vínculo entre ambos, y Gui sentía que, por

33

esa razón, debía a su amigo una inflexible lealtad.

—¿Y qué trajo al vasallo de Luthor hasta Arles? —preguntó Roger.

—Hay problemas...

Antes de que Gui pudiera continuar, Rowland le dio un codazo en las costillas e intervino.

—Mi padre me ha echado de menos —dijo con tono jovial, provocando que Magnus se atragantara con su ale. Todos los presentes sabían que tal aseveración era absurda. Roger frunció el ceño ante la respuesta y Rowland previó una batalla anterior a la que le aguardaba en Normandía.

El muchacho se sentó en un banco de piedra al otro lado de la mesa, frente a su viejo enemigo. Una camarera, aquella por quien ambos jóvenes habían luchado, sirvió la cerveza a los recién llegados y se mantuvo cerca, deleitándose con la tensión que había provocado su presencia. Ya antes habían combatido por ella, pero nunca dos hombres tan brutales y, a la vez, tan deseables, como esos dos jóvenes.

Gui permaneció de pie detrás de Rowland, inquieto ante la expresión sombría de Roger. Era éste un hombre apuesto, con los ojos azules y el cabello rubio característicos de los normandos, pero ahora su rostro se hallaba marcado con líneas severas, amenazantes. Rara vez reía, excepto con sarcasmo, y su sonrisa solía ser despectiva. Rowland y Roger eran semejantes en estatura; ambos, jóvenes musculosos y fuertes, de considerable tamaño. Pero el semblante de Rowland no era tan duro como el de su adversario.

Sin lugar a dudas, bien parecido. Rowland también guardaba un cierto sentido del humor y un toque de amabilidad.

—De modo que tu padre te echa de menos, ¿eh? —comentó Roger lacónicamente.— Pero, ¿por qué enviar a un caballero a buscarle, cuando cualquier lacayo podría haberte encontrado?

—Demuestras un inadecuado interés en mis asuntos, Roger —observó Rowland de modo terminante.

Roger esbozó una sonrisa sarcástica.

—Mi hermano se ha desposado con tu hermana —dijo, extendiendo los brazos para tomar a la camarera y sentarla en su regazo, al tiempo que echaba una mirada de soslayo hacia su antiguo rival. Un matrimonio desacertado, en mi opinión.

—Espero que no creas que eso nos convierte en parientes —gruño Rowland.

—¡Jamás reconocería parentesco alguno con un bastardo! —contestó el otro con rudeza.

El silencio fue denso, hasta que las risotadas burlonas de Roger llenaron la habitación.

—¿Qué ocurre? ¿Acaso no tienes respuesta, Rowland? —le provocó, y abrazo a la muchacha que tenía en el regazo al proseguir— El bastardo ha perdido su valor desde que le derroté.

Una explosión debería haber acompañado al repentino esplendor que apareció en los ojos de Rowland, pero el muchacho habló con increíble calma.

—Soy un bastardo, eso es bien sabido. ¿Pero un cobarde, Roger? Había comenzado a sospechar eso de tí. La última vez que combatimos, te aseguraste de que estuviera ebrio antes de atacarme. —Roger comenzó a levantarse, arrojando a la niña hacia un lado, pero la severa mirada de Rowland le penetró—. Me equivoqué, Roger. Tú no eres un cobarde. Tú tientas a la muerte con tus palabras y lo haces con intención.

—¡Rowland, no! —exclamó Gui, e intentó detener a su amigo, que ya comenzaba a incorporarse.

Pero el volcán que ardía en el interior de Rowland fue imposible de detener. El muchacho empujó a Gui hacia un lado, se puso de pie y extrajo su espada, moviéndose con tal rapidez, que soltó el banco de piedra de sus soportes. este cayó sobre el suelo, tirando a los otros.

La atención de la sala se concentró en los combatientes, pero Rowland y Roger lo ignoraron todo, excepto a su adversario. En un acto de alarde, Roger limpió el ale de la mesa con un manotazo. Pero la cerveza se derramó sobre un caballero ebrio y el hombre se le abalanzó antes de que Rowland pudiera atacar.

El muchacho esperó con impaciencia, al tiempo que la ira bullía en su interior, pero no aguardó demasiado. El combate entre Roger y el caballero instó a los otros a luchar y, en pocos instantes, la habitación se convirtió en un campo de batalla. Los guerreros borrachos atacaban, mientras que los sobrios intentaban defenderse. dos soldados se lanzaron sobre Rowland sin razón, y él perdió de vista a Roger en el tumulto. Gui acudió en su ayuda, y los dos amigos no tardaron en vencer a sus oponentes.

Rowland estaba a punto de volverse en busca de Roger cuando, detrás de sí, oyó el agudo estrépito del acero. Entonces, giró, para encontrarse a Roger, sorprendido, puesto que la espada le había sido arrebatada de la mano. Detrás de él, se hallaba un caballero, a quién Rowland no logró identificar. El extraño miró al muchacho y estaba a punto de hablar cuando, repentinamente, Roger recogió su arma y atravesó al hombre.

Rowland se sintió demasiado indignado como para lanzarse contra su viejo enemigo. Antes de que pudiera recuperarse, un escudero ebrio se abalanzó hacia Roger por atrás y le arrojó el borde plano de la espada sobre la cabeza. Roger cayó a los pies de Rowland, junto al caballero que él mismo había herido.

—Déjalo, Rowland — le suplicó Gui, sujetándole la mano.

El muchacho le lanzó una mirada fulminante.

—¿Acaso no lo has visto? Intentó atacarme por la espalda, y este buen hombre lo impidió.

—Ví que Roger se te acercaba, Rowland, eso es todo. Con seguridad, te hubiera advertido antes de atacar.

—Conozco a Roger mejor que tú, Gui, y te aseguro que su intención era matarme sin previo aviso —gruñó Rowland.

—Entonces, rétalo cuando se recupere —le imploró Gui—. Pero no apeles al asesinato. Déjalo pasar por ahora.

Rowland nunca había matado a un hombre indefenso, y accedió a la petición de su amigo. Se inclinó junto al caballero que había acudido en su ayuda, quien probablemente le había salvado la vida.

—Este hombre aún vive, Gui —gritó—. Le llevaremos al cirujano de mi campamento.

Gui vaciló.

—¿Y qué haremos con Roger?

—Déjale —respondió Rowland con fastidio—. Tal vez, uno de estos hombres decida atravesarle con la espada y me ahorre la molestia.

3

Rowland se encontraba aguardando ansiosamente junto a la tienda del médico, al tiempo que Gui se paseaba por los alrededores, angustiado.

—Ya han pasado tres días, Rowland —le dijo con impaciencia—. Si el hombre tiene que morir, morirá. No hay nada que puedas hacer para ayudarle.

Rowland lanzó una mirada airada a su amigo. Ya habían mantenido esta misma discusión poco antes ese mismo día.

—Debemos partir, Rowland. Roger huyó furtivamente durante la noche, de modo que ahora no puedes desafiarle. Como están las cosas, no llegaremos a casa antes de la primera nevada.

—Unos pocos días más no importarán.

—Pero tú ni siquiera conoces a este hombre.

—Tu impaciencia no dice mucho en tu favor, Gui. Estoy en deuda con él.

—No puedes estar tan seguro de ello.

—Claro que sí.

Finalmente, la puerta de la tienda se abrió y el médico del duque se acercó a los dos hombres con aire fatigado.

—Estuvo consciente unos instantes, pero es demasiado pronto para saber si vivirá. La hemorragia ha cesa-

39

do, pero poco puedo hacer por las lesiones que tiene en su interior.

—¿Llegó a hablar?

El médico asintió.

—Al despertar, creyó encontrarse en una aldea de pescadores. Al parecer, ha pasado varias semanas en la costa, recuperándose de unas heridas.

Rowland frunció el entrecejo.

—¿Heridas?

El doctor sacudió la cabeza.

—Ese joven debe de estar maldito. Fue dejado a la merced de unos campesinos. Apenas si logró sobrevivir. Afirma que permaneció inconsciente una semana y que no pudo moverse ni hablar durante unos días más. Recibió un mal golpe en la cabeza.

—¿Quién es? —preguntó Rowland con ansiedad.

—Sir Rowland, el hombre está gravemente herido. No le quise presionar, sólo me dediqué a escuchar lo que deseaba decir. Se encontraba muy alterado. Cuando insistí en que no podía levantarse, trató de explicar lo de su herida. Dijo algo acerca de una hermana, su preocupación por la muchacha, pero volvió a desplomarse antes de que pudiera contarme de qué se trataba. parecía muy perturbado.

—¿Puedo verle?

—Está otra vez inconsciente.

—Aguardaré en la tienda hasta que despierte. Debo hablar con él.

—Muy bien.

Gui continuó con sus súplicas una vez que el doctor se hubo marchado.

—¿Ves?, el médico no parece demasiado preocupado. Marchémonos a casa. Ya no hay nada que puedas hacer aquí.

Rowland había perdido la paciencia con su viejo amigo. Se sentía moralmente obligado a permanecer allí.

—¡Maldición! ¡Actúas como una mujer gruñona! Si estás tan ansioso por irte, entonces vete...¡vete!

—Rowland, sólo creo que es urgente apresurarnos. Ya puede ser demasiado tarde. Es probable que, en mi ausencia, Thurston de Mezidon haya atacado, antes de la llegada del frio.

—Marchaté ya. Yo te alcanzaré en el camino.

—Pero no puedo permitir que viajes sólo.

Rowland lanzó una mirada severa a su amigo.

—¿Y desde cuándo necesito una escolta? ¿O es que no confías en que te seguiré? Oh sí, ya veo que es eso. —Soltó una breve risita—. Lleva mis pertenencias contigo, entonces. Deja sólo mi caballo y mi armadura. De ese modo, podrás estar seguro de que te seguiré. Si no surgen dificultades, me reuniré contigo entre el Ródano y el Loira. Si no es allí, entonces cuando hayas dejado Loira. No me esperes si no logro alcanzarte.

Con cierta renuencia, Gui partió y su amigo permaneció sentado junto al catre de la tienda durante el resto de la tarde. Esa noche, su vigilia se vio recompensada cuando el herido abrió los ojos. El hombre trató de incorporarse, pero Rowland le detuvo.

—No debes moverte. Tu herida volverá a sangrar.

Los brillantes ojos pardos del enfermo se posaron sobre Rowland.

—¿Te conozco? —Habló calaramente en francés y luego, respondió a su propia pregunta—. Estabas anoche en la taberna.

—Eso pasó hace tres noches, mi amigo.

—¿Tres? —gruñó el herido—. Debo encontrar a mis hombres y regresar a Berry de inmediato.

—No irás a ninguna parte, al menos, no por algún tiempo.

El hombre soltó un gemido.

— ¿Necesitas al médico?

—Sólo si puede realizar un milagro y curarme en este instante —susurró el enfermo.

Rowland sonrió.

—¿Qué puedo hacer por tí? Me salvaste la vida y estás sufriendo por eso.

—Sufro por mi propia imprudencia. Sólo dos veces en mi vida he alzado mi espada en serio combate y, en ambas oportunidades, me he acercado a la muerte. Jamás escucho las advertencias. Siempre pienso que los hombres lucharán limpiamente. Me ha costado un alto precio aprender la lección.

—Sé que acabas de recuperarte de una herida en la cabeza. ¿Fueron los sarracenos?

—Sí. Iba con otros tres persiguiendo una banda que huía. Cuando los alcanzamos, ellos se volvieron para luchar. Entonces mi caballo cayó y me arrojó por los aires. Cuando por fin desperté, me encontré en una aldea de pescadores, con un dolor de cabeza que no le deseo a nadie y me informaron que había estado inconsciente durante una semana. Vine a Arles tan pronto como me recuperé. No tuve suerte para encontrar a mis vasallos. Creía que hallaría a uno o dos en esa taberna, pero no ví a ninguno.

—Pero, afortunadamente para mí, te encontrabas allí esa noche.

—No pude menos que atacar cuando ví que un hombre se te acercaba por detrás —declaró el herido.

—Bueno, has salvado la vida de Rowland de Montville. ¿Qué puedo hacer a cambio?

—Reza por mi rápida recuperación.

Rowland rio, puesto que el hombre conservaba el humor pese a su lastimoso estado.

—Sin duda, oraré por ti. ¿Y tu nombre? Debo saberlo si he de implorar a los santos.

—Quintin de Louroux.

—¿Eres franco?

—Sí, de Berry.

—¿Tu familia vive allí?

—Mis padres han muerto. Sólo me queda mi hermana y... —El hombre hizo una pausa—. Hay algo que puedes hacer por mí.

—No tienes más que mencionarlo.

—Mis vasallos, los tres que traje conmigo. Si puedes encontrarlos por mí, te estaré muy agradecido. Así, podría enviar uno a casa para informar a mi hermana que estoy vivo, pero que aún no regresaré hasta dentro de algunas semanas.

—¿Tu hermana te cree muerto?

Quintin asintió, inclinando débilmente la cabeza.

—Supongo que sí. Creí que sólo me llevaría unos pocos días reunir a mis hombres y partir hacia Berry. Pero ahora el médico dice que debo permanecer en esta cama durante tres semanas. No puedo tolerar la idea de que mi hermana esté llorando mi muerte.

Tanta preocupación por una mujer era incomprensible para Rowland.

—Debes amarla mucho.

—Estamos muy unidos.

—Entonces puedes estar tranquilo, mi amigo. Encontraré a tus caballeros y te los enviaré. Pero me pides muy poco. Me consideraría honrado si me permitieras llevarle las noticias a tu hermana en persona. Librarte de esa preocupación sería sólo una pequeña paga a lo mucho que te debo.

—No puedo pedirte tanto —se negó Quintin.

—Me ofenderé si no lo haces. De todos modos, debo viajar hacia el norte, puesto que mi padre ha requerido mi presencia en Monteville. Sólo me retrasé para asegurarme de tu estado. ¿Y no has oído hablar de los caballos de guerra de Montville? Mi animal avergonzaría al corcel de tu caballero y las nuevas buenas llegarían mucho antes a tu hermana.

Los ojos de Quintin se iluminaron.

—Encontrarás mi casa sin dificultad. No tienes más que preguntar una vez que te acerques a Berry y te indicarán el camino hacia Louroux.

—Lo encontraré —le aseguró Rowland—. Tú sólo debes descansar y recuperar tus fuerzas.

—Ahora ya podré descansar —afirmó Quintin con un suspiro—. Te estoy muy agradecido, Rowland.

El muchacho se incorporó para partir.

—Es lo menos que puedo hacer por tí, y no es nada, considerando que me salvaste la vida.

—Tu deuda está saldada —le aseguró el enfermo.

—No digas a mi hermana que me han herido otra vez. No deseo causarle más angustias. Sólo dile que aún debo permanecer al servicio del duque, pero que pronto regresaré.

Después de haber dejado atrás Arles, advirtió Rowland que desconocía el nombre de la hermana de Quintin de Luoroux. Pero no tenía importancia... encontraría a la joven de todos modos.

4

Druoda de Garcuña se encontraba en sus recámaras, recostada sobre un largo canapé verde, comiendo pasas de uva y saboreando su néctar en un dulce vino. Ya había caído la tarde y, aunque el invierno había sido benigno hasta el momento, Druoda estaba habituada a los climas más cálidos del sur de Francia e insistía en mantener encendida la llama de un brasero para entibiar la habitación.

A sus pies, se encontraba arrodillada Hildegard, preparando las uñas de su ama para pintarlas, otra de las numerosas prácticas que Druoda había aprendido de las despreocupadas mujeres del sur. No mucho tiempo atrás, ambas damas se habían visto privadas de todo lujo. Sólo recientemente, habían trabajado día y noche, alimentando a viajeros, lavando ropa sucia de otras personas y cocinando. Esta deplorable labor había sido necesaria, puesto que el padre de Druoda no le había dejado nada. Su esposo Walafrid, poseía una inmensa casa, pero no contaba con suficiente dinero para mantenerla. De modo que ambos habían convertido la residencia en una posada y contratado a Hildegard como ayuda.

Gracias a la muerte del sobrino de Druoda, Quintin, los dias de arduo trabajo habían terminado. Todo había sido calculado: asumirían la tutoría de Brigitte de Louroux y

45

ocultarían la noticia de la muerte del barón a su señor. Druoda se sentía satisfecha por haberse desembarazado de la única persona que podría informar la mala nueva al conde Arnulf. Bajo sus órdenes, Hugh había regresado a la costa sur para verificar la muerte de Quintin. En realidad, ella no necesitaba confirmación alguna, pero requería tiempo, y aguardar a que Hugh y los vasallos volvieran con las pertenencias de su sobrino le proporcionaría el lapso necesario para desposar a Brigitte sin la intromisión del conde.

Si se producía la boda antes de que Arnulf supiera de la muerte de Quintin, entonces no habría razón para nombrar a un tutor, puesto que la niña contaría con un esposo. Sólo restaba impedir que la dama acudiera al conde y eso podría arreglarse manteniéndolos apartados. Una vez que tuviera lugar el matrimonio, Arnulf no podría entrometerse. No, el hombre dejaría la propiedad en manos del legítimo marido de Brigitte, quien, a su vez, sería controlado por Druoda.

El esposo, ¡ah, ésa era la parte más difícil! Encontrar a un hombre que deseara a lady Brigitte lo suficiente como para someterse a las exigencias de Druoda había sido el mayor desafío. La mujer contaba con una larga lista de posibilidades, una lista obtenida de los sirvientes, puesto que la mano de la muchacha había sido solicitada varias veces a lo largo de los años. Druoda creía haber encontrado, por fin, el candidato adecuado en Wilhelm, lord de Arsnay. El hombre ya había requerido a la dama en dos ocasiones, pero Thomas y Quintin habían rechazado la petición, incapaces de entregar a su adorada Brigitte a alguien más anciano que su propio padre y, menos aún, con la deshonrosa reputación de lord de Arsnay.

Wilhelm era perfecto para los planes de Druoda. Un hombre que raramente dejaba su propiedad en Arsnay, que no acudiría a menudo a Louroux para inspeccionar el patrimonio de su esposa; un hombre que deseaba tanto una joven virgen y hermosa, que estaba dispuesto a dejar a Walafrid al mando de todo Louroux. El viejo tonto creía que sólo una esposa virgen podría brindarle el hijo que con tanta desesperación anhelaba. No era específicamente Brigitte lo que él buscaba, aunque su belleza le deslumbraba. Era la inocencia de la niña lo que el hombre requería. ¿Y qué otra joven aceptaría casarse con un anciano? Lord Wilhelm era también vasallo de Arnulf, de modo que el conde no cuestionaría la elección de Druoda.

La mujer se recostó sobre el respaldo del canapé y suspiró con satisfacción. Wilhelm era la solución a sus planes y se sentía sumamente complacida consigo misma, puesto que apenas la noche anterior había concluido lo9s arreglos con el hombre. El lord se hallaba tan prendado de Brigitte que, sin duda, la consentiría en todo. Y, cerca de un año más tarde, la muchacha sufriría un desafortunado accidente, dado que no sería apropiado que sobreviviera a su esposo y quedara en una situación capaz de amenazar la meticulosa labor de Druoda. La mujer ya había logrado deshacerse de Mavis con total facilidad; luego, le llegaría el turno a Brigitte. La joven moriría, Wilhelm sería lord de Louroux y Walafrid conservaría su puesto de senescal. De esa forma, Druoda podría gobernar para siempre los dominios de Louroux.

—¿Cuándo se lo dirás a la niña, Druoda?

La pregunta de Hildegard provocó una sonrisa en el pálido y redondo rostro de su ama.

—Esta noche, cuando Brigitte se encuentre agotada, después de trabajar durante todo el largo día.

—¿Por qué estás tan segura de que aceptará? Ni siquiera yo admitiría casarme con Wilhelm de Arsnay.

—Tonterías —se mofó Druoda—. Puede que el hombre no sea muy agraciado en su aspecto y que tenga ideas algo excéntricas acerca de las vírgenes y los hijos varones, pero posee una fortuna. Y no olvides que la dama no tiene alternativa. —Hildegard miró a su ama con incertidumbre, y Druoda rió.— Déjala protestar. No puede hacer nada para impedir este matrimonio.

—¿Y si escapa?

—He contratado a dos rufianes que la vigilarán hasta el momento de la ceremonia. Los traje conmigo anoche.

—Has pensado en todo —dijo la criada con admiración.

El ama esbozó una siniestra sonrisa.

—Tuve que hacerlo.

Druoda había nacido maldecida con la figura fornida y la cara de luna de su padre, mientras que su hermana, Leonie, había sido bendecida con el delicado aspecto de su madre. Druoda siempre había envidiado la belleza de su hermana y, cuando ésta se casó con el espléndido barón de Louroux, la envidia se transformó inmediatamente en odio hacía la pareja. Una vez muertos Leonie y su esposo, ese odio se concentró en Brigitte.

Ahora Druoda poseería todo lo que, alguna vez, había tenido su hermana. No contaba con un marido tan magnífico sin embargo, puesto que Walafrid era un pobre ejemplo de la especie. Pero eso convenía a Druoda. La mujer tenía una férrea voluntad y nunca hubiera tolerado la autoridad de ningún hombre. A los cuarenta y tres años, por fin, podría alcanzar todo aquello que le había sido negado en la vida. Con Brigitte convenientemente casada y fuera de su camino, podría gobernar Louroux y se convertiría en ñuna gran dama, una dama de fortuna e influencia.

Esa noche, Brigitte fue llamada a la espaciosa recámara de Druoda, habitación que, alguna vez, había pertenecido a sus padres. Unos llamativos canapés habían sido sumados al decorado y la inmensa cama de madera se hallaba cubierta con una recargada colcha de seda roja. Los gigantescos armarios se encontraban repletos con los numerosos mantos y túnicas que Druoda había encargado confeccionar. Las mesas de madera habían sido reemplazadas por unas de bronce, algunas de las cuales se hallaban adornadas con candelabros de oro puro.

Brigitte detestaba el estado actual de la habitación, cargado con las extravagancias de Druoda. La mujer se encontraba reclinada sobre un sofá con un aire majestuoso. Su tosco y pesado cuerpo estaba cubierto con, al menos, tres túnicas de lino de diversos colores y tamaños. El vestido exterior tenía mangas amplias y sus puños se hallaban bordados con pequeñas esmeraldas. Estas gemas eran aun más exclusivas que los diamantes y costaban una fortuna. El cinturón también estaba salpicado de esmeraldas, al igual que el adorno de oro que Druoda llevaba en el elaborado peinado de su cabellera oscura.

Brigitte había trabajado durante todo el día, arrancando la hierba al parque de la mansión. En el pasado, esa tarea siempre había sido asignada a tres o cuatro siervos como parte de las labores que debían a su señor; sin embargo, esta vez, la muchacha la había efectuado sin ayuda. Y también había embotellado las hierbas invernales. Se encontraba exhausta y famélica, puesto que no le había sido permitido detenerse hasta no terminar con el trabajo, y apenas acababa de finalizarlo. Pero allí estaba Druoda, frente a un opíparo banquete tendido sobre la mesa. Había allí más comida de la que la mujer podría ingerir; un suculento cerdo, diversos platos de verduras, pan, fruta y pastelillos.

—Me gustaría retirarme, Druoda. —Brigitte habló por fin, tras unos cuantos minutos de silencio—. Si no vas a decirme por qué estoy aquí...

—Sí, imagino que estarás cansada y hambrienta —dijo Druoda con indiferencia, al tiempo que se llevaba otro pastelillo a la boca—. Dime, muchacha, ¿sientes que estás trabajando en exceso? Pero no, no lo crees así, puesto que nunca te quejas.

—Druoda, te agradecería me dijeras por qué me has llamado —insistió la joven con tono cansado.

—Pienso que tu obstinación ha ido demasiado lejos, ¿no lo crees así? —Luego, prosiguió sin aguardar la respuesta—. Claro que sí. Olvida ya esa tontería del convento. Te tengo maravillosas noticias, Brigitte. —Culminó su frase con una sonrisa.

—¿Qué noticia?

Los labios de Druoda se curvaron en una mueca de desagrado.

—Tu actitud hacia mí no ha sido precisamente la que yo hubira deseado. Pese a ello, la bondad de mi corazón me ha forzado a concertar un espléndido matrimonio para tí.

La revelación de la mujer dejó sin habla a Brigitte. Varias veces le había dicho a Druoda que aún no deseaba desposarse.

49

—¿Y bien, muchacha? ¿No tienes nada que decir en estos momentos?

—No tenía idea de que podías ser tan generosa, Druoda —dijo finalmente la joven, tratando de producir un tono que no pudiera ser interpretado como sarcástico.

—Sabía que me estarías agradecida, y con razón, porque tu prometido es un hombre de importancia. Y te sentirás feliz al saber que él también es vasallo de tu señor, el conde Arnulf, de modo que ese buen hombre, sin duda, no se atreverá a rechazarle. Sí, mi querida niña, eres realmente afortunada.

Brigitte continuó aún reprimiendo su ira, aunque sus ojos azules brillaron peligrosamente.

—¿Y qué ocurrirá con mi período de luto? ¿Cómo osas tratar de casarme cuando aún estoy llorando la muerte de mi hermano?

—Tu prometido está ansioso por concretar el enlace y no podrá retrasarse. Por la mañana, iremos a su mansión para celebrar la boda. ¿Puedo confiar en que te vestirás adecuadamente y estarás lista para partir antes del mediodía?

La joven vaciló. Así, podría abandonar al mansión y, tal vez, ¡incluso viajaran en dirección al castillo de Arnulf!

—Estaré lista —respondió con calma, para luego agregar—Pero aún no me has dicho su nombre.

Druoda sonrió con infinito deleite.

—Tu prometido es lord Wilhelm de Arsnay.

Brigitte ahogó una exclamación, y la otra mujer la observó con regocijo al ver que el delicado rostro de la niña perdía su color.

—Estás impresionada por tu buena fortuna —comentó Druoda con tono conciliador.

—¡Lord Wilhelm!

—Un hombre excelente.

—¡Es un obeso, lascivo, detestable y asqueroso cerdo! —exclamó la joven, tras haber perdido su anterior cautela—. ¡Preferiría morir antes que casarme con él!

Druoda rió.

—¡Qué carácter! Primero, eliges un convento ¡y ahora, es la muerte antes que la deshonra!

—¡Hablo en serio, Druoda!

—Entonces, supongo que tendrás que matarte —dijo la dama con un suspiro—. Pobre Wilhelm, estará muy decepcionado.

—No tengo que casarme con él sólo porque tú lo has decidido. Me marcharé de aquí si insistes. No me preocupa lo que pueda sucederme en la ruta, puesto que nunca podrá ser peor que desposar al hombre más repulsivo de todo Berry.

—Me temo que eso es inaceptable. No me creerás capaz de permitir que te arriesgues a los peligros del camino, ¿verdad? He dado mi palabra con respecto a esta boda y se celebrará.

Brigitte se irguió con dignidad, tratando con desesperación de controlarse.

—No me puedes forzar a casarme con ese hombre tan detestable, Druoda. Olvidas un factor muy importante. Aun cuando ése sea el candidato de tu elección, el conde Arnulf sigue siendo mi lord y debe aprobar el enlace. El nunca sería capaz de entregarme a Wilhelm de Arsnay, aunque sea su vasallo.

—¿Crees que no?

—¡Se que no!

—Tú me subestimas, niña —gruño Druoda, abandonando ya su fingida actitud, y se inclinó hacia adelante, en dirección a su presa—. El conde dará su consentimiento porque creerá que este matrimonio es lo que tú deseas. No es extraño que una joven elija a un anciano como esposo, puesto que, de esa forma, estará segura de sobrevivirle y gozar, algún día, de la libertad de la viudedad. Y tú, mi niña, con tu obstinación, eres de las que anhelarían esa libertad. El conde Arnulf, sin duda, creerá que tú deseas esta enlace.

—Yo le revelaré lo contrario, ¡aunque deba decírselo en el día de la boda!

Druoda la abofeteó con crueldad, ferozmente y con placer.

—No toleraré más arrebatos de ira, Brigitte. Te casarás antes de que el conde Arnulf pueda asistir a la ceremonia. Si me desafías, me veré obligada a tomar medidas severas. Una buena zurra podría infundirte el respeto apropiado. Ahora, vete de aquí. ¡Fuera!

5

El sueño de Brigitte fue interrumpido después de apenas unas pocas horas de descanso. Antes de que la niña lograra despabilarse por completo, una presuntuosa Hildegard le informó que sería trasladada una vez más a su antigua recámara. No era extraño que Druoda le permitiera entonces el regreso, sólo a fin de facilitarle los preparativos para reunirse con el prometido.

Brigitte pasó casi una hora sumergida en una inmensa bañera, relajando su dolorido cuerpo. Pero nada pudo hacer por la aspereza de sus manos, ni por sus uñas rotas, evidencias de largos meses de arduo trabajo.

Después del baño, la joven se dirigió a su guardarropa. Sólo le habían dejado dos prendas respetables. En el interior del baúl, había un pequeño cofre, pero ya no se encontraban las valiosas joyas que éste alguna vez había contenido. Un peine y un espejo de acero era todo lo que quedaba de lo que, en el pasado, había sido una fabulosa colección de alhajas. Brigitte revisó una pila de prendas de algodón y extrajo dos túnicas de fino lino azul, bordadas con hilos de plata. La prenda más larga, sin mangas, era para usar debajo de la más corta, con mangas largas y amplias. Se sorprendió al ver que el corpiño del vestido exterior aún seguía cubierto de exquisitos zafiros incrustados. Su padre le había obsequiado el traje antes de morir. El atuendo se completaba con un largo manto, bordeado con un cordoncillo de plata, que se sujetaba con un inmenso zafiro. ¿Por qué razón no le habrían quitado las piedras?

Brigitte sólo pudo imaginar que no habían notado la presencia de esas prendas cuando ella se había trasladado a las chozas de los siervos. De otro modo, jamás hubiera seguido en posesión de tan valiosísimas gemas. Al igual que las esmeraldas, los zafiros eran más costosos que los diamantes o las perlas. Esas piedras, al menos, podrían comprar la libertad.

A la hora del crepúsculo, le acercaron un caballo a la entrada de la mansión. La muchacha llevaba puestos sus vestidos azules y el lujoso manto prendido alrededor del cuello. Una vez más, parecía haber recuperado su antiguo aspecto. Se la veía hermosa, incluso desafiante, con su cabello dorado sujeto en dos largas trenzas que le caían sobre los hombros hasta la cintura.

Druoda ya había montado y se encontraba aguardándola. También se hallaban allí dos hombres muy robustos, a quienes Brigitte nunca antes había visto. Sin presentar a la muchacha, ni ofrecerle explicaciones, Druoda condujo el camino a través del portalón del muro de piedra que circundaba la mansión. Los hombres iniciaron la cabalgata sin apartarse de ambos lados de la joven.

Sólo unas horas más tarde, cuando se encontraban a dos kilómetros de los dominios de lord Wilhelm, Druoda aminoró la marcha lo suficiente como para que Brigitte pudiera preguntarle acerca de los sujetos y confirmar así sus sospechas.

—Están aquí para vigilarte —le informó la mujer con brusquedad—. Ellos se encargarán de que no desaparezcas antes de la ceremonia.

La joven se enfureció. ¿Cómo podría escapar si no cesaban de vigilarla?

El resto del día no resultó menos penoso. Pasaron la tarde con lord Wilhelm y su robusta hija. Wilhelm era un hombre obeso, más anciano que el padre de Brigitte, con mechones de cabello ralo y gris que le bordeaban la cabeza. Era un sujeto repulsivo, con una nariz roja y bulbosa y unos ojos pequeños y negros, que no se apartaron de su joven prometida hasta que fue servido el banquete.

Cenaron en la sala principal, una habitación vacía, excepto por las mesas de madera labrada y la armadura que adornaba las sombrías paredes de piedra. Brigitte no pudo probar la comida, y se le revolvía el estómago al observar a los otros deglutir sus alimentos. Druoda se encontraba muy cómoda, en compañía de sus congéneres glotones.

Primero, se sirvieron medusas y erizos de mar, que fueron rápidamente devorados. El plato principal, carne asada de avestruz con salsa dulce, tórtola, carnero y jamón, lo comieron con igual rapidez. Por último, llegaron las tortas y los dátiles rellenos fritos en miel, acompañados por un vino aromatizado con mirra. En general, un banquete solía durar horas, pero éste culminó en menos de una.

Después de la comida, Brigitte creyó que vomitaría cuando fue forzada a presenciar el entretenimiento que Wilhelm había planeado: la lucha de un perro domesticado contra un lobo. La muchacha amaba los animales y esa clase de espectáculos solían perturbarla.

Salió corriendo del vestíbulo y, al llegar al patio, respiró profundo, feliz de encontrarse alejada de los otros. Pero su alivio no duró demasiado, ya que la hija de Wilhelm la siguió y le dijo bruscamente:

—Yo soy el ama de esta casa y siempre será así. Tú serás la cuarta esposa joven de mi padre y, si pretendes gobernar aquí, terminarás como las otras...muerta.

Demasiado aturdida para responder, Brigitte se apartó, tambaleándose. Pronto abandonaron la casa de Wilhelm y la muchacha balbuceó su adiós tras un velo de lágrimas.

El llanto continuó nublándole la visión mientras cabalgaban de camino a casa. Los guardias no se apartaban de su lado y se preguntó como podra llegar hasta el castillo de Arnulf si esos dos fornidos sujetos no cesaban de vigilarla.

Aunque, en realidad, ¿qué podría perder si hacía el desesperado intento de llegar hasta el conde? De pronto, se secó los ojos con furia y clavó los talones a ambos lados de su caballo. Por unos instantes, la muchacha y su yegua se alejaron de los otros. Pero los guardias habían esperado este incidente y la alcanzaron con facilidad, antes de que ella lograra dejar atrás la última choza de la aldea de Wilhelm.

Los hombres llevaron a la joven al lugar donde Druoda esperaba, y Brigitte se enfrentó a un golpe que la tomó desprevenida y la arrojó del caballo. La muchacha cayó en el lodo, casi sin respiración. Eso acrecentó su ira hasta el punto de explotar, pero no descargó la furia contra Druoda. Por el contrario, la reprimió y fue golpeada. Luego se limpió el lodo del rostro y permitió que la trasladaran bruscamente hasta el lomo de su yegua.

Brigitte se sintió hervir de rabia, pero guardó silencio. Esperó con paciencia a que sus acompañantes aflojaran la vigilancia, cuidando siempre de cabalgar hundida en la montura y dar toda la impresión de obediencia. Pero su actitud estaba muy lejos de ser sumisa.

Tan enfrascada se hallaba en sus pensamientos, que no advirtió que ya había oscurecido hasta que el aire helado de la noche le azotó las mejillas. De inmediato, se alzó la capucha del manto para cubrirse la cabeza. Al hacerlo, estudió furtivamente a sus compañeros y observó que sólo Druoda se encontraba cabalgando a su lado. Los dos guardias se habían adelantado a fin de proteger a las mujeres contra los asaltantes nocturnos.

Esta era su oportunidad. Caída la noche, podría ocultarse en la oscuridad. Nunca se encontraría tan cerca del conde Arnulf como en ese momento. Sujetó ambas riendas en un puño y, después de acercarse a Druoda, las uso para azotar la yegua de la mujer, instando al animal a abalanzarse hacia los guardias, al tiempo que ella giró y se lanzó al galope en la dirección opuesta.

Esta vez, logró alejarse un considerable trecho, antes de que los hombres iniciaran la persecución. Luego de avanzar un kilómetro por la ruta, aminoró la marcha y se internó en el bosque donde las sombras, negras como el ébano, le proporcionaban un perfecto escondite. Se apeó de la yegua y comenzó a caminar lentamente junto al animal a través de la oscura maleza. Unos instantes más tarde, oyó a los guardias correr por el antiguo camino.

Brigitte conocía esos bosques, ya que a menudo los había atravesado con sus padres, en sus frecuentes visitas al castillo de Arnulf. Al otro lado de los árboles, había un camino más ancho, la antigua ruta entre Orleans y Bourges y ese sendero la llevaría hasta el conde. Sólo le restaba atravesar el bosque, aunque era ésa una difícil hazaña.

A medida que su temor por los guardias de Druoda aminoraba, los aterradores sonidos de los bosques comenzaron a acosarla y recordó las tétricas advertencias de Leandor acerca de ladrones y asesinos, grupos de bandidos que moraban por esos lugares. Aceleró el paso hasta que se encontró casi corriendo y de pronto, se lanzó por entre los árboles, hasta llegar a un pequeño claro. El pánico la embargó. Miró alrededor con desesperación, esperando ver una fogata rodeada de hombres. Dejó escapar una exclamación de alivio, ya que no era un claro dende se encontraba, sino el camino... ¡había salido al camino!

Volvió a internarse en las sombras y se despojó de todas sus ropas, excepto la vieja túnica de lana que le cubría la piel. Luego, se envolvió las prendas alrededor de la cintura y se colocó, una vez más, el manto, aunque no lo prendió, de modo que, si tropezaba con alguien, podría quitárselo con rapidez y quedar nuevamente con el atuendo de una campesina.

Volvió a montar la yegua y cabalgó hacia el sur, sintiéndose libre, alborozada. Ya no habría boda con Wilhelm. Y ya no tendría que seguir soportando a Druoda, puesto que Arnulf no la aceptaría con agrado, una vez que Brigitte le contara las fechorías de la mujer en Louroux. La muchacha se sintió casi mareada, a medida que su lozana yegua avanzaba a toda velocidad. Ya nada podría detenerla.

Empero, de repente, algo interrumpió su marcha. El caballo se detuvo y se empinó y, por segunda vez en el día

Brigitte se encontró tirada en el suelo, tratando de recuperar la respiración. Se puso de pie tan pronto como pudo, temerosa de que el animal pudiera desbocarse. Pero la yegua permaneció inmovil y, al acercarse, la muchacha advirtió la razón.

—¿Y qué tenemos aquí?

El caballero se encontraba dignamente montado en su caballo de guerra, el animal más gigantesco que Brigitte había visto jamás. El hombre era, asimismo, inmenso, probablemente de más de un metro ochenta de estatura. Llevaba puesta una armadura y ofrecía un espectáculo verdaderamente impactante. Al quitarse el casco, surgió una abundante cabellera rubia que le caía justo debajo de la nuca, un estilo demasiado corto para un francés. Entre las sombras de la noche, la joven no logró verle los rasgos con claridad.

—¿Y bien, mujer?

La profunda voz del caballero sorprendió a la muchacha.

—¿Es esto todo lo que puede decir, caballero, después de haber arrojado a una dama de su corcel?

—Una dama, ¿eh?

Demasiado tarde, Brigitte recordó que llevaba puesta su túnica campesina. Decidió permanecer en silencio. Volvió a montar la yegua con rapidez y trató de arrebatar las riendas de la mano del hombre. Pero no lo logró, puesto que él no dejó de sujetarlas con su puño de acero.

—¿Cómo se atreve? —lo increpó la joven—. ¿Acaso no le basta con haber causado mi caída? ¿Ahora también intenta detenerme? —El caballero rió, y ella prosiguió con arrogancia.—¿Qué puede resultarle tan divertido?

—Podría convencerme de que eres una señora con esos aires tan altivos, pero no lo eres —declaró él con tono burlón, para luego agregar:— ¿Una dama sola, sin escolta?

La mente de Brigitte comenzó a girar a gran velocidad, pero, antes de que pudiera elegir una respuesta, el caballero continuó.

—Vendrás conmigo.

—¡Aguarda! —gritó la muchacha, al tiempo que él le hacía girar la yegua para arrastrarla consigo—. ¡Deténgase! —El caballero la ignoró, y ella le lanzó una mirada fulminante por la espalda—. ¿A dónde me lleva?

—Te llevaré hacia donde yo me dirijo, y otros podrán regresarte con tu amo. Estoy seguro de que él estará encantado de recuperar su caballo, si no su sierva.

—¿Me cree una sierva?

—Tu yegua es demasiado fina para pertenecer a una aldeana —prosiguió el hombre—. Y ni aun un lord complacido con tus favores regalaría a una sierva una prenda tas costosa como ese manto que llevas.

—El manto es mío, ¡al igual que el caballo!

—No malgastes tu astucia conmigo, damisela —le sugirió él con aire conciliador—. No me importa lo que digas.

—Déjeme ir.

—No. Tú has robado, y no puedo encubrir a una ladrona —afirmó el caballero con tono severo, y luego agregó: —Si fueras un hombre, te atravesaría con mi espada sin perder el tiempo en devolverte. No me sigas provocando con tus mentiras.

"Bueno, al menos, no todo estaba perdido", pensó Brigitte. Dondequiera que ese hombre la llevara, sin duda, la gente la reconocería y, entonces, ese innoble caballero se percataría del error cometido. De algún modo lograría, al menos, enviar su mensaje al conde Arnulf.

Transcurrió una hora, y luego otra, antes de que abandonaran la ruta para encaminarse en dirección a Louroux. Entonces, Brigitte comenzó a sentirse verdaderamente aterrorizada.

No podría tolerar que la devolvieran una vez más, con Druoda. Jamás volvería a tener otra oportunidad de escapar si fallaba esta vez.

La muchacha se apeó del caballo lentamente y corrió con desesperación hacia un bosquecillo cercano. Tropezó y cayó, raspándose las manos y el rostro contra el escabroso suelo. Sus mejillas parecieron arder, y unas lágrimas asomaron en sus ojos. Se incorporó y corrió, pero el caballero la seguía y logró darle alcance antes de que ella pudiera volver a internarse en el bosque.

De pie, a su lado, el hombre la pareció imponente, sin duda tan gigantesco como ella lo había imaginado en un principio. ¡Cómo odiaba a ese sujeto!

—¿Quién es usted? —preguntó Brigitte con rudeza—. Quiero saber su nombre, porque, algún día, ¡le haré pagar por todo lo que me ha hecho!

—¿Y que te he hecho?

—¡Me traes de vuelta a Louroux!

—¡Ah! Conque eso es. Es de Louroux de donde estás huyendo. —Al culminar su frase, el caballero rió.

Brigitte se puso tensa.

—¿Y le complace que yo sufra por su causa?

—No me importa. —Se encogió de hombros—. Mi asunto aquí es con el ama de Louroux.

—¿Qué asunto le trae hasta Druoda? —preguntó la muchacha, dando por sentado que era a Druoda a quién él se refería.

—Nada de tu incumbencia, mujer —respondió el caballero con desdén.

—Aún no me ha dicho su nombre —le recordó ella—. ¿O acaso temes decírmelo?

—¿Temerte yo? —repitió él con tono incrédulo—. Si alguna vez soy tan tonto como para permitir que una mujer me haga daño, entonces, no será eso más de lo que merezco. Rowland de Montville, para serviros —agregó a modo de burla.

Cuando el caballero volvió a arrastrarla hacia la yegua, el pánico se apoderó de Brigitte. La muchacha se volvió y apoyó sus pequeñas manos sobre el pecho del hombre.

—Por favor, sir Rowland de Montville, no me lleve a Louroux, Druoda me mantendrá encerrada.

—¿Encerrada? Mereces que te golpeen por tus robos. La dama será muy clemente si tan sólo te encierra.

—¡Le digo que no robé nada!

—¡Mentira! —gruñó él.— ¡Suficiente! ¡Mi paciencia se acabó!

60

El caballero tomó las riendas de la joven y así continuaron el corto trecho que restaba hasta Louroux. Fue Hildegard quien los recibió en el patio, y los ojos de la criada se iluminaron al ver a Brigitte con el alto jinete.

—¿Acaso nunca aprenderás, muchacha? Milady ha sido muy justa contigo, pero, esta vez, temo que tendrás que pagar por tu necedad. Será mejor que la aguardes en tu recámara.

—¿A cuál te refieres Hildegard? —preguntó la joven con tono mordaz—. ¿A mi antigua recámara o a mi reciente choza? No me respondas. Iré a la choza, ya que, sin duda, terminaré all antes de que culmine la noche.

Rowland sacudió la cabeza, mientras observaba a Brigitte, que atravesaba orgullosamente el patio hacia una corta hilera de cabañas.

—Por todos los santos —comentó con un suspiro, una vez que la joven hubo entrado en una de las chozas— Nunca he visto una sierva tan insolente.

—¿Qué? —Hildegard miró hacia la choza y luego, al hombre, obviamente confundida.

Rowland soltó una risotada irónica.

—Intentó convencerme de que era una dama. Pero yo no me dejé engañar tan fácilmente. No sólo debería castigarla por sus robos, sino también por su audacia. Si me perteneciera, juro que esa muchacha no sería tan arrogante.

Hildegard permaneció en silencio. ¡Era evidente que el caballero había confundido a lady Brigitte con una simple sierva!

—¿Queréis pasar a la sala, sir? Lady Druoda os estará muy agradecida por haberle devuelto su... su... propiedad.

6

Hildegard explicó rápidamente a Druoda lo ocurrido, al tiempo que el caballero se disponía a tomar asiento frente a la mesa de la gran sala. El joven parecía muy satisfecho con el vino y la comida que le habían servido.

Hildegard soltó una tonta risita y echó una cautelosa mirada al invitado.

—Le di vino con unos pocos polvos para soltarle la lengua.

—¿Le drogaste?

—Necesitamos saber qué le han contado de Louroux, ¿no es así? Aún no se le ve erguido, pero no durará así mucho tiempo. Ven.

—Yo me encargaré del normando. Tengo algo más importante para ti —le anunció Druoda, lanzando una mirada maliciosa hacia los aposentos de Brigitte—. La muchacha hoy casi logra escapar, aun con esos tontos que contraté para impedirlo. De no ser por el caballero, lo hubiera conseguido y todos nuestros logros ya estarían perdidos. Diez latigazos le harán pensar dos veces antes de volver a intentarlo.

—¿Quieres que la golpeen?

—Crudamente. Y aseguraté de taparle la boca. No deseo que se entere toda la mansión, pero sí quiero que la muchacha sufra lo suficiente como para no estar en condiciones de volver a escapar. No le saques sangre. Wilhelm no aceptaría una esposa desfigurada. —Druoda sonrió a su vieja amiga—. Estoy segura de que el lord se deleitará estropeándola él mismo, si es verdad lo que se dice del hombre.

Tras impartir las órdenes, Druoda se acercó al caballero. El tenía los ojos cerrados y la cabeza gacha, como si estuviera luchando por mantenerse despierto.

—Te debo mi agradecimiento —expresó la mujer de modo altanero, mientras avanzaba.

El caballero abrió los ojos, pero transcurrieron varios segundos antes de que lograra fijarlos. Era un joven increíblemente apuesto, con un mentón fuerte, agresivo, una nariz aguileña y ojos azules como el zafiro. Sí, era, sin duda, muy bien parecido.

—¿Eres tú el ama de Louroux?

—Así es.

Rowland sacudió la cabeza para aclarar su visión, pero el espectáculo que tenía delante de sí no se alteró. La inmensa, robusta mujer parecía doblarle la edad y no concordaba con la imagen de la hermana de Quintin que él se había formado. ¿Por qué razón habría esperado encontrar a una dama hermosa o, al menos, joven?

—Te traigo muy buenas noticias, milady —anunció Rowland súbitamente—. Tu hermano aún vive.

—Cometes un error, sir —aseveró Druoda de modo tajante—. Yo no tengo hermanos.

El joven intentó incorporarse, pero su visión volvió a empañarse y cayó sobre el banco, maldiciendo en silencio a la mujer por haberle servido un vino tan fuerte.

—Sé que crees que tu hermano ha muerto, pero estoy aquí para informarte lo contrario. Quintin de Louroux aún sigue con vida.

—Quintin...¡vive! —Druoda se dejó caer sobre el banco, junto al caballero normando—. ¿Cómo... cómo es posible?

—El escudero de tu hermano creyó que lo habían asesinado, y el tonto estaba tan ansioso por abandonar el combate, que se marchó sin antes cerciorarse sobre la muerte de su amo. Unos pescadores encontraron a tu hermano y lo llevaron a su aldea. Le llevó mucho tiempo, pero se ha recuperado.

Druoda recobró rápidamente la compostura. No había razón de inquietarse. Era obvio que ese hombre la creía hermana de Quintin.

—¿Dónde está... mi querido hermano ahora?

—En Arles, de donde acabo de llegar. Me dirigía hacia el norte, de modo que Quintín me pidió detenerme y traerte la noticia, dado que él se retrasará. No desea que le llores más de lo necesario.

—¿Se ha demorado? ¿Y para cuándo debo esperar su regreso entonces?

—Para dentro de un mes, o tal vez, menos.

Druoda se puso de pie.

—Has sido muy amable en venir hasta aquí para traerme tan agradables noticias. Te estoy de veras agradecida.

—Milady, estoy en deuda con tu hermano y éste no es más que un pequeño favor:—Tu hermano me salvó la vida.

La mujer no perdió tiempo en averiguar toda la historia.

—Desde luego, serás mi huesped esta noche. Te enviaré alguna jovenzuela para que te haga compañía.

Rowland trató de incorporarse nuevamente y esta vez, lo logró.

—Gracias, milady.

Druoda sonrió, se despidió con cortesia y le dejó aguardando a Hildegard, que le conduciría a las recámaras.

Al salir al patio, se topó con la criada.

—¿Te has encargado de la muchacha?

—¿Acaso no oíste los aullidos de su perro? Me alegra que el animal esté encerrado.

—¡Maldición, Hildegard! ¡Entonces, alguien sabe lo que has estado haciendo! —exclamó Druoda con rudeza.

—Sólo el perro con su agudo oído —le aseguró Hildegard—. Nadie más estaba allí para advertir cuánto sufría la muchacha. —Luego, la criada preguntó: ¿Qué noticias trajo el normando?

—Las peores. Apresuraté a mostrarle una habitación y vuelve enseguida. Tenemos mucho que hacer.

Hildegard obedeció las órdenes y se dirigió a la recámara de Druoda, para encontrar a su ama caminando nerviosamente por la habitación.

—¿Qué ha sucedido?

—Quintin está vivo.

—¡Oh no! —grito la criada—.¡Nos matará!

—¡Silencio, mujer! —exclamó Druoda con voz áspera—. Ya he matado antes. Y no dudaré en volver hacerlo, si eso me permite conservar lo que he ganado. No dejaré que me lo arrebaten todo. Mi sobrino no regresará hasta dentro de unas cuantas semanas; o al menos eso dice el normando.

—Si Quintin viene aquí, Brigitte le contará todo —se lamentó Hildegard.

—La muchacha no estará aquí para contárselo —le aseguró Druoda con firmeza—. Haré que la trasladen a la propiedad de Wilhelm para aguardar allí la boda. Luego, iré a llevarle la noticia de la muerte de Quintin al conde Arnulf. Desposaremos a Brigitte antes de que regrese mi sobrino. Y, si puego arreglar todo según mis planes, puede que el muchacho no regrese jamás —concluyó la dama con tono severo.

7

Brigitte permaneció tendida en su pobre lecho, inmóvil, permitiendo que las lágrimas le brotaran con total libertad. Pero el llorar sólo le hacía sacudir los músculos y el más ligero movimiento le resultaba agonizante.

Aún le costaba creer lo que habían hecho con ella. Apenas acababa de lavar sus ropas enlodadas, cuando Hildegard y los dos fornidos guardias irrumpieron en la habitación. La muchacha fuer amordazada y despojada de su gastado vestido, y ni siquiera tuvo tiempo de sentirse humillada al ser expuesta ante dos hombres, antes de que fuera arrojada de cara contra la cama y sujetada con firmeza. Entonces, sobrevino el dolor, cuando Hildegard comenzó a azotarla con su correa de cuero. Era como si una lengua de fuego le consumiera la espalda cada vez que el látigo caía, y la muchacha no pudo sino gritar contra la mordaza que le cubría la boca. Perdió el conocimiento antes de sentir el último golpe y, al despertar, se encontró sola, aún desnuda.

Brigitte comenzó a llorar un vez más, pero apenas por un instante. ¡No se rendiría! Sólo tendría que reunir sus ropas con los zafiros y conseguir algo de comida. Haría un esfuerzo por levantarse del camastro y, nuevamente, trataría de escapar. Esta vez, podría llevar a Wolff consigo.

Rowland se sacudió por intervalos mientras dormía, perturbado por un sueño que se reiteraba una y otra vez desde que tenía memoria. Los sueños podían ser placenteros o inquietantes, algunos aterradores, pero la naturaleza de éste, en particular, resultaba incomprensible para el muchacho. No aparecía a menudo, al menos, no con la frecuencia con que lo había atormentado en su temprana juventud, pero siempre acudía cuando su mente se hallaba perturbada.

El sueño solía comenzar con un sentimiento de satisfacción. Entonces, aparecían unas imágenes: el rostro de un joven emergía de la oscuridad y luego, el de una muchacha. Ambos rostros permanecían juntos, observándolo desde las alturas. Pero jamás habían atemorizado a Rowland. Había una gran ternura y felicidad en esos rostros, una felicidad que él nunca había conocido en su vida. Pero entonces, algo solía quebrantar ese sentimiento de dicha, aunque el muchacho nunca lograba averiguar el porqué. Los rostros se esfumaban y, en su lugar, se sucedían una serie de efímeras escenas, acompañadas por una sensación de angustia. Entonces, Rowland despertaba con un terrible sentimiento de pérdida e incapaz de comprender la razón.

Lo mismo sucedió esta vez. Las sacudidas le derribaron de la cama y se despertó bruscamente, con el sueño aún vivído en la memoria.

El muchacho volvió a acostarse en el lecho y sacudió la cabeza. Por mucho que hubiera descansado, no había sido suficiente para despojar a su cuerpo de los efectos del alcohol.

De cualquier modo, él detestaba el vino. ¿Por qué demonios no había pedido cerveza? Aún drogado, se levantó de la cama y se dirigió hacia el pasillo. Caminó lentamente por el oscuro corredor. Un tenue resplandor rojizo se filtraba por las escaleras hacia el vestíbulo, creando sombras intermitentes sobre los gigantescos muros. Le llevó varios instantes orientarse, y miró en ambas direcciones, hacia arriba y hacia abajo, para ver si había alguien por allí. Necesitaba desesperadamente algo de ale para despejarse la mente.

Brigitte contuvo la respiración y presionó la espalda contra el muro. Se encontraba a apenas unos metros del caballero. ¿Podría él reconocerla entre las sombras? Sintió deseos de correr, pero sus piernas rehusaron moverse. Aún sentía el cuerpo dolorido, y si corría ahora, tendría que marcharse sin su perro, sin sus ropas, sin un caballo. Todo lo que había logrado reunir hasta el momento era algo de comida, que había envuelto en un pequeño saco. Permaneció inmóvil, sin siquiera atreverse a respirar.

Rowland la vio y aún cuando no llegó a reconocerla en la penumbra, alcanzó a divisar la larga cabellera rubia. Caminó hacia la muchacha, al tiempo que la idea del ale comenzó a desvanecerse. Si no podía despejarse la mente con cerveza, pasaría, al menos, la noche con la encantadora joven que Druoda, obviamente, le había enviado. Al fin y al cabo, era un mínimo gesto de cortesía entretener a los huéspedes con alguna compañía y, si bien la muchacha parecía algo renuente a complacerlo, él pronto lograría entusiasmarla.

Sin decir una palabra, Rowland introdujo a la joven en su recámara y cerró la puerta. No cesó de sujetarla por temor a perderla en la oscuridad. Pero la liberó cuando la oyó lloriquear.

—No te lastimaré —le aseguró con dulzura—. Jamás causo daño a nadie sin razón. No tienes por qué temerme.

El muchacho, aún drogado, no advirtió que estaba hablando de manera atropellada e indistinta, ni que alternaba su francés con algunos vocablos de la antigua lengua escandinava que su padre le había enseñado hacía mucho tiempo.

—¿Es mi enorme tamaño lo que te atemoriza? —le preguntó observando la pequeña figura de la joven—. No soy muy diferente de cualquier otro hombre. —Continuó estudiando a la muchacha, hasta que, de repente, la reconoció—. ¡Maldición, mujer, estás poniendo a prueba mi paciencia de una manera increíble! ¿Acaso no has causado ya suficientes problemas por un día? Ya no trataré de persuadirte gentilmente. ¡Tomaré lo que tu ama me ha enviado y terminaré contigo!

Brigitte se había sentido aterrada desde el momento en que el caballero había comenzado a hablar, ya que la habitación de Druoda se encontraba al otro lado del pasillo y con seguridad, podría oírlos. Pero la muchacha no podía entender lo que ese hombre le decía. Se hallaba obviamente ebrio, hablaba de manera confusa, pero también intercalaba términos foráneos. El tono de su masculina voz era duro, severo, lo suficiente para hacerle notar a la joven que, una vez más, sus intentos habían sido frustrados. Ya no tendría forma de escapar esa noche.

Rowland interpretó el silencio de la muchacha como un consentimiento y comenzó a quitarse desmañadamente las ropas. Pero el vino no sólo le había entorpecido la mente. El deseo había desaparecido. Se propuso, entonces, jugar con la mujer, arrojándola sobre el lecho y abriéndole la capa, sin sorprenderse en absoluto al encontrarla desnuda. Con los dedos, le acarició la suavidad de las piernas y la tibieza entre los muslos. Continuó la exploración con rudeza, ascendiendo hacia los senos. Eran pechos amplios, suaves, redondeados. Quedarían allí marcas por la mañana, evidencias de la increíble fuerza que ejercía el muchacho sin notarlo.

Aun así, no se encontraba lastimando a Brigitte. Ya nada podía lastimarla. La muchacha se había desmayado no bien su espalda había tocado el lecho con salvaje violencia. No se había vestido debajo de la capa por no poder soportar nada que le rozara la espalda. Apenas había sido capaz de soportar el manto. El contacto de su dolorida piel contra el áspero camastro le había resultado intolerable.

Sin embargo, Rowland no sabía que la joven se hallaba inconsciente. Tampoco advirtió que sus propios movimientos se tornaban más y más lentos, ni que estaba a punto de dormirse. No bien se colocó en posición para la cópula, el muchacho se desvaneció.

8

Hildegard golpeó a la puerta del normando muy temprano a la mañana siguiente, deseando que el caballero decidiera marcharse tan pronto como fuera posible. Un instante después, un aterrador grito provino del interior de la recámara y la criada abrió la puerta de inmediato.

—¡Santo Dios! —exclamó al ver a Brigitte y al normando con los cuerpos desnudos y entrelazados sobre el lecho—. ¡Druoda matará a alguien por esto!

La sirvienta se apresuró a salir de la habitación, dejando a Brigitte y a Rowland mirándose uno al otro, sorprendidos y avergonzados.

La muchacha apartó al hombre, y dejó escapar un gemido al presionar la espalda contra el colchón. Si bien la pena ya no era tan intensa, aún continuaba dolorida. No había logrado escapar de Druoda y era ese caballero quien le había frustrado ambos intentos.

Ya bastante había sufrido con el terrible tormento del día anterior, para descubrir ahora que también había sido violada. ¿Podía existir una mujer tan desafortunada como ella? Había sido violada, pero, gracias a Dios, se había desmayado y no podía recordar el momento. Por ese solo gesto de misericordia, Brigitte se sintió agradecida.

Rowland se incorporó y comenzó a vestirse con rapidez. No pudo evitar echar una mirada a la figura desnuda que había entibiado su lecho. Dejó escapar un gruñido. El cuerpo de la joven había sido agradable para acariciar y admirar, lo cual era mucho más de lo que podía decirse del resto de la muchacha. toda ella se hallaba mugrienta y enlodada. Ni siquiera podía adivinarle la edad, aunque su cuerpo era firme y su rostro, dulce y delicado. Aún no había olvidado la femenina voz, jovial y melodiosa; empero, era eso todo cuanto podía recordar de la dama. Abochornado, el muchacho se volvió para evitar la mirada penetrante de Brigitte.

Ella se aclaró la garganta.

—¿Te das cuenta de lo que has hecho conmigo?

—Sí —respondió Rowland con voz ronca—. ¿Acaso tiene importancia? —agregó, algo más seguro, mientras se colocaba la funda de su espada—. No puedo decir que haya sido un placer. Con sinceridad, no recuerdo el momento en que te poseí.

La muchacha no estuvo muy segura de haber oído correctamente.

—¿No recuerdas?

—Estaba ebrio —le informó él de modo categórico, incapaz de pensar en nada que no fuera admitir la verdad.

La joven comenzó a sollozar y Rowland miró alrededor como si buscara ayuda. Echo una mirada anhelante hacia la puerta, pero en ese instante, Brigitte empezó a reir y él se volvió para enfrentarla.

—¿Te has vuelto loca, mujer? —Su tono parecía confundido.

—Tal vez deba yo agradecerte. Después de todo, ¿qué es esta desgracia, comparada con el infortunio del que me has salvado? Lord Wilhelm ya no me querrá, ahora que he sido violada por un caballero ebrio.

Rowland no tuvo oportunidad de responder, dado que, en ese instante, Druoda irrumpió en la habitación, seguida muy de cerca por su fiel amiga Hildegard. Druoda se veía furiosa y descargó toda su ira en Brigitte.

—¡De modo que es cierto! ¡Has arruinado todos mis

planes al entregarte a este hombre! —exclamó con voz chillona—. ¡Lamentarás esto toda tu vida, Brigitte!

—Yo no me entregué, Druoda —declaró la joven con firmeza—. El me arrastró hasta aquí y me violó.

—¿Qué? —estalló la dama y su rostro adquirió un intenso tono púrpura.

Brigitte se incorporó lentamente, cubriéndose con el manto para preservar su recato y se volvió hacia Rowland.

—Dile cómo llegué hasta aquí.

El muchacho miró primero a Brigitte y luego a Druoda. Comprendió entonces, que había cometido un error y como no era hombre de dejar caer sus culpas sobre otros, admitió la verdad.

—Ocurrió tal como dice la joven. La encontré cerca de mi recámara y supuse que era para mí. Los anfitriones suelen enviarme a una...

—¿Pero qué estabas haciendo tú aquí? —preguntó Druoda a gritos, y Brigitte comenzó a pensar con rapidez, para ofrecer una excusa parcialmente cierta.

—Vine en busca de alimentos, puesto que ayer casi no comí.

—¿Alimentos? —A Druoda le estaba resultando difícil creer toda esa historia.

La muchacha extendió un brazo para señalar el suelo.

—Allí están, en ese saco que dejé caer. —Rezó para que Druoda no decidiera revisar el interior, puesto que había allí muchos más alimentos de los que la joven podía ingerir en una sola comida.

Pero Druoda no estaba interesada en detalles irrelevantes.

—¿Y por qué no gritaste, Brigitte? ¡Deseabas que él te poseyera para poder arruinar mis planes!

—¡No, eso no es verdad! —exclamó Brigitte con tanto temor como indignación.

—¿Por qué no pediste ayuda entonces?

La muchacha bajo la cabeza y susurró lentamente:

—Porque me desmayé.

Rowland se echó a reir.

—No se ha hecho ningún daño entonces, si ella no puede recordarlo. Todo sigue como si nada hubiera sucedido.

—¡Ningún daño! —exclamó Druoda—. La muchacha era virgen... y estaba prometida a otro.

—¡Virgen! —repitió el joven, sorprendido. Por lo visto, eso no se le había ocurrido.

¡En qué diablos se había metido!

La azorada reacció del muchacho hizo pensar a Druoda.

—¿Cómo es posible que tú no te hayas percatado?

—Estaba demasiado... demasiado ebrio para notarlo, ¡por eso! —replicó Rowland con brusquedad, nuevamente furioso consigo mismo.

—Eso no arregla lo que has hecho —se quejó Druoda con amargura.

La mujer comenzó a pasearse ansiosamente por toda la habitación, ignorando a los jóvenes. Debería haber matado a la muchacha hacía mucho tiempo, pero ya era demasiado tarde, puesto que su desaparición sera cuestionada por el desilusionado novio. ¿Y qué ocurriría ahora con él? Y nunca aceptaría casarse con Brigitte, dado que sólo estaba dispuesto a desposarse con una virgen.

De todos modos, debía deshacerse de la joven y de inmediato, antes del regreso de Quintin.

—Druoda. —Hildegard se le acercó para susurrarle al oído. —Entrégasela al caballero y así, resolverás tu problema.

—¿Como?

—Es obvio que el hombre la confundió con una sierva y con seguridad, aún lo cree así. Haz que la muchacha se marche con él.

Pero ella negará ser una sirvienta una vez que se encuentren a solas —le respondió Druoda con el mismo tono susurrante.

—Probablemente, ya lo haya hecho, pero él no le creyó. el muchacho la considera una ladrona y una mentirosa, tú sólo tienes que confirmar esas creencias. Acúsala de embustera. Pon cualquier excusa para que él se la lleve y no la devuelva jamás.

—Hildegard, ¡eres un genio! —siseó Druoda con regocijo.

—Primero, apresúrate a sacar al caballero de esta habitación, antes de que advierta que no hay sangre de virgen en el lecho.

—¿Qué?

—Por lo visto, Brigitte ya ha coqueteado antes con otro.

Druoda se puso tensa y la ira ardió en su interior. La jovenzuela los había engañado a todos. Por un lado, era mejor que hubiese ocurrido ese desafortunado incidente, ya que Wilhelm de Arsnay habra anulado el matrimonio tan pronto como hubiera descubierto la verdad acerca de la novia. La sugerencia de Hildegard era pérfecta. Brigitte se convertiría en una sierva y el normando se la llevaría consigo.

—Ve a mi recámara, Brigitte y espérame allí —le ordenó Druoda con rudeza.

La muchacha alzó la cabeza con indignación.

—¿Y qué pasará con él?

—¡Haz lo que te dije!

Sin más vacilación, la joven recogió su saco de comida y abandonó la recámara con paso firme.

Druoda la siguió hasta la puerta y allí se dispuso a aguardar, hasta que la curiosidad del caballero le instara a romper el silencio. La espera no fue muy larga.

—¿Qué piensas hacer con ella?

La dama ignoró al pregunta y, con su actitud más altiva, echó una mirada asqueada a la habitación.

—Este lugar apesta a lujuria —afirmó con desagrado, y se retiró del cuarto bruscamente.

Rowland la siguió, para detenerla no bien llegaron al vestíbulo.

—Te pregunté qué harías con la muchacha. Sé que ha cometido muchas faltas, pero en esto es inocente. No la lastimes.

—Sé muy bien quién es el culpable de todo esto —dijo Druoda lentamente, condenando al caballero con los ojos.

—Fue de veras un error, milady. Prometiste enviarme una mujer durante la noche, a menos que no recuerde tus palabras con precisión.

La dama dejó escapar un suspiro de impaciencia.

—Debiste haber aguardado a la muchacha que tenía destinada para tí, en lugar de tomar a ésta, cuyo único valor era su inocencia.

—El valor de una sierva no se mide por su castidad.

—En este caso, sí. Esa joven es muy imaginativa... una mentirosa, por decirlo llanamente.

—¿Qué piensas hacer con ella?

—No pienso hacer nada, nada en absoluto. Ahora te pertenece: tienes mi bendición para tomarla.

Rowland sacudió lentamente la cabeza.

—No, milady, no la quiero.

—No pensabas lo mismo anoche —le recordó Druoda con tono severo—. Había un señor de unas tierras lejanas que estaba dispuesto a casarse con ella sólo porque era inocente. Ahora que eso ya no es posible, no la quiero más aquí. Si no te la llevas, haré que la maten a pedradas por ser la ramera en que tú le has convertido. Como su ama, tengo todo el derecho de hacerlo.

—Sin duda, no serás capaz de hacer semejante cosa.

—Tú no comprendes. —La mente de Druoda comenzó a marchar a toda velocidad—. Esa muchacha era la debilidad de mi hermano. El se había enamorado de la muchacha y la trataba como si fuera una lady. Por esa razón, ella es tan rebelde. Se cree por encima de su condición. Ha nacido para sierva, pero las atenciones de mi hermano la volvieron vanidosa.

—Si tu hermano la ama tanto, la joven debería estar aquí para cuando él regrese.

—¿Y permitir que él se entere de que el hombre a quien envió en buena fe ha violado a su amada? El muchacho reservaba a la muchacha para sí —agregó Druoda astútamente—. Quintin se vuelve tonto cuando se trata de esa joven. Detesto admitirlo porque me avergüenza, pero mi hermano tiene toda la intención de desposarla. Debo alejarla cuanto antes de aquí. No puedo permitir que él la encuentre en la mansión a su regreso y se case con una sierva. Tú te la llevas y te aseguras de que no vuelva jamás, o yo me veré obligada a matarla.

Rowland se sintió totalmente impotente, atrapado con una sirvienta a quien no necesitaba, una mujer que sólo sería un estorbo en su viaje de regreso a casa. Empero, no tenía otra alternativa. No podía dejar morir a la muchacha.

—Iré a preparar mi caballo, milady —le anunció con tono ofuscado—. Haz que envíen a la muchacha al establo y la llevaré conmigo.

—No estés tan molesto, sir. Estoy segura de que tendrás más suerte en bajarle esos humos arrogantes y una vez que hayas logrado domarla, verás cómo satisface todas tus necesidades. —Al ver que no lograba apaciguar el ánimo del muchacho, Druoda agregó:— En verdad siento que tu visita haya finalizado de esta forma. Y permíteme darte un consejo. Te evitarás muchos problemas con la muchacha sin no le dices que su señor aún sigue vivo.

—¿Por qué?

—La joven cree que Quintin ha muerto. Si supiera que está vivo, haría cualquier cosa para encontrarle. Y no creo que desees eso más que yo, si en verdad te consideras amigo de mi hermano.

El muchacho dejó escapar un gruñido. No sería muy agradable para Quintin enterarse de que Rowland había abusado de la muchacha que él planeaba desposar, fuera o no su sirvienta.

—Tienes mi palabra. La joven jamás regresará.

Tan pronto como Rowland se hubo marchado del vestíbulo. Druoda mandó llamar a Hildegard. El regocijo de ambas mujeres era ilimitado.

—Ve a ayudar a Brigitte a recoger sus pertenencias. La muchacha deberá reunirse con su nuevo señor en el establo. El la esperará, pero no demasiado, de modo que asegúrate de que se apresure —. El rostro de Druoda se iluminó de felicidad.

—Pero, ¿qué pasará si la joven se niega a ir con él? —pregunto la criada.

—Dile que yo renuncio a su tutoría. Estará tan complacida, que no osará cuestionar su buena suerte hasta que sea demasiado tarde. Explícale que el normando está arrepentido de lo que le ha hecho e insiste en llevarla con el conde Arnulf, quien se encuentra visitando al duque de Maine.

—Pero eso no es verdad.

—Claro que no, pero si ella así lo cree, no se opondrá a seguir la dirección que tome el normando, hasta que dejen atrás los dominios de Maine. Y, una vez que la muchacha se encuentre en algún punto lejano del norte, aun cuando logre escapar a la vigilancia del caballero, difícilmente logre regresar sola a Berry. —Druoda sonrió. ¡Por fin, todo había encajado en su lugar!

9

Brigitte se acercó tímidamente al establo. Le resultaba extraño abandonar Louroux a plena luz del día, en lugar de escabullirse durante la noche. El milagro no era perfecto, desde luego. Podría marcharse, pero tenía que partir con el hombre que la había poseído, un hombre a quien despreciaba y que le conocía íntimamente, aun cuando ella no sabía nada de él. La embargaba una humillación que nunca antes había sentido, pero, a la vez, experimentaba una profunda, infinita gratitud.

Al entrar en el establo, encontró al caballero de pie, junto a su inmenso corcel gris. El potro no parecía amigable, pero tampoco su amo parecía muy afable. Los oscuros ajos azules de Rowland lanzaron llamaradas de ira cuando la joven se le acercó.

—¿Te hice esperar mucho? —preguntó la muchacha con timidez.

El muchacho logró contener su furia.

—Sólo súbete al caballo — le ordenó, exhalando un suspiro de frustración.

Brigitte se apartó.

—¿A tu caballo? Pero yo puedo viajar en el mío.

—Por Dios, ¡o montas este corcel, o te dejaré aquí!

¿Dejarla allí? Ella no podía correr ese riesgo.

79

—Entonces, te ruego me dejes cabalgar detrás de ti —le suplicó, pensando en su dolorida espalda.

—¿Y qué harás con tu bolsa? —le preguntó él con impaciencia.

—Lo pondré entre nosotros.

—¡Ja! ¿Tienes miedo de acercarte demasiado?

—¡Oh, no! —se apresuró a contestar Brigitte—. Dijiste que lo que sucedió anoche fue un error, y te creo.

—Eso puedes apostarlo. Me gustan las mujeres dispuestas...y, ciertamente, más atractivas que tú —afirmó Rowland, observando el sucio manto y la enmarañada cabellera de la joven.

Brigitte se sintió herida en su orgullo, y sus claros ojos azules se llenaron de lágrimas. Aun así, permaneció en silencio. Ese hombre no tenía derecho a insultarla, pero debía marcharse antes de que Druoda cambiara de opinión.

Rowland se volvió para montar el inmenso caballo y luego, extendió una mano para ayudar a la muchacha a subir. Brigitte aceptó el brazo ofrecido, pero volvió a soltarle al advertir la mirada ofuscada en los ojos del muchacho.

—Si tanto me detestas, ¿por qué me llevas contigo? —le preguntó sin rodeos.

—No tengo alternativa.

"De modo que eso era", pensó la joven con pesar. Hildegard había mentido... el caballero no deseaba llevarla consigo. Pero Druoda era experta en imponer a la gente su voluntad, incluso a un hombre como ése. La muchacha se sintió una carga, pero no podía sino partir.

Volvió a tomar la mano del caballero y él la subió con facilidad hasta la montura. El equipaje del muchacho se hallaba colgado a ambos lados del inmenso potro gris, lo cual dificultaba la posición de la joven, en especial, con sus propias pertenencias sujetas entre ambos.

Brigitte trató de acomodarse de la manera más confortable posible, enderezándose lentamente para no dañar su dolorida espalda, y entonces estuvo preparada. Esperó que Rowland emprendiera la marcha, pero él también parecía estar aguardando.

—¿Qué sucede? —le preguntó ella con vacilación, al ver que el muchacho continuaba sin moverse—. Estoy lista.

El dejó escapar un suspiro.

—¿Eres tan ignorante como pareces o me estás provocando adrede?

—¿Provocándote?¿Por qué?

—Debes sujetarte a mí, damisela, o te encontrarás de cara contra el polvo.

—¡Oh! —Brigitte se ruborizó y agradeció que él no pudiera verla. —Pero no alcanzo a rodearte con los brazos. Mi saco de ropas me lo impide.

—Entonces, sujétate de mi cota —le ordenó Rowland con brusquedad, para luego mirar por encima del hombro y proseguir con tono aún más severo.— Y te advierto que trates de no soltarte. Si caes de la montura y te rompes alguna parte del cuerpo, yo no me detendré para ayudarte.

—¿Y si mis heridas me imposibilitan la cabalgata? —preguntó azorada.

—Te liquidaré y acabaré con tus desdichas.

Ella soltó una exclamación.

—¡No soy un animal para que me sacrifiquen cuando estoy herida!

—No intentes ponerlo a prueba.

Brigitte se sintió demasiado sorprendida para continuar con el tema. Con gran renuencia, se aferró de la cota del caballero. No bien estuvo sujeta, él emprendió la marcha. Cruzaron la entrada a toda velocidad, para luego atravesar la aldea. Concentrada en aferrarse al jinete, la muchacha no pudo saludar a los sirvientes que, a su paso, agitaban las manos en señal de despedida.

Rowland aceleró el paso cuando llegaron al camino. Sus deseos por abandonar el área parecían ser tan intensos como los de Brigitte. el humor de la muchacha mejoró cuando giraron hacia el norte, con rumbo a Orleans, puesto que Maine se encontraba en esa dirección. Era una lástima que Arnulf no se hallara en Berry, ya que su intención era pasar el menor tiempo posible en compañía de ese hombre. Aun así, les llevaría varios días llegar a Maine, pero eso no podía remediarse.

Ah, pero sería agradable volver a ver a Arnulf. El viejo caballero era, en verdad, temible; pero sus bruscos modales no intimidaban a Brigitte, que lo sabía poseedor de un corazón de oro. El conde llorara la muerte de Quintin, y la muchacha hubiera deseado no ser portadora de tan desafortunada noticia, puesto que, estaba segura, volvería a sentir, una vez más, la pérdida de su hermano.

El camino los condujo a través del valle, rico en cultivos durante otoño y verano. Los cipreses, plantados unos trescientos años atrás, se hallaban ahora curvados y retorcidos, dando así al valle del Ródano un aspecto solitario y sombrío.

A medida que Brigitte imaginaba su reunión con el conde, Rowland meditaba con amargura. Su cólera se volvía más y más intensa. La inoportuna carga que llevaba le costaría un alto precio, aunque no recibiría nada a cambio, puesto que nada quería de esa mujerzuela. Tendría que alimentarla en el camino y pagarle el pasaje para atravesar el río Loira, entre Orleans y Angers. Peor aun, la joven lo retrasaría, ya que el caballo se hallaba sobrecargado. El regreso a casa ya sería bastante penoso, pero esa demora lo haría aún más difícil. El muchacho suspiró con malhumor e irritación.

El ancho camino que atravesaba el centro de Francia solía ser mucho más frecuentado que los numerosos de ripio. Muchos viajaban hacia el sur, pero sólo unos pocos se dirigían a las regiones más frías del norte, de modo que Rowland no se vio retrasado por otros viajeros. Aun así, Gui ya estaría, sin duda, muy adelantado, tras haber viajado la mayor parte del camino por el río.

¿Y qué noticias le aguardarían en casa? ¿Habría Thurston de Mezidon iniciado el ataque, tal como temía Gui? Aún le restaba, al menos, una semana de viaje antes de llegar a averiguarlo. A medida que el corcel galopaba con destino a Montville, la irritación del muchacho comenzaba a esfumarse.

10

Ya era mediodía cuando se aproximaron a una posada, ubicada sobre un costado del camino. No llegarían a Orleans sino hasta la noche siguiente. El caballo podría descansar mientras atravesaran el río, pero luego, restarían aún más de cien kilómetros de viaje antes de llegar a Montville. el corcel era el más preciado tesoro de Rowland, el mejor del establo de su padre. El animal no estaba habituado a transportar más que el peso de su dueño y el muchacho detestaba sobrecargarlo.

Había algunos otros parroquianos en la posada administrada por monjes. Más allá del mesón, se extendía una pequeña aldea. Uno de los viajeros tenía el aspecto de un comerciante; otro era un viejo caballero, acompañado por su escudero, una esposa y sus dos hijas. El tercero era un peregrino. Rowland inclinó brevemente la cabeza para saludar a los tres hombres, antes de conducir su caballo hacia un burbujeante arroyo. Se preguntó que pensarían los otros de él, al verlo viajar solo con una mujer. Ciertamente, no era ella su escudero, pero le serviría como tal por el momento.

El muchacho se apeó del potrillo y luego, extendió un brazo para ayudar a la muchacha a descender.

—¿Nunca te lavas, mujer?

Los ojos de la joven se dilataron, y Rowland advirtió que eran grandes y de un color azul claro, El mentón alzado de la muchacha reflejaba su orgullo, algo con lo que él debería terminar antes de su llegada a Montville. Una sierva insolente se vería inmensamente afectada en manos de su madrastra.

—Suelo bañarme con frecuencia —respondió Brigitte con voz suave aunque mirada desafiante—. Pero anoche caí en el camino antes de que me detuvieras y, desde entonces, no he tenido tiempo de asearme.

—Aprovecha el arroyo, ahora que tienes la oportunidad —le sugirió él con tono brusco.

—Pero hay gente en los alrededores —objetó la muchacha, horrorizada.— No puedo bañarme en presencia de extraños.

—No creo que puedas atraer la atención de estos hombres —le aseguró Rowland con deliberado sarcasmo.— Apresúrate. Partiremos en menos de una hora.

¡Por Dios, ese caballero no volvería a llamarla mugrienta! Brigitte comenzó a caminar hacia un lugar apartado del arroyo, donde podría ocultarse de miradas curiosas, pero el muchacho le gritó:

—Quédate donde yo pueda verte.

La muchacha se enfadó. ¿Acaso él temía que la atacaran o la creía capaz de escaparse? Difícilmente pensara en huir ahora. Necesitaba protección hasta llegar a Maine y al conde Arnulf.

Tras encontrar una piedra considerablemente plana junto a la orilla del arroyo, la joven se arrodilló. Se quitó el manto y lo enjuagó varias veces, para luego inclinarse lentamente y restregarse el rostro con el agua helada. Siguieron entonces los brazos y, más tarde, el tramo de las piernas que podía exhibirse sin perder el recato. Por último, se soltó el cabello, pegajoso por el lodo, y hundió la cabeza en el arroyo. Pudo percibir el calor de un sinfín de miradas y su rostro ardió con vergüenza. Pero ya había logrado asearse, y decidió que si ese rústico caballero volvía a tildarla de sucia, le escupiría en la cara.

Brigitte abrió el saco que contenía sus pertenencias para extraer primero el alimento que había llevado consigo y luego, su peine. Su espejo de acero le reveló que, en su rostro, no había verdaderos tajos, sino unas leves marcas rosadas que pronto se esfumarían. Una vez más, había recuperado su aspecto habitual.

Un viento helado ayudó a secar su cabello, al tiempo que el brillante sol entibiaba su manto húmedo. Brigitte devoró con avidez el pan dulce y los dátiles confitados de Althea, mientras, de cuando en cuando, observaba al esbelto caballero, quién, en el patio de la posada, atendía a su caballo y la ignoraba por completo.

Rowland fingió estar completamente enfrascado en el aseo de Huno, pero no cesaba de echar subrepticias miradas a Brigitte, azorado con la belleza de la muchacha. El baño había revelado las delicadas formas de su exquisito rostro y su cabellera rubia era una maravilla. Tenía todo el aspecto de una aristócrata, y comprendió entonces Rowland el tonto comportamiento de Quintin con la muchacha. Tendría que ser cuidadoso, se dijo, en no permitir que esa muchacha advirtiera que le había cautivado con su belleza. No le demostraría a esa jovenzuela ni el más ligero interés. Ella era una sierva, y lo sería siempre, afirmó el muchacho en silencio.

Y se vió forzado a recordar tal aseveración cuando se acercaron los tres hombres unos instantes más tarde.

—Perdón, sir —comenzó a decir uno de ellos.— ¿Has venido desde el sur? —Rowland asintió, y el hombre de barba prosiguió.— ¿Qué noticias traes del conflicto? ¿Han sido expulsados los sarracenos?

—Sí, todas las guaridas piratas fueron incendiadas —respondió el muchacho y, sin deseos de entablar conversación, se volvió para continuar la limpieza del caballo.

—Ya ves, Maynard —. El comerciante palmeó al viejo caballero en la espalda.— Te dije que no te necesitarían. Nos has dado una muy buena noticia, muchacho —afirmó, dirigiéndose a Rowland.—Yo soy Nethard de Lyon y él es mi hermano, sir Maynard. Venimos de entregar un cargamento de vino al obispo de Tours. Y este buen hombre es...

—Jonas de Savoy —completó el peregrino—. También vengo de Tours, después de visitar la tumba de San Martín. El año próximo, iré a Tierra Santa.

Los buenos modales forzaron a Rowland a presentarse. No pudo evitar sonreir con ironía ante el rudo anciano con el característico aspecto de un avezado peregrino. Había muchos como él, que viajaban cada año a difierentes sepulcros y lugares sagrados.

—No podemos sino admirar a tu esposa, sir Rowland —comentó Nethard con tono amable.— No todos los hombres son tan afortudados.

—Debes perdonarnos, muchacho —agregó Jonas.— Mis ojos se deleitan al mirar tanta belleza.

—La muchacha no es mi esposa —explicó Rowland, antes de volverse una vez más hacia el caballo, deseando que esos hombres se marcharan.

Pero los tres permanecieron en sus lugares.

—¿Tu hermana, entonces?

—No.

—¿Tu compañera? —insistió Nethard.

—Es mi sirvienta —anunció Rowland bruscamente.

—Pero tiene un porte aristocrático —dijo Jonás, sorprendido.

—La sangre a veces engaña —afirmó Rowland—. La joven es una sierva nata.

—¿Bastarda, entonces?

—No sé nada acerca de sus padres —respondió el muchacho, ya algo ofuscado.

—¿Te interesaría venderla? —inquirió Nethard.

El hombre atrapó la completa atención de Rowland.

—Perdona, ¿qué has dicho?

Los ojos de Nethard de Lyon centellearon.

—¿Te interesaría? Te daría un precio justo por tenerla adornando mi casa.

El muchacho hubiera deseado deshacerse de la muchacha, pero había dado su palabra a Druoda.

—Creo que no es posible. Cuando me regalaron a la joven, prometí que jamás le permitiría regresar a este área.

—¡Te la regalaron! ¡Es increíble! —exclamó Nethard, azorado—. Entonces, el dueño debe de haber sido una mujer, celosa por la belleza de la muchacha.

—Una mujer, sí. —Rowland aceptó la explicación ofrecida, dispuesto a no brindar más.

—Pero tú no la quieres —continuó Nethard con perspicacia.— Eso es fácil notar. Y una joven así debe ser halagada.

Rowland soltó un ronco gruñido.

—Aun cuando fuera Venus, sería una carga para mí. Sin embargo, debo llevarla conmigo.

El hombre sacudió la cabeza.

—Ah, es una lástima que tan valiosa gema no sea apreciada —comentó, dejando escapar un suspiro.

—Es una muchacha bella —admitió el joven con expresión sombría.— Pero aún sigue siendo una carga.

—Está ciego —afirmó el comerciante, tras ofrecer gentiles despedidas, los tres caballeros se marcharon.

Rowland frunció el entrecejo y sus ojos transpasaron a los viajeros que se alejaban. ¿Qué podían saber esos hombres? Los francos solían halagar a sus mujeres y adorar su belleza. Para el muchacho, ésas no eran sino tonterías. Una mujer era sólo eso, una mujer, y nada más. Era ridículo conferirle alguna importancia. Ella estaba allí para servir y eso era todo.

11

Una vez que su dorada cabellera estuvo seca y sedosa, Brigitte la sujetó en dos largas trenzas. Volvió a cerrar el saco de sus pertenencias y, con renuncia, se unió a Rowland en el patio. El muchacho le señaló un banco en la galería de la posada y le ordenó aguardar allí.

La joven se sintió irritada ante la brusquedad de ese hombre. Había esperado que él hiciese algún comentario acerca de su mejorado aspecto, y tanto desinterés la exasperaba. Empero, cumplió las órdenes del caballero y se dispuso a esperarlo pacientemente en el lugar señalado. Los movimientos de la posada no mejoraron su humor, puesto que demasiados hombres la observaban con descaro y eso la incomodaba.

Rowland había entrado en el mesón para pedir alimento, feliz de que la muchacha hubiese llevado su propia comida. Sólo unos minutos más tarde, un joven extraño se aproximó a Brigitte. La muchacha habría estado agradecida por la nueva compañía, pero pronto advirtió que el muchacho era extranjero, inglés o irlandés según su aspecto, y ella no podía comprender el idioma. Aun así, él no se apartó, sino que continuó tratando de comunicarse, admirándola con la mirada, complaciéndola con sus gentiles modales.

De pronto, Rowland apareció de la nada, para detenerse frente al joven con las piernas separadas, los brazos en jarras y una expresión airada en el rostro. Se inclinó y, extendiendo una mano, levantó violentamente a Brigitte. La muchacha comenzó a protestar por tanta rudeza, pero se detuvo al toparse con la mirada helada del caballero.

—¿Conoces a este hombre?

—No.

—Y, aun así, le invitas a sentarse a tu lado y le conversas —dijo Rowland con furia, sin apartar la mirada del atemorizado rostro de la joven.

—No fue así —negó Brigitte.— Aunque no me opuse cuando decidió sentarse. No pude entender nada de lo que dijo, de modo que no tiene importancia.

—¿Siempre te comportas así con extraños? —preguntó él con tono severo, ignorando las últimas palabras de Brigitte.

Ella se apresuró a defederse.

—No hice nada malo. Sólo necesitaba una sonrisa amable.

—No es precisamente eso lo que tú necesitas —afirmó Rowland con tono amenazador.

Sin esperar la respuesta de Brigitte, él la sujetó del brazo y la sacó a empujones de la posada. La joven se sintió avergonzada al ser tratada como un niño travieso, e intentó liberarse.

—¡Quiero que me sueltes! —le grito.

Rowland se detuvo de inmediato y giró para mirar con una expresión incrédula en el rostro.

—¿Qué quieres?

—No hay razón para que me trates de esta forma —se quejó ella.

—De modo que tu ama estaba en lo cierto. Tu audacia es en verdad sorprendente —gruñó Rowland.

Sin pronunciar otra palabra, montó su corcel y subió a Brigitte detrás de sí. Una vez más, emprendieron la marcha, cabalgando a toda velocidad. Ninguno de los dos volvió a hablar durante el resto del día. Al caer la tarde, Rowland se apartó del camino para penetrar en un bosque.

—¿Por qué tomamos este camino? —preguntó tímidamente la joven luego de un breve instante, amilanada por la oscuridad.

—Tu silencio ha sido una bendición —respondió él con tono brusco.— Debo encontrar un lugar para pasar la noche.

Brigitte quedó estupefacta.

—¿Quieres decir que dormiremos aquí?

—¿Acaso ves alguna aldea en las cercanías? —inquirió el muchacho con sarcasmo.

La muchacha permaneció en silencio, y un sinfín de perturbadoras imágenes acosaron su mente.

Rowland se detuvo en un lugar de vegetación tan densa, que la oscuridad era completa. Había un pequeño claro entre los árboles, y él ordenó a la joven que juntara algunas leñas para armar una fogata. Ella obedeció sin protestar, mientras el muchacho sujetaba su caballo.

—Aún me queda algo de comida si deseas compartirla —le ofreció Brigitte, suponiendo que él no había logrado comprar provisiones a los pobres monjes de la posada.

—Tráela —respondió Rowland, antes de encender la leña que ella había reunido.

La joven extrajo los últimos alimentos de su saco y ambos se sentaron a comer en silencio. El crepitante fuego creaba sombras alrededor, haciendo que el resto del bosque pareciera aún más oscuro. Brigitte no pudo evitar preguntarse por qué un hombre tan apuesto podría tener un temperamento tan odioso. ¿Acaso todos los normandos eran tan rudos, dominantes y constantemente malhumorados?

—¿Cuanto falta para llegar a Maine? —se arriesgó a preguntar la muchacha, una vez finalizada la comida.— Nunca he estado al oeste de Berry.

—¿Por qué lo preguntas?

—Sólo deseaba saber —susurró ella, temerosa ante la intensa mirada del muchacho.— Después de todo, nos separaremos allí.

—No quiero oír nada acerca de separarnos y te advierto que no me provoques.

—Pero a ti no te agrada mi compañía —le hizo notar Brigitte con calma.

—¡Eso ya no importa! Fui obligado a aceptarte y ahora no puedo deshacerme de ti.

—¿Por qué me odias tanto?

—¿Acaso tú no me odias también —preguntó Rowland con indiferencia.

Ella lo miró sorprendida.

—Si crees que te odio sólo porque me trataste con rudeza desde que abandonamos Louroux, estás equivocado.

El hombre rió y todo su rostro pareció iluminarse. Sus rasgos se veían mucho más agradable con una sonrisa.

—Entonces me consideras rudo, ¿eh?

—Claro que sí —respondió Brigitte con indignación—. No hiciste más que amenazarme e intimidarme, y en la posada, me trataste como si yo no tuviera derecho de hablar con quien me plazca.

—Tú no tienes ningún derecho a nada —.Una vez más, su tono era helado, y su mirada sonriente había desaparecido.— Seamos claros, muchacha. Tú no hablarás con nadie sin permiso.

Brigitte esbozó una sonrisa divertida.

—No hablas en serio. Supongo que no puedes evitar ser como eres, pero creo que estás traspasando los límites. Estoy de veras agradecida por tu protección, pero el hecho de que seas mi escolta no te da derecho a imponerme órdenes.

El muchacho ahogó una exclamación y luego, estalló.

—¡Por todos los santos! ¡Ella tenía razón! Me advirtió que solías darte ínfulas, ¡pero jamás creí que serías tan tonta de probar tus jugarretas conmigo!

Rowland ya había tenido suficiente. Sabía que lo mejor sería apartarse de esa muchacha. Se volvió y caminó con paso firme hacia el caballo, para cabalgar a toda velocidad en dirección al camino. Un vigorizante paseo podría apaciguar su cólera.

Brigitte le observó partir, estupefacta. Su confusión pronto se transformó en miedo, cuando los sonidos del caballo se tornaron más y más distantes.

—¿Qué le he hecho? —susurró—. ¿Por qué me odia tanto?

La joven se acercó al calor del fuego y se cubrió con el manto. El regresaría, se dijo, tratando de convencerse. Con seguridad regresaría.

Los sonidos de la noche volaban con el viento y se volvían cada vez más potentes, aterradores. Brigitte se estremeció y se acurrucó en un ovillo sobre la tierra helada, cubriéndose hasta la cabeza con el manto. Oró por la protección de Rowland de Monteville y luego, elevó sus súplicas a Dios.

—Por favor, regresa —murmuró con ansiedad—. Juro que no volveré a alzarte la voz. Si es necesario, permaneceré muda, pero ¡regresa!

Finalmente, el crepitante fuego ahogó los demás sonidos de la noche y la arrulló hasta dormirla.

Así la encontró Rowland a su regreso. Extrajo una manta de una de las alforjas de su caballo y se acostó sobre el suelo junto a ella.

12

Rowland se despertó de inmediato al percibir un peligro inminente. Se puso de pie, extrajo automáticamente su espada y giró en busca del intruso. El cielo del amanecer creaba oscuras sombras difíciles de penetrar y, aun cuando se esforzó, no logró distinguir nada. Sumamente tenso, permaneció inmovil y se dispuso a aguardar.

Fue entonces cuando divisó a la bestia, sentada sobre sus enormes ancas, a menos de dos metros de distancia. Se asemejaba a un perro, pero nunca antes había visto uno tan inmenso.

Sin apartar los ojos del animal, Rowland extendió una bota para sacudir apenas a la muchacha dormida. Brigitte se incorporó con lentitud y, al verla moverse, la bestia se levantó. Avanzó entonces el perro en dirección a la joven, saltando graciosamente.

—Ocúltate detrás de mí, ¡Rápido! —le ordenó Rowland en un severo susurro.

—¿Por qué? —La muchacha se sorprendió ante el tono de voz del muchacho y, al verlo alzar la espada, susurró:—¿Qué sucede?

—Si de veras aprecias tu vida, ¡haz lo que te digo! —respondió él con rudeza.

Brigtte se puso de pie y, de inmediato, se ocultó tras la inmensa espalda del caballero. Se aterrorizó al oír el amenazador gruñido de un animal y, con vacilación, asomó lentamente la cabeza para espiar a la bestia. Aun bajo la tenue luz del amanecer, no pudo confundir esa forma. Salió corriendo de su escondite para detenerse entre el hombre y el perro. Rowland la observó azorado, mientras ella abrazaba al inmenso animal y reía cuando éste la lamía el rostro y gemía.

—¿Acaso tienes algún poder extraño para dominar a las bestias? —preguntó Rowland, admirado. "¿Será bruja esa muchacha?"

Brigitte le miró y esbozó una brillante sonrisa.

—Es mi perro. Me siguió hasta aquí.

Rowland enfundó la espada y dejó escapar un gruñido.

—Me rehúso a creer que te rastreó durante todo el trayecto desde Louroux.

—Yo lo crié y me ha estado siguiendo durante años. Debe de haber escapado de su jaula anoche, a la hora de comer. Es un perro muy inteligente.

Rowland se volvió en silencio. Montó su potro y, sin mirar en dirección a la joven, se apartó del claro lentamente.

—¿A donde vas? —preguntó ella a gritos.

El muchacho respondió por encima del hombro.

—Si tengo suerte, traeré carne fresca a mi regreso. Tú aprovecha el tiempo para preparar el fuego.

Y, entonces, se marchó. Brigitte dejó escapar un suspiro. Las promesas de la noche anterior se estaban convirtiendo en una pesada carga. Pero, al menos, él había regresado.

Al advertir que los inmensos ojos pardos de Wolff la observaban, la muchacha sonrió con deleite.

—Bueno, pequeño, debes de estar cansado tras tu largo viaje. —Rodeó al animal con los brazos y lo estrechó con fuerza—. ¡Oh, Wolff, Wolff, me hace tan feliz que hayas venido! Debería haberte traído conmigo, pero tuve miedo de preguntar. De todos modos, me has encontrado y jamás volveremos a separarnos. Me siento mucho mejor ahora. El normando me protegerá de los peligros del camino y tú, mi rey, ¡me protegerás de él!

Los temores de Brigitte se habían esfumado con la llegada de Wolff, y la muchacha no podía sino reir de placer.

—Ven, tenemos que encender el fuego antes de que él regrese, porque es un hombre perverso y no le gusta esperar. Tú debes estar hambriento, Wolff —. La joven comenzó a reunir palos y ramas para la fogata, y el perro la siguió, sin apartarse un solo instante de su lado—. Supongo que, anoche, tomaste a Leandor por sorpresa y no aguardaste por tu cena. O bien, el mismo Leandor te permitió escapar. Sí, es capaz de haberlo hecho si creía que yo te necesitaba.

Brigitte continuó conversando con Wolff como siempre lo había hecho, expresando sus pensamientos en voz alta. El fuego no tardó en encenderse sobre las brasas de la anterior fogata, y pronto pudo la muchacha entibiar sus manos, congeladas por el aire frío de la mañana.

Apenas había acabado de peinarse y se encontraba trenzando su larga cabellera, cuando Rowland regresó y arrojó una robusta liebre sobre la tierra.

—Prepárala y reserva la piel para guardar los restos una vez que hayamos comido —le ordenó con tono brusco, para luego posar los ojos sobre Wolff, que se encontraba echado con la cabeza sobre el regazo de su dueña.— Y el perro debe irse. No tenemos comida para compartir con él.

—Wolff no me dejará ahora que ha logrado encontrarme —afirmó Brigitte con convicción—. Pero no tienes que preocuparte en alimentarlo. Es un excelente cazador y no le costará atrapar su propia cena—. Tomó la inmensa cabeza del animal entre sus manos y lo miró fijamente a los ojos.

—Muéstrale, Wolff. Trae tu cena y yo la cocinaré.

Rowland observó al perro alejarse del campamento y sacudió la cabeza.

—¿De veras piensas cocinar para la bestia?

—El no es una bestia —le corrigió Brigitte con tono reprobador.— Aunque su raza es desconocida, posee un magnífico tamaño y una increíble astucia. Y claro que cocinaré para él. Wolff está domesticado. No come alimentos crudos.

—Yo tampoco —replicó Rowland.— Date prisa con la tarea.

Antes de culminar la frase, el muchacho arrojó una daga junto a la liebre muerta. Brigitte la recogió y sus labios se fruncieron en una mueca. Poco tiempo atrás, había aprendido a despellejar animales, pero el trabajo no era de su agrado.

Empero, él obviamente no tenía intenciones de ejecutarlo. Ya se había sentado frente al fuego, para limpiar el venablo que había utilizado en matar a la presa. La muchacha pensó que debería estar agradecida a Druoda, por haberla obligado a aprender varias labores serviles.

—¿Cómo debo llamarte? —preguntó Brigitte a modo de conversación.

El hombre respondió sin mirarla.

—Puedes decirme "señor".

—¿Señor Rowland?

—Sólo señor.

—Eso es ridículo —dijo la joven, sin apartar los ojos de su tarea.— Te llamaré Rowland. Y tú ya sabes mi nombre. Te agradecería que lo usaras. No me agrada que me llamen "mujer" o "muchacha" todo el tiempo.

Los ojos de Rowland lanzaron llamaradas.

—De modo que comenzamos de nuevo —. La miró con expresión severa. —El día apenas acaba de empezar, ¡y tú ya estás diciéndome lo que tú harás y lo que tú quieres!

Brigitte alzó la cabeza, confundida.

—¿Qué he dicho para que vuelvas a enojarte?

El muchacho se puso de pie y arrojó el venablo al suelo en un súbito arrebato de cólera.

—Me provocas adrede, fingiendo ser lo que no eres. Tú eres una sierva y yo soy tu amo, y te exijo que dejes de actuar como si así no fuera. Ya di mi palabra y estoy obligado a conservarte hasta el día de tu muerte. Pero no tientes al destino, o ese día llegará mucho antes de lo que imaginas.

El asombro de Brigitte fue mayor del que podía expresar. Algo, por fin, comenzaba a aclararse.

—Has dado tu palabra a Druoda, ¿es eso lo que quieres decir?

—Sí, cuando ella te entregó a mí.

—¡Esa mujer no tenía derecho! —exclamó la joven.— Yo no soy una sirvienta. ¡Jamás he sido una sierva!

—Druoda también me dijo que amas la mentira mucho más que la verdad, y me advirtió que sueles dar rienda suelta a tu imaginación.

—Tú no comprendes. Druoda es mi tutora, puesto que mis familiares han muerto. Esa mujer no es mi ama, sino la tía de mi medio hermano. Ella no podía entregarme a ti.

—Tu ama tenía intenciones de matarte a pedradas, muchacha y lo hubiera hecho, si yo no hubiese aceptado traerte conmigo.

—Sin duda, me habría asesinado, ya que tú arruinaste los planes que ella tenía para mí.

—Entonces admites que te salvé la vida. Dame paz, aunque sólo sea por esa única razón.

—No tienes derecho a conservarme como sierva. ¡Soy una dama! ¡Mi padre fue barón!

Rowland se le acercó de tal forma, que sus ojos parecieron casi negros.

—No me interesa lo que fuiste antes. Ahora eres mi sirvienta. Estás obligada a obedecerme y si te oigo negarlo una sola vez más, te castigaré a latigazos. ¡Ahora apresúrate a cocinar esa carne! —bramó.— Ya hemos perdido suficiente tiempo por hoy.

Brigitte caminó aturdida hacia el fuego y unas lágrimas comenzaron a rodar por sus mejillas. Se sintió atrapada en un velo de impotencia tan negro como la noche. Se sentía demasiado agobiada incluso para preguntar por qué no se habían detenido en Maine. Sabía la razón. También en eso, Druoda le había mentido.

¿Qué podía hacer ahora? si ententaba razonar con ese hombre obstinado y decirle cuán equivocado estaba, él la golpearía. No sería capaz de tolerar otros azotes encima de su aún dolorida espalda.

Rowland observó a la muchacha, ofuscado, hasta que ella le miró con una expresión tan desolada, que él no pudo sino apartar la mirada, sintiéndose casi arrepentido. Casi, aunque no efectivamente.

¿Por qué parecía esa joven tan acongojada? Su nueva vida no podría ser más dura que la que había llevado en el pasado. El muchacho le había visto las manos encallecidas y sabía que era una muchacha habituada al trabajo arduo. Ya no tendría que servir a una enorme familia, sólo a Rowland. ¿Y acaso él no le había salvado la vida? ¿No podría ella, al menos, estarle agradecida por esa razón?

Los pensamientos de Rowland se interrumieron cuando Wolff regresó al campamento y deposito dos gallinetas a los pies de Brigitte. El muchacho sacudió la cabeza, admitiendo, en silencio, que, después de todo, el perro debía proceder de Louroux. Una de las tareas de la joven allí había sido, probablemente, encargarse del cuidado del animal. ¿De qué otra forma podría la bestia haber cumplido con exactitud las órdenes de esa mujer, a menos que estuviera habituado a obedecerla?

Con la reaparición de Wolff, las silenciosas lágrimas de Brigitte se transformaron en fuertes sollozos y Rowland se puso en pie bruscamente.

—¡Maldición! ¡Ya has derramado suficientes lágrimas!

Wolff comenzó a aullar, sumándose a los gemidos de su dueña, y Roland alzó los brazos con irritación y se apartó del fuego con paso airado.

Por fin, la muchacha cesó de llorar y el perro le secó las lágrimas con la lengua. Brigitte respiró profundamente y se dispuso a continuar la tarea. Pocos instantes después, la comida del perro se encontraba asándose junto a la liebre, y la joven se sentó a descansar, mirando a su adorada mascota con expresión angustiada.

—¿Qué voy a hacer ahora, Wolff? —le preguntó, como si esperara una respuesta.— El me ha convertido en su sirvienta y no hay nadie más que yo para decirle que no tiene derecho a hacerlo. ¡Druoda me hizo esto! —exclamó con vehemencia, y sus ojos lanzaron destellos de ira.

Cuando Rowland regresó, la liebre ya estaba cocida y Wolff había devorado su alimento. Mientras comían en silencio, Brigitte no apartó los ojos de la tierra.

—Hablaré contigo, y espero tranquilizarte —dijo por fin Rowland con tono brusco.— No tienes por qué temerme, siempre y cuando hagas lo que te ordeno.

—¿Y si no lo hago? —preguntó la joven luego de una pausa.

—Te dispensaré el mismo trato que a cualquier otra sierva —afirmó él de modo categórico.

—¿Cuántos sirvientes tienes? —inquirió Brigitte.

—Jamás he tenido otro sirviente personal más que mi escudero, que acaba de morir. Hay muchos trabajando en casa, pero todos están bajo las órdenes de mi padre. Tú eres la primera que responde únicamente a mí.

—¿Piensas llevarme a tu casa?

—Sí

Al tiempo que Brigitte consideraba la respuesta, el muchacho prosiguió.

—Te ocuparás de mis ropas, me servirás la comida y limpiaras mi habitación. Sólo obedeceras mis órdenes. ¿No es eso mucho menos trabajo que aquél al que has estado habituada?

—Mucho menos —admitió ella.

Rowland se puso de pie y le miró fijamente.

—Pretendo obediencia. Te irá bien, siempre y cuando no enfurezcas. ¿Estás dispuesta a aceptar tu suerte y de una vez por todas, con tus provocaciones?

Brigitte vaciló, y luego se apresuró a responder, por temor a perder el coraje.

—No quiero mentirte. Te serviré siempre que deba. Pero si encuentro la oportunidad de abandonarte, no dudaré en hacerlo.

La muchacha había esperado un nuevo arrebato de ira, pero él sólo frunció el entrecejo.

—No, no lograrás escaparte de mí —afirmó en una lengua extranjera.

—¿Qué?

—Dije que te convendría aprender el idioma nórdico, ya que hay muchos en Montville que no hablan otra lengua.

—¿Todo eso dijiste con esas pocas palabras? —preguntó Brigitte con escepticismo.

Pero Rowland no respondió a su pregunta.

—Vamos, estamos perdiendo tiempo. el perro puede venir con nosotros. Será un fino obsequio para mi padre.

Brigitte abrió la boca para protestar, pero se detuvo. Cuando llegara el momento, el normando descubriría que Wolff jamás volvería a separarse de su dueña.

13

No llegaron a Orleans antes del anochecer, y debieron volver a acampar al caer la tarde. Brigitte pasó las interminables horas en su incómoda posición detrás de Rowland, tratando de convencerse de que aún podría seguir tolerando su infortunada situación durante un tiempo. Al fin y al cabo, se encontraba lejos de Berry y Druoda.

Un esposo era lo que necesitaba, ya que, una vez que ella estuviera casada, Druoda no se beneficiaría con su muerte, ni podría reclamar derecho alguno sobre Louroux. Pero, para casarse, Brigitte necesitaba la aprobación de Arnulf o del señor lord del condado. El rey de Francia era el señor de Arnulf, y allí estaba, entonces, la solución. La muchacha podría dirigirse a la corte y unirse en matrimonio sin el conocimiento de Druoda. Sólo necesitaba encontrar a alguién que la llevara hasta *Ile—de—France* y a la corte de Lothair. Entonces, sería libre y Druoda se vería forzada a abandonar Louroux.

Cuando acamparon esa noche, Brigitte se sentía tan satisfecha con sus propios razonamientos, que comenzó a contemplar los sucesos más recientes como una verdadera bendición. El tercer día transcurrió velozmente, ya que Rowland se dedicó a enseñarle la lengua de sus ancestros. No era un idioma fácil de aprender, pero la muchacha no tardó en incorporar varios vocablos, impresionando así al muchacho con su rapidez.

El comenzar de un nuevo día era siempre placentero, ya que Rowland pronto descubrió que Wolff era en verdad un excelente cazador. Despertaban por la mañana, para encontrar dos robustas liebres y un ganso silvestre aguardándolos.

El hombre estaba admirado y, a la vez, complacido, al tener al animal trabajando para él. Esto ayudó a disipar su furia, a tal punto, que llegó a entablar amistad con el perro y, para sorpresa de Brigitte, Wolff se veía muy satisfecho con su nuevo amigo. Así, con un feliz estado de ánimo, continuaron los tres su trayecto por el camino.

En la tarde siguiente a su llegada a Orleans, iniciaron el viaje por el rio y entonces el humor de Rowland pareció mejorar aun más. Brigitte se percató de que la ira del normando se había debido, en parte, a la demora en su regreso a casa. Esa noche, una vez finalizada la cena, la joven decidió interrogarlo.

—¿Por qué llevas tanta prisa?

Ella se hallaba acurrucada en la cubierta, recostada sobre un costado, con la cabeza sobre las manos. Rowland se encontraba sentado a sus pies, absorto en la contemplación del río.

Rowland le explicó brevemente que su padre había enviado un vasallo para encontrarle y que pronto se desataría una guerra en Montville.

—Por desgracia, Gui tardó varios meses en hallarme, dado que yo me encontraba en el sur de Francia. Puede que la batalla ya haya finalizado.

La información despertó el interés de Brigitte.

—De modo que acabas de venir del sur, ¿no es así?

—Sí, después de luchar contra los sarracenos.

Los ojos de la muchacha centellearon.

—¡Espero que hayas matado a muchos! —exclamó impulsivamente, sabiendo que un sarraceno había sido el asesino de su hermano.

104

—Así fue —gruñó Rowland—. ¿Pero por qué eso habría de interesarte? Los piratas sólo amenazaron el sur y tú te encontrabas muy lejos de allí.

—No temía por mí—le explicó ella, y sus ojos brillaron con odio contra el hombre que había asisinado a Quintin.— Sólo espero que los sarracenos estén todos muertos, cada uno de ellos sin excepción.

Rowland soltó una breve risita.

—Entonces mi Venus es sanguinaria. Jamás lo hubiese creído.

Brigitte bajó la mirada hacia el fuego y dejó escapar un largo suspiro. No valía la pena explicar cómo se sentía. Ese hombre era ajeno a todo sentimiento.

—No soy sanguinaria —afirmó con voz serena—. Los sarracenos tenían que ser destruidos, eso es todo.

—Y así fue.

Brigitte se volvió de espaldas al fuego, pero pudo percibir que los ojos del normando aún continuaban observándola y se sintió algo incomoda. ¿Por qué la habría llamado "su Venus" ¿Significaría eso acaso que ella comenzaba a agradarle? Entonces rezó para que así fuera.

Con la certeza de que Rowland no cesaba de observarla, la joven se sintió más y más nerviosa, hasta que recordó que no se encontraba sola en la barcaza. Wolff se hallaba tendido a su lado. Su fiel mascota no permitiría que el normando la atacara. Con esa reconfortable idea, Brigitte por fin se durmió.

Una tormenta amenazaba con estallar al día siguiente, pero no fue así. El Loira se encontraba crecido y, con seguridad, se habría desbordado con una copiosa lluvia, de modo que ambos contemplaban ansiosos el cielo, a medida que las oscuras nubes ocultaban el sol. Un viento fuerte desminuyó la temperatura sobre el río y obstaculizó el avance de la barcaza. Esto irritó a Rowland, quien permaneció en silencio y malhumorado durante la mayor parte del día.

El muchacho estaba furioso consigo mismo por verse afectado por el frio, ya que el clima era benigno comparado con el que había sufrido durante la mayor parte de su vida. Los últimos seis meses en el sur de Francia le habían enrarecido la sangre, y el joven lo sentía como una señal de debilidad.

La noche resultó ser la más fría del viaje. Brigitte se acurrucó junto a Wolff para calentarse y no le importó que Rowland se acostara a su lado, ya que, de esa forma, le protegía la espalda contra el viento helado. ¡Qué momento para regresar a casa, en pleno invierno! Rowland deseó que la muchacha supiera coser, ya que él necesitaría ropa de abrigo al llegar a Montville.

Se volvió hacia la muchacha y, al oir su respiración regurar, supo que se hallaba profundamente dormida. Tomó entre sus manos una de las largas trenzas rubias y se acarició la mejilla con el sedoso mechón del extremo. Aun cuando no podía ver el rostro de la joven, recordó sus encantadores rasgos, dado que, la noche anterior, la había contemplado lo suficiente como para grabarse eternamente esa imagen en su mente.

Rowland había comenzado a sentirse orgulloso por esa muchacha. No sólo era extraordinariamente hermosa, sino también inteligente, y ya había empezado a comprender la difícil lengua nórdica.

Parecía haberle aceptado como señor y se veía dispuesta a servirle. Ese hecho complacía al muchacho, puesto que, de ese modo, ya no tendría que depender de los sirvientes de su padre. Aún podía recordar las múltiples ocasiones en que había sufrido la indiferencia de los siervos, todos ocupados en cumplir órdenes de Hedda.

La muchacha sería excelente criada. Por esa razón, se sentía reacio a llevarla a su cama. Tenía la certeza de que cometería un grave error al alterar la relación que existía entre ambos. Finalmente, Rowland se colocó de espaldas a Brigitte y exhaló un prolongado suspiro, maldiciéndola por ser tan encantadora.

14

La tormenta se alejó hacia el sur, y el buen tiempo les acompañó durante todo el siguiente día. Llegaron a los dominios del conde de Tournaine, y Brigitte sintió deseos de visitar el monasterio de San Miguel, pero la barcaza se detuvo apenas lo suficiente para descargar pasajeros y recibir a dos nuevos viajeros antes de volver a zarpar.

Los recién llegados eran dos sajones altos y de aspecto rudo. Los duques sajones habían despojado a los francos del reino oriental, para gobernar Alemania bajo las órdenes de Otto, hecho que no complacía a los franceses. Estos dos eran de tez oscura y largas, desaliñadas melenas del color de la hierva seca de otoño. Vestían gruesas túnicas de piel, que les conferían un aspecto salvaje y amenazador. Se encontraban armados.

Los sajones se mantuvieron apartados, pero cuando posaron sus ojos sobre Brigitte con evidente interés, la joven se sintió algo perturbada y se acercó aún más a Rowland. El hombre no la miró, ni aun cuando la mano de la muchacha rozó accidentalmente la suya. Durante varios días, él parecía haberle evitado la mirada y Brigitte se preguntaba por qué.

A la tarde siguiente, tras seis días de viaje, llegaron al punto de confluencia entre los ríos Maine y Loira, y fue allí donde los jóvenes descendieron. La muchacha se sentía algo renuente a ocupar, una vez más su incómodo asiento en la parte trasera de la montura y hubiese deseado caminar, pero Rowland no se lo permitió, ya que estaba decidido a cubrir la mayor distancia posible antes del anochecer.

Pronto oscureció y se detuvieron en un pequeño bosquecillo junto a la orilla izquierda del Maine. Con el río a sólo unos pocos metros de distancia, Brigitte pensó en bañarse. Tan pronto como Rowland se marchó en busca de alimento, la muchacha se apresuró a juntar la leña para el fuego y, tras extraer una túnica limpia de su bolso, salió corriendo hacia el agua.

Al otro lado del río, había unos pantanos desérticos de aspecto desolador bajo la azulina luz del crepúsculo. De pronto, Brigitte divisó una figura negra, cuadrada, que se acercaba flotando sobre el agua, y se paralizó. Enseguida, retrocedió hacia la orilla, y advirtió que se trataba de una barcaza. Se ocultó, entronces, detrás de un árbol. Wolff se le acercó para agazaparse a su lado y ella le frotó las orejas, mientras observaba con impaciencia el lento avance de la embarcación. Finalmente, echó una mirada a su perro y frunció el entrecejo.

—Será mejor que vayas a buscar tu propia cena, Wolff. El normando acepta la carne que le traes, pero no lo creo capaz de devolverte el favor cazando para ti. —El animal no se movió, y ella lo empujó suavemente—. Vete ya, yo estaré bien tan pronto como pase esa barcaza.

Observó al perro alejarse y luego, volvió la mirada hacia el río, para ver que la barcaza continuaba avanzando con enloquecedora lentitud. Brigitte sabía que debía terminar y volver al campamento antes del regreso de Rowland.

Por fin, la embarcación se alejó, y la muchacha se apresuró a desnudarse y sumergirse en el agua helada. Sus dientes comenzaron a castañetear, y se frotó rápidamente, sin dejar de permanecer alerta ante la posible aparición de una nueva barcaza.

Finalizó tan pronto como pudo y salió corriendo del agua helada. Todo su cuerpo comenzó a temblar, y se colocó presurosa la túnica limpia, sin siquiera secarse. Se ató el cinturón de soga y, sin calzarse, camino cautelosamente hacia el campamento, maldiciéndose por no haber encendido el fuego antes del baño. El lugar se veía tan oscuro como boca de lobo y ella se sentía congelada.

De pronto, avistó el chisporroteo de las llamas, y creyó que enloquecería de terror. Contuvo la respiración, hasta que reconoció la familiar figura de Rowland agachada junto al fuego.

—Casi me matas del susto —dijo Brigitte mientras avanzaba, dejando escapar un largo suspiro de alivio—. ¿Cuánto tiempo llevas aquí?

La mirada del normando la hizo estremecer.

—Lo suficiente como para preguntarme por qué no se encontraban aquí ni el fuego ni la imprudente mujer.

—No creí que regresaras tan pronto.

—¿Supones acaso que tengo los ojos de tu perro que puede encontrar la presa en la oscuridad? —preguntó él con tono mordaz.— Esperé demasiado para acampar. No habrá carne a menos que tu Wolff tenga mejor suerte. Veo que no está contigo.

—Lo envié a cazar después de que tú te marchaste.

Rowland se puso de pie para regañarla.

—Ven aquí, muchacha. ¿Donde has estado?

Brigitte vaciló. Conocía ese tono. La barba había comenzado a crecer en el mentón del normando y le confería un aspecto aún más perverso. Sus ojos oscuros reflejaron el fuego que ardía en su interior y, cuando él extendió las manos para tocarla, la joven soltó una exclamación y retrocedió de un salto. Aun así, Rowland pudo agarrarle uno de sus brazos empapados.

—¿De modo que nadar te pareció más importante que encender una fogata para protegernos de este frio?

El hombre no la había golpeado y eso infundió coraje a la muchacha.

—No fue mi intención incomodarte.

—¿A mí? —gruñó él.— Mírate. Tienes el brazo congelado y los labios azules—. La empujó bruscamente hacia el fuego.— Caliéntate. Si llegas a vomitarme encima... ¡Santo Dios!... ¿Acaso has perdido el juicio, muchacha?

Brigitte se volvió y, de espaldas al fuego, le miró con los labios temblorosos.

—Quería estar limpia y no me puedo bañar completamente si tú estás cerca.

—¿Por qué no?

Ella bajó la mirada, y agradeció que el hombre no pudiera percibir el rubor de sus mejillas en medio de la intensa oscuridad.

—No sería correcto.

—¿Correcto? —bramó él, y se detuvo de inmediato, para recorrer con los ojos la figura de la joven. Cada curva era visible bajo la delicada tela adherida a la piel húmeda.

Cuando, por fin, su mirada se topó con la de Brigitte, sus oscuros ojos azules ardían, pero no de ira. Era una expresión que la muchacha no había visto con frecuencia en su resguardada vida, pero la reconoció instintivamente. Entonces, se sintió aterrada.

La joven comenzó a retroceder, olvidando la presencia del fuego a sus espaldas. Pero Rowland sujetó con rapidez una de sus largas trenzas y la atrajo rudamente hacia sí. Brigitte empezó a golpear con fuerza el firme, musculoso pecho, pero uno de los poderosos brazos del hombre la tomó de la cintura y se sintió atrapada, incapaz de moverse.

Con la otra mano, Rowland le alzó la cabeza y sus ojos contemplaron el pálido, delicado rostro de manera lenta y posesiva.

—Tal vez, yo pueda calentarte mejor que ese fuego, ¿eh? —le dijo con voz ronca, lanzándole una mirada anhelante, y luego prosiguió con suavidad.— No lograrás nada resistiéndote, si es eso lo que tienes en mente. Y tú lo sabes.

Brigitte había estado tan segura de que él no la deseaba... ¿Qué le había hecho cambiar de opinión?

Rowland la estrechó con más fuerza y luego, la liberó para desatarle el cinturón. En ese momento, la joven saltó. Si tan sólo lograba apartarse de la luz de las llamas, la oscuridad le permitiría ocultarse. Pero, apenas comenzó a alejarse, las manos del normando volvieron a atraparla. El muchacho la hizo girar, para luego alzarla entre sus brazos.

—¿De veras creíste que podrías escapar de mí?

Su tono de voz no era severo. De hecho el joven parecía divertido ante la reacción de la muchacha. Brigitte le lanzó una mirada fulminante y él rió, aparentemente encantado.

—¿Dónde está la mujer que se desmayó de miedo no bien la tendí sobre mi cama? Veo que has cobrado valor desde aquella noche.

—Te vanaglorias demasiado —replicó ella con aspereza, irritada ante la divertida actitud del normando.— Me desmayé debido al dolor de la espalda y no por temor a ti.

—¿Qué le ocurrió a tu espalda?

—Fui golpeada... gracias a ti —respondió la muchacha con tono severo, condenándole con los ojos.

Rowland frunció el ceño y la depositó suavemente sobre la manta que él mismo había tendido junto al fuego. Contra las protestas de la joven, le quitó el cinturón y la túnica, para luego alzarle el vestido y tocar el área lastimada. Entonces, volvió a apoyar a la muchacha sobre la manta y la miró fijamente.

—¿Te duele todavía?

—No, ¿por qué?

—Aún tienes magulladuras. Deben de haber sido azotes muy violentos para que continúen las marcas una semana después. Claro que tendrías que haberlo esperado, después de haber robado a tu ama.

—Ya te dije que no soy una ladrona. Me hicieron esto porque traté de escaparme...

Brigitte se detuvo al advertir que él no estaba escuchando. De pronto, la boca de Rowland se apoderó de sus labios y se sintió completamente indefensa frente a la fuerza de aquel hombre. Sólo atinó a sujetarse de la abundante melena rubia para apartarle la cabeza.

—¡Tú nunca me tendrás!

El se incorporó y le separó ambas manos con facilidad.

—¿Piensas hacérmelo difícil? —preguntó con una sonrisa. Sin aguardar la respuesta, soltó una breve risita y se quitó la pesada cota y la túnica. La muchacha lanzó una exclamación e intentó levantarse, pero él volvió a empujarla sobre la manta para sujetarla con una mano, mientras con la otra se despojaba de sus pantalones.

Brigitte cerró los ojos, forzándose a no gritar, al tiempo que Rowland le apresaba ambas manos junto a los hombros. ¡Todo había sido tan fácil para él, tan condenadamente fácil! La joven volvió a abrir los ojos, que centellearon con furia.

—¡Te odio!

El muchacho la contempló durante un largo instante y, al mirar esos oscuros ojos azules, Brigitte se sorprendió, ya que descubrió súbitamente que, en realidad, se sentía atraída por Rowland. No podía afirmar que le amaba. Después de todo, él era rudo y brusco y, a menudo, cruel con sus comentarios. Pero también era fuerte, decidido y justo. Sí, aunque le costaba admitirlo, ese joven le agradaba. Además pensó Brigitte, él la miraba con ternura y, sí, hasta con amor. Aun cuando fingía estar tomando sólo lo que le pertenecía, había mucho más en ese ataque, mucho más.

Rowland pensaba cuán encantadora era la muchacha y cuánto la deseaba. Era una joven especial, seductora y había logrado cautivarle. Jamás se atrevería a admitirlo frente a Brigitte, pero ya comenzaba a sentir un profundo afecto por la muchacha.

Después de besar el encantador rostro, los labios de Rowland descendieron por el delicado cuello hasta llegar a los pequeños senos. Eran pechos frágiles como porcelana, pero suaves y redondeados como frutas maduras. De pronto impaciente por absorber la dulzura de la muchacha, el joven le separó los muslos y la penetró.

Rowland ahogó una exclamación. ¡La obstrucción virginal aún estaba allí! Se sintió confundido, pero no dijo

112

nada. Con dulzura, se movió en el interior de la joven, sintiéndola relajarse más y más tras el primer impacto. La trató con sumo cuidado, hasta que se estremeció y cayó tendido sobre el delicado cuerpo femenino. Un instante después, se apartó, para recostarse junto a la muchacha y observarla con una sonrisa en los labios.

—¿Por qué te sonríes con tanta presunción? —preguntó ella con furia—. Dijiste que no me lastimarías, ¡pero lo hiciste!

—Es natural, ya que aún eras virgen.

—Pero... —comenzó a balbucear Brigitte y Rowland rió ante la perturbación de la muchacha.

—No puedes culparme por ese malentendido. De no haberte desmayado, te habrías dado cuenta.

—Pero dijiste que me habías poseído.

—Me desvanecí. Un hombre ebrio suele hacer cosas que no siempre recuerda —. Se encogió de hombros.— Sólo supuse que te había poseído. Pero no fue así.

Brigitte permaneció inmovil, en silencio, aturdida por un sinfín de pensamientos perturbadores.

Rowland le acarició la curva del mentón con infinita dulzura.

—¿Qué importa ya eso, mi joyita? Haya ocurrido entonces o ahora, aún sigues siendo mía.

—Pero, de haber sabido la verdad, Druoda jamás me hubiese entregado a ti.

—Pero te habría entregado a otro, entonces, ¿dónde está la diferencia?

Sin esperar la respuesta, Rowland se apoderó de los labios de la joven en un tierno, prolongado beso. Cuando por fin volvió a apartarse, el muchacho preguntó:

—¿Te he hecho mucho daño?

—No.

La respuesta de Brigitte reflejó un tono de amargura, y él sacudió la cabeza.

—Traté de reprimirme. Te deseé mucho antes que esto, pero no quise tocarte.

—Entonces, ¿por qué lo has hecho ahora? —La voz de la joven sonó tan curiosa como reprobadora.

113

Rowland enarcó una ceja.

—¿Y me lo preguntas, después de haberte presentado con las ropas húmedas y adheridas a cada curva de tu cuerpo? No soy de piedra, damisela.

Brigitte dejó escapa un suspiro. Había sido una tonta al confiar en ese hombre.

—Dijiste que yo no te atraía —le recordó.— ¿Acaso todas tus afirmaciones son mentiras?

—No te veías muy hermosa entonces. Tendría que ser ciego para no sentirme atraído hacia tí. Y me agrada saber que ningún otro hombre te ha tenido.

Rowland esbozó una sonrisa complacida y su arrogancia irritó a la muchacha.

—¡Ojalá hubiese habido cientos de hombres antes que tú!

El hombre sólo rió ante ese repentino arrebato de ira y ella le empujó con furia.

—¡Apártate, enorme patán!

Rowland le permitió levantarse y, sin cesar de reír, la observó tomar la túnica y caminar airadamente hacia el río.

—¿A dónde vas? —le gritó, pero ella no se detuvo.

—Voy a bañarme otra vez, ¡ahora que tú me has ensuciado! —respondió Brigitte por encima del hombro y las carcajadas del muchacho la siguieron durante todo el camino hacia el agua.

114

15

Brigitte se encontraba inmóvil junto al fuego, con las manos y pies atados con cintas de su bolsa, sin lograr conciliar el sueño.

Rowland de Montville no sólo la había poseído, sino que luego se había visto tan complacido, tan seguro de sí mismo, que la muchacha había comenzado a detestarlo. Por esa razón, una vez que él se hubo dormido, Brigitte comenzó a acariciar la idea de escapar. "Sí", había pensado la joven, "eso le demostraría a ese patán quä poco significaba para ella Rowland de Montville".

Aún no se había elevado la luna, cuandoBrigitte se apartó del normando, tomó su bolsa y después de despertar a Wolff, se alejó sigilosamente del campamento. Tras apartarse unos cuantos metros del fuego, se detuvo para colocarse las sandalias y, entonces, se echó a correr a toda prisa.

En su huida, sólo oyó los sonidos de sus propias pisadas, sin advertir qu Rowland había salido en su búsqueda. Cuando él la agarró bruscamente del brazo, Brigitte lanzó un alarido de terror. Enseguida, él comenzó a arrastrarla de regreso al campamento.

Una vez junto al fuego, Rowland se detuvo para mirarla, con el cuerpo tenso por la furia y una expresión malévola en sus ojos.

—Esta vez puedes considerarte afortunada, porque no te advertí que no osaras escapar. Pero te prevengo ahora. Si vuelves a intentarlo, sentirás en la espalda el castigo del látigo: un azote por cada hora que me lleve encontrarte.

Brigitte se estremeció, sintiendo de antemano el dolor en la espalda.

—Entonces, la próxima vez, deberé asegurarme de que nunca podrás encontrarme —susurró con voz tan suave, que él no alcanzó a oírla.

Rowland frunció el entrecejo.

—Te exijo que repitas lo que acabas de decir, mujer.

La joven alzó el mentón con actitud desafiante y la mentira brotó espontáneamente de sus labios.

—Me preguntaba qué ocurriría si no lograbas encontrarme.

—Siempre te encontraré. Prometí que jamás permitiría que escaparas de mí, y mi palabra es mi vida. Si eres tan tonta como para volver a intentarlo, mujer, déjame decirte algo. Mis azotes no son como aquéllos que sólo te dejaron magulladuras. Mi látigo saca sangre. Mis marcas te acompañarán para siempre y, de ese modo, nunca olvidarás que debes obedecerme.

Entonces, Rowland había tomado la cinta para atar las manos y pies de la joven y luego, bromear de un modo siniestro.

—Así podré descansar en paz.

Fue apenas un instante después cuando Brigitte oyó el sonido de unas pisadas junto al campamento y luego, el repentino ladrido de Wolff.

Los siguientes sucesos ocurrieron de una manera confusa para la joven. Rowland se incorporó de inmediato, empuñando su espada. Pero había dos hombres y él sólo podía enfrentarse con uno. El otro le atacó por la espalda, golpeándole la cabeza con un hacha. Con horror, Brigitte observó a Rowland desplomarse.

La joven lanzó un alarido y Wolff se abalanzó sobre el hombre que había atacado al normando. Sin embargo, Brigitte no tuvo tiempo de observar la escena, ya que el otro asaltante corrió hacia ella y se arrodilló a su lado.

—Apresurate en matar a la bestia —gritó él a su compañero.— Y luego, tendrás tu recompensa.

Brigitte observó el rostro sonriente del hombre. ¡Era uno de los sajones de la barcaza! Pero ellos no habían abandonado el río cuando ella y Rowland descendieron. ¿Cómo habían logrado llegar hasta allí?

—¿Por qué te ató el caballero? —preguntó el sajón, al tiempo que cortaba las ligaduras de la joven—. ¿Acaso él te robó de la casa de tu amo?

Brigitte se sentía demasiado aterrada para hablar pero el hombre no aguardó la respuesta.

—No importa. Por ti, vale la pena haber abandonado nuestro curso y asesinar a un hombre. Sí, tú lo vales.

Con los salvajes gruñidos de Wolff, que atacaba al otro hombre, la joven apeñas pudo oír las palabras de sajón, pero aun así, alcanzó a comprender lo suficiente. Esos bellacos habían seguido y atacado a Rowland con el propósito de raptarla. Brigitte estaba destinada a salir del infierno de un normando, sólo para internarse en el infierno de un sajón.

La muchacha volvió a gritar cuando el hombre le apoyó la daga en el cuello de la túnica con la intención de desnudarla. Pero, en el instante siguiente, desapareció, ya que Wolff le atacó por atrás, para arrojarle a varios metros de distancia. El sajón no volvió a incorporarse. Brigitte se volvió, incapaz de observar a su adorada mascota convertirse al primitivo estado de sus antepasados y desgarrar a su víctima. Recordó la joven aquella lucha entre el perro y el lobo en el castillo de Wilhelm, y se estremeció ante el parecido que guardaba su mascota con la bestia salvaje del bosque. Cuando Wolff culminó, su víctima se había comvertido en una deforme figura ensangrentada, al igual que el perro doméstico en casa de Wilhelm al finalizar la lucha. Ambos sajones habían sido horriblemente asesinados. El cuello y el estómago del otro hombre habían sido desgarrados con crueldad. Cuando la calma volvió a reinar en el campamento, Brigitte miró a su alrededor y no pudo reprimir unos violentos espasmos. Wolff se le acercó, pero, al verlo cubierto con la sangre de las víctimas, la joven sintió náuseas.

Brigitte nunca antes había visto asesinar a un hombre; pero allí se encontraba, sola, en el medio del bosque, con tres hombres muertos. ¿Tres? Tras deshacerse de los últimos vestigios de las cuerdas que le ataban, la joven corrió hacia el cuerpo de Rowland, que yacía inmovil junto al fuego. No se veía ensangrentado, pero estaba tétricamente tieso.

Se encontraba libre, advirtió Brigitte, "¡Libre!¡Ya podría emprender el camino hacia el rey Lothair! ¡Rowland estaba muerto!"

Y, entonces, la monstruosidad del hecho la golpeó. ¿Acaso experimentaba ella un sentimiento diferente del alivio?

—No puedo permanecer aquí —se dijo en voz alta.

Se puso de pie y tocó la cabeza de Wolff para tranquilizarlo, pero retiró la mano manchada de sangre. De inmediato, la frotó en la tierra, para luego señalar en dirección al río.

—Ve a lavarte, Wolff. Ve a nadar. —El perro no se movió, hasta que ella estampó un pie en el suelo con furia—. Haz lo que ti digo. Yo reuniré mis cosas y nos marcharemos tan pronto como estés limpio.

Wolff, entonces, se marchó, pero Brigitte no comenzó a recoger sus pertenencias. Permaneció inmóvil, observando el cuerpo inerte de Rowland. El viento sacudió las copas de los árboles, y ella sintió frío, pero no se agachó para tomar su manto. Sólo bajó la mirada hacia la manta donde había estado tendida con aquel hombre.

En el mismo lugar se encontraba, temblando, cuando Wolff regresó al campamento. El perro se hallaba empapado, pero limpio, y ella lo llamó, esbozando una débil sonrisa. Recogió la manta para secarlo, pero se detuvo, ya que el animal se sacudió y la baño con el agua. Fue entonces cuando oyó el gemido.

Brigitte se paralizó. Uno de los hombres continuaba con vida. Pero, ¿cuál? Ah, ella no deseaba averiguarlo, ya que no quería volver a enfrentarse con ninguno de ellos.

—¡Vamos Wolff! Debemos marcharnos de aquí.

Arrojó la manta sobre el perro y lo frotó brevemente. Luego, recogió presurosa sus pertenencias y corrió hacia el caballo de Rowland, pero se detuvo al llegar al potro. El tamaño del animal la intimidaba, en especial, sin la inmensa figura del caballero colocado en la montura. ¿Cómo lograría montar sin la ayuda del normando?

Tras varios intentos, consiguió subirse al gigantesco corcel y, agitada por el esfuerzo, echó una mirada en busca de Wolff. Pero el perro aún seguía junto al fuego, olfateando el cuerpo de Rowland. Brigitte lo llamó una y otra vez, pero el animal se sentó junto al normando, rehusándose a moverse.

La joven dejó escapar un suspiro de desesperación. Entonces era él. Era Rowland quien continuaba con vida. Ella debería haber supuesto que ese arrogante patán era demasiado rústico para morir tan fácilmente. Se apeó del caballo y caminó lentamente hacia el fuego. Tras echar una mirada fulminante a Wolff, se inclinó para examinar a Rowland.

Tenía una enorme protuberancia en al nuca. El arma del sajón debía haber girado al golpear, pensó la joven, y sólo el lado plano del hacha había causado la marca. De pronto, notó que Rowland respiraba. Aunque con un fuerte dolor de cabeza, sin duda, el normando despertaría.

Brigitte lanzó una mirada penetrante a Wolff, que continuaba tendido junto al cuerpo del muchacho.

—No esperarás que me quede a ayudarle, ¿o sí? Debo marcharme.

La muchacha se puso de pie, pero el perro no se levantó.

—Me voy —le advirtió con tono categórico—. Si me quedo aquí, este hombre me tomará de esclava. ¿Es eso lo que quieres? ¿Deseas verme sufrir en sus asquerosas manos?

Aún así, la bestia permaneció inmóvil junto al herido. Brigitte perdió la paciencia y exclamó.

—¡Te digo que este rufián no necesita nuestra ayuda! ¡Vámonos ya!

La joven comenzó a alejarse del campamento, pero miró por encima del hombro para ver si Wolff la seguía. El perro se había acercado aun más al normando, para apoyar la cabeza junto al cuerpo tendido de Rowland.

—¡Maldito seas, quédate con él entonces! —exclamó Brigitte.— Pero estás muy equivocado se crees que este hombre te tratará mejor que yo. Sólo recibirás puntapiés a cambio de tus esfuerzos por complacerle, puesto que él es así.

Se alejó indignada, resuelta a no mirar atrás. Pero, antes de que lograra alcanzar el potrillo, Wolff dejó escapar el aullido más desdichado que ella jamás había oído. El sonido retumbó en el bosque, y Brigitte se volvió para encontrar al perro tocando ligeramente el costado del normando, como si quisiera darle la vuelta.

—¡Déjale, Wolff! —le ordenó ella, temerosa de que Rowland despertara antes de que pudieran marcharse.

La joven corrió para apartar al perro, pero se detuvo al ver el hilo de sangre que goteaba de la espalda del hombre. Rowland se encontraba mal herido. Pero, ¿cómo había sucedido? Con gran esfuerzo, Brigitte logró darle la vuelta. Entonces, vio la espada que el normando había dejado caer antes al desplomarse. El extremo del arma había aterrizado sobre una enorme piedra, en la posición justa para internarse en el costado del hombre al ser éste derribado.

—Merecería morir con su propia rama —comentó con frialdad.

No alcanzaba a ver la gravedad de la herida, pero había una gran cantidad de sangre en el suelo y en la túnica de Rowland. Se volvió hacia Wolff, que la miraba con actutud expectante y le dijo obstinadamente:

—No estoy obligada a ayudarle después de todo lo que me ha hecho. Si le curo la herida, podría despertarse y perdería mi oportunidad de escapar. Además, no estoy segura de que vaya a morir si no le ayudo.

Brigitte se detuvo para mirar una vez más al caballero herido. Luego, dejó caer los hombros y prosiguió:

—Escúchame. Estoy hablando con tanta frialdad y malicia como él. No puedo dejar morir a un hombre, ni siquiera a éste.

—Me alegra oír eso.

La joven ahogó una exclamación cuando los oscuros ojos de Rowland de abrieron para mirarla.

—¿Cuanto tiempo has estado consciente? —preguntó violentamente.

—Desde que me volviste con tanta brusquedad —gruñó él—. Siento un terrible dolor de cabeza.

—Mírate el costado, normando, estás sangrando como un cerdo acuchillado —declaró la joven con aspereza.

Rowland se incorporó lentamente, pero se dejó caer sobre un codo, para llevarse la otra mano a la cabeza.

—Ay, Dios, siento que se me parte el cráneo. —Enseguida echó una mirada severa a la muchacha.— ¿Tú me hiciste esto?

—Si te duele, entonces desearía haberlo hecho —respondió ella.— Pero no fue así. Un hombre te golpeó por detrás sin que lo advirtieras.

—Me resultaría más fácil creer que tú lo hiciste —comentó el muchacho con escepticismo.

—Entonces, mira a tu alrededor. Allí hay dos cuerpos listos para ser enterrados.

Rowland miró, azorado, y luego sus ojos se posaron sobre Wolff, que continuaba tendido a su lado.

—Por lo visto, te he subestimado, perro.

—Recuérdalo la próxima vez que intentes atacarme —le advirtió Brigitte—. Si yo hubiese sabido cuán temible es Wolff, tú hubieras sentido sus afilados colmillos mucho antes, tal como les ocurrió con esos dos sajones.

—¿Sajones?

—Son los dos que viajaron con nosotros por el río.

El muchacho frunció el entrecejo.

—Deben ser ladrones. ¿Qué otra razón tendrían para seguirnos?

—Oh, sí, eran ladrones —asintió Brigitte con amargura—. Pero era a mí a quien intentaban robar.

—¡Maldita sea! —gruñó Rowland—. Sabía que me causarías problemas con ese atractivo rostro que tienes. Supongo que coqueteaste con esos sajones en la barcaza, ¿no es así?

—¡Cómo te atreves! —exclamó la muchacha con tono severo—. No puedo alterar mi aspecto, pero jamás tiento a un hombre intencionadamente. No me interesa despertar el anhelo de ningún rufián. Lo que me hiciste fue tan repugnante como siempre lo había imaginado.

—¡Suficiente!

—¡No, no es suficiente! —bramó la joven, sintiendo deseos de herir aun más a Rowland.— Te consideras mi señor, pero no me defendiste de esos bandidos, cuando se supone que un amo debe proteger a su sierva. Afirmaría que has perdido tus derechos sobre mí, puesto que no has cumplido con tus obligaciones.

—¿Te lastimaron? —preguntó él.

—Bueno...no, pero no fue gracias a ti.

—Entonces, si no hubo daño, no escucharé más acerca de derechos y obligaciones. Además, yo hice un esfuerzo por protegerte. Tengo heridad para demostrarlo.

Brigitte sintió una pizca de remordimiento por haberle provocado, y decidió permanecer en silencio.

—Según creo, prometiste curar mi herida, ¿no fue así? —Le recordó Rowland.

—La curaré, siempre que comprendas esto: no me siento obligada a hacerlo sólo porque tú te consideres mi señor.

—Entonces, hazlo como cristiana —le suplicó él con tono fatigado, cerrando los ojos débilmente.— Acaba ya con esto.

La joven se volvió y caminó hacia el caballo, a fin de revisar las alforjas en busca de algo que pudiera servir como vendaje. Pero Rowland la detuvo antes de que alcanzara a abrirlas.

—No encontrarás ninguna tela ahí.

Ella se volvió para mirarle.

—Una camisa vieja servirá

—Las tiras de una camisa no serán suficientemente largas. Tendrás que buscar entre tus ropas.

¡Mis ropas! —exclamó Brigitte, mientras regresaba airosa para detenerse junto a él.— No tengo tantos vestidos como para arruinar uno por tu culpa. Usaré una de las mantas.

—Necesitamos esas mantas, ya que a medida que avancemos hacia el norte, el clima será cada vez más frío —anunció Rowland de modo categórico.

La joven tomó su bolsa con impaciencia y extrajo su vestido más gastado. Al volverse hacia Rowland encontró que él ya se había desprendido el cinturón y estaba tratando de quitarse la túnica. La muchacha vaciló un instante, observando sus enormes esfuerzos, hasta que por fin le separó las manos y le ayudó a despojarse de la prenda. El joven se encontraba pálido y débil, pero, aún así, no cesó de contemplarla con atención, mientras limpiaba cuidadosamente la herida y la vendaba con los largos trozos de su vestido de lino. Una vez finalizada la tarea, Brigitte le ayudó a vestirse con una túnica limpia y tras cubrirle con la manta, procedió a encender una nueva fogata.

—¿Podrías lavar la sangre de mi vestido, damisela? —preguntó Rowland.

La muchacha asintió de inmediato, ya que él había efectuado la petición sin ordenar. Recogió la túnica del suelo y se dirigió hacia el río. Al regresar al campamento, colgó la prenda de la rama de un árbol y se acercó a él para ver si se encontraba dormido.

—¿Te duele la hinchazón de la cabeza? —le preguntó con voz suave.

—Sí —respondió él con una mueca—. ¿Con qué me golpearon?

—Con un hacha —respondió la joven—. Tuviste suerte. El filo de la hoja se encontraba vuelto al pegarte.

—¡Grr! —gruñó Rowland.— Siento como si la tuviera insertada en la cabeza.

"Ojalá hubiese sido así", pensó Brigitte, y se ruborizó ante su propia crueldad.

16

El aroma a carne asada despertó a Brigitte. Un breve vistazo al campamento le mostró que los cuerpos de los sajones habían sido retirados. Rowland se encontraba agachado frente al fuego, con Wolff tendido a su lado. La joven miró a ambos con expresión severa.

—Dios mío, has estado muy atareado, considerando la gravedad de tu herida —comentó con tono mordaz.

—Buenos días, damisela.

Ella ignoró el saludo.

—Dime, por favor, ¿se te abrió la herida?

Rowland soltó una breve risita.

—No, Huno hizo el trabajo —respondió, inclinando la cabeza en dirección al caballo.

—¿Y la carne?

—Tu perro se encargó de eso.

Brigitte lanzó una mirada reprobadora a su mascota.

—¡Traidor! ¿Acaso tienes que gastar tus energías en complacerle a él?

—¿Siempre acostumbras a hablar con los animales? —preguntó Rowland, echándole una mirada de soslayo.

—Sólo con ése —respondió la joven con tono áspero.— Aunque no parece estar comportándose bien últimamente.

—Supongo que no esperarás que te responda.

—Claro que no —replicó ella, irritada.— No soy tonta, Rowland.

El frunció el entrecejo.

—Creo no haberte dado permiso para que me llamaras de esa forma.

—No pedí tu permiso.

Los oscuros ojos azules de Rowland se entrecerraron.

—Te referirás a mí correctamente como "señor".

—No lo haré. Tú no eres mi señor —negó Brigitte con firmeza—. Mi padre fue mi señor y, luego mi hermano. Pero ahora mi señor es el conde de Berry. A él le llamaré señor, pero tú eres sólo Rowland de Monteville. Me referiré a tí como Rowland o canalla normando, no importa cuál.

Rowland se incorporó para acercarse a la muchacha con un brillo de ira en los ojos.

—Te advierto, mujer,...

—¡Mujer! —exclamó ella—. Mi nombre es Brigitte... ¿Me oyes? ¡Brigitte! ¡Si vuelves a llamarme mujer, gritaré!.

La expresión sombría de Rowland se transformó en una mirada sorprendida ante el repentino arrebato de ira de la joven.

—¿Acaso el demonio se apoderó de ti esta mañana? ¿Qué te ha sucedido muchacha?

—¡Tú estás endemoniado! —gritó ella, al borde del llanto—. No tienes derecho a levantarte y andar por ahí, cuando estuviste a punto de morir hace apenas unas horas. Tú tienes al demonio en el cuerpo. Deberías estar débil, ¡pero él te da fuerzas!

—Conque eso es. —Rowland soltó una potente carcajada. —Aún planeabas escapar y me creías demasiado débil para detenerte. Bueno, lamento decepcionarte, pero desde pequeño me enseñaron a tolerar con coraje los dolores.

Esa mañana, llegaron a Aners, tras unas cuantas horas de lenta marcha, ya que, esta vez, Rowland no instó a Huno a cabalgar a toda velocidad. En lugar de presentar sus respetos al conde de Anjou, el muchacho se detuvo en el monasterio para adquirir provisiones y concertar los arreglos necesarios para los cuerpos de los dos sajones muertos. Luego, abandonaron de inmediato la ciudad.

Brigitte se sintió algo molesta y confundida.

—¿Por qué no nos quedamos para pasar, al menos, una noche? Sin duda, te haría bien el descanso. Un día más de retraso no importaría.

—No lo creo necesario —respondió Rowland con brusquedad.

Ambos habían permanecido en silencio durante el trayecto hacia Angers, pero ahora Brigitte se encontraba lista para iniciar la batalla una vez más.

¿Por qué razón evitas las ciudades? Cada vez que llegamos a una, te apresuras a abandonarla tan pronto como te es posible.

El no se volvió para mirarla.

—No es conveniente permanecer en un lugar desconocido.

—Claro que no. Es mucho mejor dormir a la intemperie, sobre la tierra helada —acotó la joven con sarcasmo.

—Actúas como una esposa regañona —afirmó Rowland con tono severo—. Deja ya de protestar, muchacha.

Brigitte se sintió herida, pero también acobardada. Cabalgaron junto a una larga sucesión de viñedos sobre las colinas bajas de las afueras de Angers, para luego penetrar en una zona pantanosa. Y, a medida que se alejaban de la ciudad, la irritación de la joven aumentaba. Ya no podría gozar de una cama tibia esa noche, ni tendría compañía. De ese modo, jamás lograría conseguir ayuda.

—No puedo creer que Angers no te resulte familiar. Con seguridad, has de conocer a alguien allí. Aún estamos a tiempo de regresar.

—No tengo intenciones de regresar, muchacha. Y no, no conozco a nadie allí.

—Pero tu casa no se encuentra muy lejos de aquí, ¿no es verdad? —inquirió Brigitte.

—Nos quedan unos pocos días más de viaje. Pero eso no significa que deba conocer gente en Angers. Jamás pasé demasiado tiempo allí. Mi padre niunca me permitió alejarme de casa. Y cuando me marché, me dirigí hacia el este.

La joven soltó una breve risita ante el comentario.

—¿Nunca te permitió alejarte? ¿Que hijo de noble debe permanecer cerca de casa? El hijo de un lord suele ser enviado a otra Corte para su entrenamiento. Si no fue así contigo, entonces debes de proceder de un hogar campesino.

Rowland se puso tenso.

—Mi padre prefirió entrenarme en persona —dijo con tono helado—. Y, una vez que llegamos a Montville, sin duda, te enterarás de que soy bastardo. Mi madre fue una sierva y yo soy hijo bastardo de mi padre.

—Oh. —Brigitte no pudo pensar en ningún comentario inteligente.

—No me preocupa admitirlo.

—Yo haría lo mismo, si fuera ése mi caso —afirmó la muchacha—. Pero yo no soy bastarda.

El muchacho detuvo al corcel y luego, se volvió para mirar a la joven.

—Tu lengua necesita un descanso, damisela —le dijo con frialdad—. Una breve caminata podría ayudarte.

De inmediato, la bajó hacia la tierra fangosa, ignorando sus gritos de cólera. Luego, instó al caballo a proseguir la marcha y Brigitte no tuvo más alternativa que seguirlo en compañía de Wolff.

17

Rowland se detuvo sobre la cima de una colina, a cuyos pies se extendía Montville, su hogar. Brigitte se inclinó hacia un costado para lograr una mejor visión del lugar donde residiría durante un tiempo. Un grueso manto de nieve cubría todo el paisaje: desde la fortaleza, situada sobre una pequeña loma, hasta la aldea contigua y, más atrás, las praderas, los huertos, los cultivos y el bosque.

La nieve no cesaba de caer, recordando a la joven los pertubadores instantes de la noche anterior cuando, al descender los primeros copos, Rowland se le había acercado en busca de su tibieza. Brigitte hubiese preferido congelarse, pero él había insistido en estrechar con fuerza su delicada figura femenina, ignorando sus reiteradas protestas. Pero, esta vez, él no había intentado violarla. Tal vez, debido a la herida, o a los roncos gruñidos de Wolff... la muchacha no estaba segura. Sólo le había dejado caer una lluvia de tiernos besos en el cuello, hasta que ella le había apartado. Después de eso, Rowland no había vuelto a molestarla, contentándose con depositarle una pesada mano sobre la cadera como señal de posesión.

Brigitte trató de borrar el recuerdo de la noche anterior mientras contemplaba el hogar del normando. Pensó, en cambio, qué diría al enfrentarse al lord de Montville.

¿Le creería él cuando le contara quién era y qué le había sucedido? Rowland comenzó a descender por la colina, y ella sintió los primeros indicios de temor. ¿Qué ocurriría si nadie creía en su palabra? ¿Qué sucedería si jamás lograba abandonar ese lugar y se veía forzada a pasar el resto de su vida trabajando como sierva?

Atravesaron la entrada, y un guardia agitó una mano para saludar a Rowland. Nadie salió a recibirlos. El patio se veía desértico y batido por el viento. Ni siquiera un encargado del establo salió al encuentro de los recién llegados para atender al caballo.

—¿Sucede algo extraño aquí? —preguntó Brigitte con inquietud, al tiempo que Rowland desmontaba frente a las caballerizas y ayudaba a la joven a descender.

—Todo parece en orden.

—Pero, ¿por qué nadie vino a recibirte? Los guardias deben de haber informado a tu padre de tu llegada —continuó la muchacha, mientras comenzaban a caminar hacia la mansión.

—Sí, con seguridad, él ya sabe que estoy aquí.

—¿Y, aún así, no viene a saludarte? —inquirió ella, azorada.

El muchacho esbozó una sonrisa indulgente.

—Sólo un tonto abandonaría un fuego cálido en un día como éste.

—Pero ni siquiera un sirviente ha venido a atenderte —insistió Brigitte.

Rowland se encogió de hombros.

—Ya descubrirás que Montville no es un lugar muy hospitalario, Brigitte. Jamás esperé otro recibimiento.

—Dijiste que tu padre tenía muchos siervos.

—Así es, pero todos bailan al compás de Hedda y, sin duda, ella se encargó de atarearlos con un sinfín de labores cuando se enteró de mi llegada. La dama realiza enormes esfuerzos para evitar que me sienta bien acogido aquí. No creo que haya cambiado sólo porque me he encontrado ausente durante estos últimos seis años. Mi madrastra es una mujer perversa. Te aconsejo que te mantengas fuera de su camino, porque sé que no le agradarás.

—¿Por qué? Ni siquiera me conoce.

—No necesita conocerte. —Rowland soltó una risita ahogada. —Hedda te despreciará sólo porque eres mi sierva. Esa mujer se complace arruinándome la vida. Siempre logra asegurarse de que no haya un siervo cerca cuando yo lo necesito. Pero ahora te tengo, y ella no podrá darte órdenes. Eso no le agradará.

—¿Hedda te odia entonces?

—Yo le recuerdo su fracaso de no brindar a mi padre un hijo varón. Mi madre no era de Montville. Cuando ella murió, Luthor me trajo aquí y me colocó por encima de las dos hijas que Hedda le había dado. Todo lo que ves aquí será mío algún día; un hijo bastardo será dueño de la herencia y no las hijas legítimas de Luthor.

—Entonces, supongo que tus hermanas también te odian —comentó la joven con un suspiro—. Qué linda familia tienes, Rowland. Y me traes aquí a vivir entre esta gente tan desagradable.

—No temas, joyita —la tranquilizó él con tono alegre—. Yo te protegeré contra la ira de todos.

La mansión era inmensa y la sala principal, cavernosa, construida en madera y piedra. Los alimentos se cocían en el mismo cuarto donde se levantaban dos gigantescos fogones. En uno de ellos, burbujeaban los calderos y se asaba un gigantesco trozo de carne. Varios sirvientes se movían presurosos, sirviendo la cena a un numeroso grupo de comensales.

En el centro de la sala, había tres mesas fraileras. Una de éstas se encontraba elevada sobre una tarima, situada en paralelo con las otras dos, algo más largas, repletas ahora de soldados, hombres de armas, pajes, caballeros, sus escuderos y numerosas mujeres. El fogón más pequeño se hallaba rodeado de bancos. Hacia la izquierda, en el segundo piso, había una arcada que permitía al espectador observar desde allí todo lo que acontecía en el salón.

En el centro de la mesa principal, sobresalía la figura de un anciano de enorme tamaño, con cabello del color del trigo y cortado al estilo normando. No llevaba barba, y su rostro estaba marcado con profundas arrugas. Su expresión reflejaba un carácter fuerte. Aunque no guardaba un gran parecido con Rowland, Brigitte supo que se trataba de Luthor, el lord de Montville.

A cada lado del hombre había dos mujeres; una, apenas mayor que Rowland; la otra, mucho más anciana. Eran, sin duda, madre e hija, ya que sus rasgos se veían idénticos: mentón puntiagudo, ojos pequeños, nariz prominente y encorvada.

Con el bullicio de la multitud, nadie advirtió la presencia de los recién llegados, y la joven tuvo oportunidad de estudiar todo cuanto ocurría en la sala. Pero su observación no duró demasiado. Al percibir el aroma de los galgos que corrían por la habitación, Wolff dejó escapar un aullido desafiante, para luego atacar al perro más cercano antes de que Brigitte alcanzara a detenerlo. Los otros galgos se sumaron a la reyerta, causando un terrible alboroto.

El rostro de Brigitte adquirió un brillante tono carmesí. Su mascota estaba provocando un escándalo tan atroz, que el resto de la sala guardó repentinamente silencio. Nerviosa, la muchacha intentó apartar a Wolff, pero Rowland la detuvo.

—Déjalo, Brigitte —le dijo entre risas, increíblemente divertido—. Este es un territorio nuevo para él. Es astuto al imponerse desde el comienzo.

—Pero me está avergonzando.

—¿Por qué? —El muchacho enarcó una ceja. —No olvides que ahora me perteneces. Y sólo está intentando demostrar a los perros de mi padre que ya tienen un nuevo líder. Eso es algo que en Montville entendemos muy bien.

—¿Qué? ¿Luchar para ganar la autoridad?

—Así es.

—Pero tu padre es el amo aquí, ¿o no?

—Claro que sí —asintió Rowland—. Pero yo estoy obligado a desafiarle, lo mismo que él a mí.

—¡Eso es inaudito!

—No aquí, damisela. Luthor no lo aceptaría de otra forma. El hombre gobierna por la fuerza, como lo hicieron sus antecesores. Cree que si no puede vencer a sus hombres, entonces no está preparado para dirigirlos. Y todos deben saber que él aún puede derrotar a su heredero.

—¡Eso es bárbaro! —exclamó Brigitte, y enseguida se recuperó lo suficiente para agregar: Tú eres bárbaro también.

Rowland sonrió complacido, observando los claros ojos azules de la joven.

—¿Y sólo ahora lo descubres?

En ese instante, una joven rolliza de rizos castaños se les acercó corriendo. Sorprendida, Brigitte observó a la muchacha arrojarse a los brazos de Rowland y besarlo profusamente.

—¿Qué sucede? —protestó la joven cuando él la apartó de su lado—. ¿Por qué no puedes saludarme correctamente, mon cher?

El muchacho frunció el entrecejo.

—Amelia, lo que hubo alguna vez entre nosotros fue privado, sin embargo, tú insistes en hacerlo público. ¿Acaso no tienes vergÅenza, mujer? ¿Cómo te atreves a arrojarte a mis brazos ante los ojos de todos?

Amelia ahogó una exclamación y sus ojos negros se dilataron por la ira.

—He aguardado tu regreso durante todos estos años. Luthor lo sabe y no se opone.

—¿Qué sabe mi padre? —inquirió Rowland—. ¿Le contaste lo de nuestras relaciones? ¿Acaso osaste deshonrar a tu padre pregonando tus debilidades lascivas?

—¿Por qué me atacas de esa forma? —preguntó Amelia—. No he contado a nadie lo nuestro. Luthor sólo vio cómo sufrí cuando tú te marchaste. Lo encontró muy divertido.

—¿Y qué supones que pensará ahora, después de presenciar tu audacia? ¿Y tu padre, que nos está observando? ¡Maldita seas, Amelia! —gruñó el muchacho—. No te pedí que me aguardaras. ¿Por qué lo hiciste? Jamás te prometí matrimonio.

—Yo creía...

—¡Creíste mal! —la interrumpió él—. Y fuiste muy tonta en esperarme, cuando tu padre podría haberte encontrado pareja. Nunca tuve intención de regresar a Montville, y tú lo sabías.

—Oh, no, Rowland —se apresuró a decir la joven— Siempre supe que volverías, y así fue.

—Suficiente, Amelia. Mi padre me espera.

—¡Tonterías! —La muchacha miró alternativamente a Rowland y a Brigitte, quien se había apartado, incómoda ante semejante conversación. —¡Ah! ¡Conque eso es! —exclamó—. Ya has conseguido una esposa. ¡Bastardo! —bramó con los ojos llenos de furia—. ¡Perro infiel!

Rowland se puso tenso y le lanzó una mirada fulminante.

—Ten cuidado, mujer, o sentirás el castigo de mi mano, y luego tendré que matar a tu padre cuando me desafíe por eso. Si no puedes pensar en tí, entonces hazlo por él.

Unas lágrimas brotaron en los ojos oscuros de Amelia.

—¿Cómo pudiste casarte con otra?

El exhaló un suspiro de exasperación.

—¡No me he casado! Y jamás lo haré, porque todas vosotras sois iguales, con vuestras malditas quejas y lamentos. Sois capaces de agotar la paciencia de cualquier hombre. Nunca me desposaré con una mujer de quien no puedo deshacerme una vez acabada la fascinación y que, además, puede convertirse en arpía.

Rowland se alejó, dejando a Brigitte sin saber qué hacer, ya que él había olvidado por completo su presencia. Amelia le lanzó una mirada hostil, y ella se apresuró a seguir al normando. Al caminar, mantuvo la cabeza erguida, ignorando la multitud de ojos curiosos. Se sintió completamente sola, pero se animó cuando Wolff se le acercó, después de derrotar al último galgo de Montville. Al menos, su mascota había brindado un espectáculo digno de admiración.

Luthor de Montville se puso de pie para recibir a Rowland, pero fue ésa su única manifestación ante el regreso de su heredero. Brigitte se sintió aturdida frente a tan extraño encuentro entre padre e hijo. Ninguno de los dos sonrió, ni pronunció una palabra de afecto. Ambos permanecieron enfrentados, con expresión impávida, al parecer, más adversarios que amigos. Se observaron uno a otro por un instante, estudiando los cambios que habían tenido lugar en esos seis años.

Finalmente, Luthor se decidió a hablar.

—Llegas tarde.

—Me retrasaron.

—Eso me informó Gui —asintió Luthor con un marcado tono de desagrado—. Te detuviste a atender el lecho de muerte de un francés. ¿Eso te pareció más importante que el futuro de Montville?

—El hombre me salvó la vida. Sólo me llevó unos pocos días averiguar si continuaría vivo.

—¿Y fue así?

—Sí.

—¿Ya has saldado tu deuda?

Rowland asintió con una leve inclinación de cabeza, y eso pareció tranquilizar a su padre.

—Bien. No quiero que ningún acto de lealtad te aparte de Montville una vez que haya comenzado el conflicto. ¿Viajaste solo con esta carga? —preguntó Luthor, señalando a Brigitte, pero sin dignarse a mirarla—. ¿Dónde está tu escudero?

—Le perdí en el sur —respondió Rowland y luego, sonrió—. Pero esta carga es muy competente.

Luthor soltó una estruendosa carcajada, al igual que el resto de los hombres. Amelia, quien ya se había sumado al grupo, se apresuró a formular un comentario punzante.

—No sabía que en Francia se acostumbra a llevar a una prostituta como escudero.

Rowland se volvió hacia ella con una pronta réplica, pero su mirada cayó sobre Brigitte y pudo notar las lágrimas que brillaban en los claros ojos azules de la muchacha.

—Lo siento, damisela —le dijo con dulzura.— Hay muchas damas aquí que deberían pertenecer al bajo mundo.

El comentario suscitó más de una exclamación, incluso la de Brigitte. Le sorprendió que Rowland saliera en su defensa cuando, hacía apenas un instante, él mismo la había ultrajado.

Antes de que ella pudiera reaccionar, Amelia habló con rudeza.

—¿Cómo te atreves a insultarme de esa forma, Rowland?

El le lanzó una mirada helada.

—Si no puedes tolerar los insultos, Amelia, evita formularlos.

Amelia se volvió de inmediato hacia Luthor.

—Milord, tu hijo no tiene derecho a tratarme de ese modo. Y no sólo a mí me ha agraviado. El dijo "muchas damas".

—¡Ja! ¿Eso hizo?. —Luthor dejó escapar una breve risita, sin salir en defensa de Amelia, ni de sus propias damas, que masticaban su creciente furia en silencio. El lord se volvió hacia Brigitte y preguntó: —¿Tiene nombre la mujer?

—La mujer tiene nombre —respondió la joven con audacia—. Soy Brigitte de Louroux, milord.

Rowland frunció el entrecejo.

—Ahora es Brigitte de Montville, mi sierva.

—Eso es discutible —declaró Brigitte con voz tajante. Luego, se volvió y caminó con paso airoso hacia el fuego, llevando consigo a Wolff.

—¡Ja! —rió Luthor—. Entiendo por qué te has demorado.

—Aún tiene que adaptarse a su nuevo amo. Hasta ahora, no ha hecho más que causar problemas.

—¿Cómo conseguiste una joven tan bella y un animal tan espléndido?

—La muchacha me fue dada por la fuerza —respondió Rowland brevemente— y el perro la siguió.

Luthor estudió a la joven un instante.

—Esa mujer se comporta como una dama. Juraría que es de cuna aristocrática. Posee cierto aire de arrogancia.

El muchacho lanzó una mirada penetrante a su padre.

—No permitas que ella te oiga decirlo, padre, porque es eso justamente lo que desearía hacerte creer.

—¿Quieres decir que la joven afirma ser una dama?

—Sin duda, realizará enormes esfuerzos para convencerte.

Luthor frunció el entrecejo.

—¿Estás seguro de que no lo es?

—¡Maldición! —exclamó Rowland—. ¡Estoy convencido! Y ya bastante me ha atormentado la muchacha, así que no me fastidies tú con eso, viejo.

—Conque viejo, ¿eh? —gruñó el lord—. Preséntate en el patio al amanecer y veremos quién es viejo.

Rowland asintió en silencio. No deseaba repetir la antigua disputa.

Tras informarse acerca de los preparativos para la batalla contra Thurston de Mezidon, Rowland volvió la mirada hacia Brigitte, quien se encontraba sentada frente al fuego, de espaldas al grupo. Sa delgada mano acariciaba distraídamente la inmensa cabeza de Wolff. Rowland se preguntó que estaría pensando la joven mientras contemplaba el danzar de las llamas. ¿Qué iba a hacer él con esa pequeña atrevida? ¿Por qué insistiría ella en mentir acerca de su condición? Lo había intentado todo, excepto jurar ante Dios. Aunque Rowland sabía que Brigitte jamás se atrevería a hacerlo, porque era una joven de fe. Se lo había demostrado al quedarse a atenderle la herida en lugar de escapar. Podría haberle dejado morir, pero no lo hizo. Tal vez, no le odiaba tanto como afirmaba.

El detuvo a una criada y le susurró algo al oído. Luego, la observó aproximarse a Brigitte, cuya imagen externa era increíblemente serena, aunque en su interior hervía de ira contenida. La joven ya no se creía capaz de soportar mucho más tiempo a Rowland y su arrogancia.

Sumida en sus cavilaciones, Brigitte no oyó acercarse a la criada y se sobresaltó cuando ésta le dió una palmada en el hombro.

—¿Qué quieres? —le preguntó con rudeza.

Los ojos de la criada se dilataron confundidos. La joven no sabía cómo comportarse frente a esa hermosa mujer francesa que, aun cuando su señor la consideraba sierva, parecía pertenecer a la nobleza.

—Sir Rowland le ordena sentarte con él a la mesa y comer antes de retirarse a descansar —le informó con nerviosismo.

—Oh eso quiere, ¿eh? —Brigitte se volvió hacia el centro de la sala para encontrar a Rowland observándola, y su furia se intensificó.— ¡Bueno, puedes decirle a ese mequetrefe arrogante que no estoy dispuesta a rebajarme sentándome a la mesa con él!

Los ojos de la criada parecieron salirse de las órbitas.

—¡Nunca podría decirle eso!

Brigitte se puso de pie.

—Entonces, lo haré yo.

—¡Por favor! No lo haga. Le conozco y sé que se enfurecería, ama.

Brigitte miró a la otra muchacha con expresión curiosa.

—¿Por qué me llamaste ama?

La criada hundió la cabeza con timidez.

—Me... me pareció adecuado.

Brigitte sonrió y, aunque no lo advirtió, su sonrisa deslumbró a varios espectadores.

—Me has hecho mucho bien. ¿Cuál es tu nombre?

—Me llamo Goda.

—Goda, siento haberte tratado con rudeza. Jamás he sido de los que descargan su furia contra la servidumbre, y ojalá el cielo no permita que me convierta en alguien parecido a Rowland.

¿Se reunirá con sir Rowland entonces?

—No. Pero puedes mostrarme mi habitación. Sólo deseo algo de intimidad.

—Sí, ama —asintió Goda con calma.

Los ojos de Rowland siguieron a Brigitte, quien abandonó la sala con la criada. Recordó la sonrisa que la joven había brindado a Goda y, de pronto, sintió enormes deseos de volver a ver esa expresión, pero dirigida sólo a él.

"Mírate, Rowland", pernsó el joven, divertido. "¡Estás empezando a cortejar a una sierva!".

18

Brigitte fue conducida hasta una pequeña cabaña para sirvientes, situada al otro lado del patio. El cuarto no era mucho mejor que la choza que le habían asignado en Louroux, pero, al menos, éste contaba con un catre limpio y numerosas mantas. Después de guardar sus pertenencias en un viejo armario y limpiar las telarañas de la habitación, la joven suplicó a Goda que la guiara hasta el cuarto de baño y le llevara algo de comida.

La criada obedeció sin protestar, por lo cual Brigitte se sintió agradecida. Había llegado a soñar con un baño caliente y no le importó sumergirse en la tina destinada a la servidumbre. Ya había quebrantado las reglas al pedir a Goda la comida, dado que a ningún criado le estaba permitido gozar de los privilegios del servicio.

Algo más tarde, Brigitte se encontraba sentada en el catre, secándose el cabello, junto al brasero encendido que amablemente Goda le había proporcionado. De pronto, Rowland abrió la puerta sin llamar. Eso enfureció a la joven, quien decidió ignorale.

—¿Cuenta la recámara con tu aprobación, damisela? —preguntó él después de un prolongado silencio.

—¿Qué te trae por aquí, Rowland? —inquirió la muchacha con tono cansado.

—Vine a ver cómo te encontrabas —contestó él.—
Y aún no me has respondido.

—¿Qué puede importar si el cuarto cuenta o no con
mi aprobación? —preguntó Brigitte con amargura.

—Sé que esta cabaña es mejor que la que tenías en
Louroux.

—¡Tú no sabes nada! —siseó la joven.— Sólo lo
supones porque me viste entrar allí.

—Imagino que ahora me dirás que no era ése tu aposento en Louroux.

—No es mi intención decirte nada —replicó la
muchacha con pesar—. Hablar contigo es como conver-
sar con un muro de piedra.

Rowland ignoró el insulto.

—Si ése no era tu aposento, Brigitte, entonces, ¿por
qué entraste allí?

—Porque soy obstinada. ¿O acaso no lo has notado?

—Oh, sí, claro que lo noté —asintió él entre risas.

—No es divertido, Rowland —le regañó ella con
tono severo—. Me creíste una sierva debido a circunstancias que yo misma provoqué con mi obstinación.

—¿Qué quieres decir?

—No creerás nada de lo que te diga, y estoy cansada de tu incredulidad.

El atravesó la habitación para detenerse delante de
Brigitte. Entonces, le alzó el mentón con un dedo, for-
zándola a soportar su penetrante mirada.

—¿Admites entonces que ya es hora de que cambies
tu actitud? —le preguntó con voz suave.

—Tú juegas conmigo, Rowland, ¡Y no me agrada!
—exclamó la joven con rudeza—. Jamás pensaría en sedu-
cirte, aunque fuera ese mi único recurso.

Rowland la tomó de los hombros y la atrajo hacia sí.

—¿Seducirme, joyita? Pero tú ya me has seducido.

Le tomó el rostro entre las manos y le acarició los
labios con un tierno beso. Brigitte se sorprendió ante la
agradable sensación que experimentó en ese instante y
transcurrieron varios segundos antes de que le detuviera,
golpeándole el pecho, hasta que él por fin se apartó.

—¡Si tuvieras algo de decencia, no me someterías a tus placeres lascivos! —exclamó la joven.

—Ah, Brigitte, no cumples con tu parte del juego —dijo Rowland con un suspiro de decepción.

—¡No es mi intención participar en tu juego! —replicó ella, indignada—. Puedes considerarme tu sierva, pero jamás podrás negar que era inocente hasta que tú me tocaste. ¡Y nunca seré tu prostituta!

—Sólo yo te he tenido, cheérie, y sólo yo te tendré. Eso no te convierte en una prostituta.

—¡Para mí, sí!

Rowland dejó escapar un profundo suspiro.

—¿Qué hay que hacer para que seas más complaciente?

—Es una broma, ¿no? —La joven soltó una risa irónica, y se apartó del muchacho para caminar hacia los pies de la cama y luego, volverse con los brazos en jarras y los ojos chispeantes de ira—. Primero, me arrebatas la inocencia y luego dices que no importa. Me humillas y me obligas a servirte. ¿Supones acaso que debo agradecértelo?

—¡Maldita seas! —gruñó Rowland—. Vine aquí para reparar los daños y sólo recibo reprimendas.

—¡Nunca podrás reparar el daño que me has hecho...nunca!

—Entonces, pierdo mi tiempo. —Rowland se volvió y caminó airado hacia la puerta. Allí, se detuvo para mirar a Brigitte con expresión sombría. —Te haré una advertencia, mujer. Yo puedo hacerte la vida agradable o intolerable... no me importa ya. Depende de ti modificar o no tu comportamiento, porque yo me estoy cansando de tu obstinación.

De inmediato, salió y cerró la puerta con violencia. Brigitte se sentó en la cama y un sentimiento de autocompasión comenzó a embargarla. Wolff se le acercó para lamerle el rostro.

—¿Qué voy a hacer, Wolff? —le preguntó con desazón—. Este hombre pretende que me rinda alegremente y le sirva con una sonrisa. ¿Cómo podría hacerlo? —Sus ojos azules se llenaron de lágrimas.— ¡Le odio! ¡Debí dejarle morir! ¿Por qué no lo hice? Debemos huir de este lugar, Wolff, ¡lo antes posible!.

19

Al reunirse con su padre en el patio a temprana hora de la mañana siguiente, Rowland continuaba malhumorado. A apenas un día de su llegada a casa, ya se veía obligado a demostrar sus fuerzas. Pero, no era ésa la única razón que causaba la expresión adusta de su rostro. Amelia también había colaborado.

La noche anterior, al oír los suaves golpes en su puerta, el muchacho había creído que Brigitte había decidido disculparse y aceptar su derrota. La sola idea provocó en él una fuerte corriente de excitación y, cuando abrió la puerta, su rostro dio marcadas muestras de pesar.

—Tu desilusión es evidente, Rowland —comentó Amelia con un toque de amargura.— Esperabas encontrar a esa mujerzuela de cabellos rubios.

—Vete, Amelia —le ordenó el muchacho, ofuscado—. Aquí no fuiste invitada.

—Ya me invitarás cuando te hayas cansado de la resistencia de esa joven —afirmó ella con convicción—. Es sólo su resistencia lo que te atrae, pero nada más. —Dejó escapar una falsa risita—. Sé que eres algo brusco, con mano dura. Pero a mí no me importa. Sin embargo, a ella sí. ¿No es verdad?

La expresión de Rowland se volvió aún más severa.

—Será mejor que comiences a buscar otro hombre para que entibie tu cama en una noche de frío, Amelia.

—¿Debido a esa mujerzuela? —siseó la muchacha.

—Ella no importa. Amelia, hemos compartido varias noches de placer, pero cuando me marché de aquí, todo lo nuestro terminó. Siento que lo hayas creído de otro modo. —Rowland no estaba dispuesto a discutir el tema de Brigitte con esa joven.

Amelia se volvió para salir corriendo de la habitación. El muchacho cerró la puerta con violencia, furiosa consigo mismo por rechazar lo que tan generosamente le ofrecían. Lo cierto era que él deseaba a otra, una mujer a quien sólo podría poseer por la fuerza, y detestaba verse obligado a forzarla.

Al enfrentar a su padre en el helado amanecer, el muchacho no cesaba de reflexionar sobre su encuentro con Amelia. Su sombría expresión meditabunda no pasó inadvertida.

¿Qué te preocupa, Rowland? —preguntó Luthor, al tiempo que alistaba sus armas—. ¿Acaso te has ablandado durante estos años de ausencia y temes no poder realizar una buena demostración?

—Si alguien tiene miedo aquí, ése eres tú, viejo —respondió Rowland con brusquedad.

—Ya veremos. —El lord soltó una breve risita y luego prosiguió con tono amable—. He sabido de tus múltiples aventuras. Sí, deben de haberte agotado los reiterados esfuerzos del rey Lothair por recuperar Lotharingia.

El muchacho se encogió de hombros.

—No había emoción. Una escaramuza ganada; otra, perdida. Toda batalla debe alcanzar un desenlace algún día, pero me pregunto si ésa llegará a resolverse alguna vez.

—¿Entonces, te dirigiste primero a Champaña y luego a Borgoña? —preguntó Luthor con indiferencia.

—Estás muy bien informado —gruñó Rowland.

—Tengo muchos amigos que, de tanto en tanto, me enviaban noticias acerca de tu paradero. Mis enseñanzas te fueron muy útiles en Provenza. Me hubiera agradado participar en esa batalla.

—Culminó enseguida.

—¿Qué ruta tomaste para atravesar el centro de Francia en tu regreso a casa?

Rowland se sorprendió ante la curiosidad de su padre, pero aun así, respondió.

—Viajé por el Loira hasta Berry. Allí, entregué el mensaje que me había sido confiado y me entregaron a la muchacha.

—¿Entonces atravesaste Blois y Maine en tu camino directo hacia Montville?

—No, viaje por el Loira desde Orleans hasta la confluencia con el rio Maine. Luego, tomé un camino directo hacia el norte.

—¿Pasaste por Angers entonces?

El muchacho advirtió la repentina nota de alarma en la voz de su padre, y frunció el entrecejo.

—Sí, ¿pero eso qué puede importar?

—Nó, no tiene importancia —respondió Luthor, y luego agregó: comencemos.

Rowland se encogió de hombros ante el insistente interrogatorio de su padre, y se preparó para el desafío. Luthor solía descollar en esas demostraciones de fuerza, pero sólo en los últimos años anteriores a su partida de Montville, había logrado el muchacho mejorar su rendimiento. el deseo de derrotar a su padre siempre le había obsesionado, pero los medios para alcanzar la victoria se habían demorado en llegar.

Los primeros sonidos metálicos de las espadas atrajeron a otros hasta el patio. Los ruidos de la batalla despertaron a Brigitte, quien corrió presurosa hacia la puerta de su cuarto, temiendo que Montville estuviera siendo atacado. La joven soltó una exclamación cuando vio a Rowland y a su padre en encarnizado combate. De inmediato, se colocó el manto de lana y corrió hacia el lugar de la escena, sin siquiera detenerse en subir la capucha para cubrirse su larga cabellera suelta. Se detuvo junto a dos soldados para observar con horror a Luthor, que hostigaba a su hijo con uno y otro golpe de su pesada espada, forzando al muchacho a retroceder. Rowland no podía hacer más que repeler los ataques con sable y escudo. Así continuaron la lucha hasta llegar al extremo final del patio y, entonces, por fin el muchacho rechazó con potencia un golpe de la espada de Luthor y comenzó su propio ataque, forzando a su padre a retroceder.

—¿Cuanto hace que comenzaron con esto? —susurró Brigitte a uno de los soldados, sin apartar los ojos de Rowland.

—No mucho —respondió el hombre.

Pero la lucha duró hasta tornarse interminable. El sol salió y trepó por el cielo, y la batalla continuó, violenta, sin la rendición de ninguno de los dos combatientes. Brigitte se agotó de sólo observar. Conocía el enorme peso de una espada de caballero. Ella apenas podía levantar una con ambas manos. La fuerza física y la voluntad que ese prolongado combate demandaba, no cesaban de admirarla.

El espectáculo pronto se volvió monótono, ya que los hombres atravesaban el patio una y otra vez, alternativamente, atacando o defendiéndose. De pronto, el ritmo se alteró, como si los dos combatientes hubiesen renovado sus reservas de energía. La espada de Rowland giró rápidamente hacia el costado de Luthor, pero, en un segundo, cambió de dirección y lo atacó por la izquierda. El golpe tomó al lord desprevenido. No alzó el escudo con suficiente rapidez, y el arma de su hijo le rasgo los tirantes de la cota hasta internarse en el hombro.

Ambos hombres se paralizaron. Brigitte supuso que la ocntienda había finalizado. Entonces, para su completo asombro, Luthor comenzó a reir. ¿Qué clase de gente era esa? En el instante siguiente, el lord despojó a Rowland de su espada y presionó su propia arma contra el pecho del muchacho.

Rowland arrojó su escudo al suelo, admitiendo en silencio su derrota, y Luthor bajó su sable.

—Debiste haber continuado después de herirme, Rowland —sugirió el lord entre risas—, en lugar de detenerte a ver la gravedad en el estado de tu enemigo.

—Si hubiera sido un enemigo real, viejo, sin duda, habría continuado —respondió el muchacho.

—Entonces, tal vez, debamos considerar ese hecho y declarar un empate. Sí... por una vez, no tendremos vencedor. ¿Estás de acuerdo?

Rowland asintió, esbozando una gran sonrisa de satisfacción. Luego, señaló el hombro de su padre y le sugirió:

—Debes hacerte ver esa herida.

—Casi no siento el rasguño —gruñó Luthor.— Tus rasponazos necesitarán los cuidados de tu preciosa doncella.

El muchacho se volvió para encontrar la mirada atenta de Brigitte. La muchacha lucía encantadora con el cabello cayéndole desaliñado sobre los hombros, como hilos de oro bajo la luz del sol. Ella bajó tímidamente los ojos y Rowland, hipnotizado, olvidó sus doloridos músculos.

Pero, la estruendosa carcajada de su padre atrajo su atención.

—Devoras a la pobre jovenzuela con los ojos, muchacho —le regañó—. ¿No puedes aguardar hasta que estéis solos?

El muchacho se ruborizó.

—Hoy me has enorgullecido, Rowland —continuó Luthor—. Eres un hijo digno de respeto. Sí, fuiste un verdadero desafío con tu espada, y sé que tu herida aún no está completamente curada. Aprendiste bien todas mis enseñanzas y más aún.

Rowland no supo qué decir. Era ésa la primera vez que su padre le elogiaba y, además, tan profusamente. Por fortuna, Luthor no esperó respuesta alguna. Se volvió y caminó hacia la casa, dejando al muchacho observándole atónito. Su padre había cambiado. Tal vez, se estaba haciendo viejo en verdad.

Brigitte y Rowland quedaron solos en el patio, una vez que los otros se hubieron marchado hacia la sala.

—Te has abierto la herida —le regañó la joven.

El esbozó una sonrisa conciliadora.

—No fue intencionadamente. ¿Te ocuparás de curarla?

—Supongo que no tendré más remedio, ya que no

149

veo que nadie se acerque en tu ayuda —respondió ella con tono severo.

—¿Por qué estás molesta? —preguntó Rowland con incertidumbre.

—¡Por ti! —contestó Brigitte, llevándose las manos a la cadera para adoptar una pose ofuscada—. ¡Y por esa tontería que acabo de presenciar!

—Fue tan sólo un deporte, cherie.

—Eso no fue deporte. Fue una locura —replicó la muchacha con vehemencia—. !Podríais haberos matado uno al otro!

—No luchamos para matar, Brigitte —le explicó él con paciencia—. No fue más que una prueba de fuerza. ¿Acaso los franceses no acostumbran probar sus habilidades con la espada?

—Bueno, sí —respondió ella con renuencia—, pero no tan encarnizadamente. Ustedes pelearon como si estuviera en juego su honor.

Rowland dejó escapar una breve risita.

—En cierta forma, así fue. Nuestras luchas son siempre encarnizadas aquí. Luthor insiste en que sus discípulos sean los mejores. Mi padre es un experto guerrero y, a decir verdad, nunca antes había durado tanto en un combate con él.

—Pero fue una lucha igualada —le hizo notar la joven—. Incluso yo pude advertirlo. De hecho, podrías haberlo derrotado si no te hubieras detenido.

—¿Te das cuenta de que me estás alabando, cherie? —se mofó el muchacho con una sonrisa.

Brigitte se ruborizó con timidez.

—Yo... yo...

—Vamos, vamos —la interrumpió él con fingida severidad—. No arruines el único elogio que he oído de tus labios con una réplica mordaz. Sé piadosa, al menos, por esta vez.

—Te burlas de mí, Rowland. Y has cambiado de tema según tu conveniencia.

—Era un tema aburrido —le dijo él evasivamente— Y además, ya hemos perdido demasiado tiempo aquí.

150

Comienzo a creer que intentas retenerme discutiendo aquí contigo para debilitarme con una pérdida de sangre.

—No es mala idea —acotó Brigitte—. Pero ven. Mi habitación está cerca.

—No, necesito cambiarme de ropa, y tengo vendas en mi recámara. Tú sólo llévame hasta allí.

—¿Necesitas ayuda para caminar? —preguntó ella, azorada.

El asintió.

—Siento que no puedo mover un sólo músculo —gruñó—. Pero si tú me das la mano, cherie, te seguiré a donde vayas.

—La mano, ¿eh? —repitió la joven con rudeza—. No sé si quiero dártela.

Rowland la tomó de la mano bruscamente y comenzó a caminar hacia la mansión.

—Entonces, supongo que tú deberás seguirme —le dijo, al tiempo que la arrastraba hasta la casa.

La recámara de Rowland se hallaba en un completo desorden, y los ojos de Brigitte volaron de uno a otro armario abierto, las ropas diseminadas, la cama deshecha y la alfombra estrujada. Una gruesa capa de polvo cubría una mesa de mármol y una pequeña silla y los muros estaban ennegrecidos con hollín.

—¿De veras duermes aquí? —preguntó ella con expresión asqueada.

El muchacho sonrió.

—La habitación ha estado desocupada durante muchos años y llevaba prisa esta mañana cuando la dejé. Pero no te llevará demasiado tiempo ordenarla.

—¿Yo? —exclamó ella, y se volvió para mirarlo.

Rowland dejó escapar un suspiro.

—Por favor, Brigitte, no empieces de nuevo con eso. ¿Es demasiado pedirte que satisfagas algunas de mis necesidades?

La joven titubeó. Rowland pedía, no ordenaba, y eso era suficiente, al menos por el momento.

Una vez finalizados los vendajes, Brigitte se dirigió hacia uno de los armarios. Rowland sonrió. Se encontraba a solas con la muchacha y, por una vez, Wolff no se hallaba presente. Incluso, ella parecía estar de buen humor.

—¿Qué color crees que podría sentarme bien, *cherie*?

—El azul, sin duda, y quizás el castaño oscuro.l Creo que el castaño oscuro te quedaría muy bien.

—Entonces, no te importará hacerme una o dos túnicas nuevas, ¿verdad? Tengo tan poca ropa...

—No lograrás embaucarme con esa mirada inocente. Coseré para tí, sólo para probar que soy capaz de hacerlo. Pero no creas por eso que aceptaré ser tu esclava.

Una vez seleccionada la vieja túnica tostada y finalizados los vendajes, la joven se dispuso a partir. Pero el muchacho la detuvo.

—No quiero que te marches aún.

—¿Por qué? —preguntó ella, alzando la voz.

—Brigitte, tranquilízate y deja ya de escabullirte hacia la puerta. No voy a violarte. —Exhaló un profundo suspiro—. ¿De veras me tienes tanto miedo?

—Sí —respondió la joven con franqueza.

El frunció el entrecejo.

—¿He sido muy rudo contigo antes?

Al ver que ella no respondía, Rowland prosiguió.

—¿Me consideras un hombre cruel, Brigitte?

—Has sido muy cruel —volvió a responder la joven con franqueza—. Tus modales dejan mucho que desear, Rowland, y eres demasiado irascible.

—También tú —le hizo notar él.

Brigitte sonrió.

—Lo sé. Tengo muchos defectos. Soy consciente de ellos. Pero estábamos discutiendo los tuyos, los cuales pareces no advertir.

El muchacho alzó una mano para acariciarle la mejilla.

—Por ti, estoy dispuesto a cambiar.

Se produjo una larga pausa de sorpresa, y luego la joven preguntó:

—¿Por qué?

—Para verte sonreír con más frecuencia.

152

—Tengo pocas razones para sonreir, Rowland —aseveró ella sinceramente.

—Te prometo que pronto las tendrás.

Brigitte se apartó, y sus ojos comenzaron a oscurecerse con indignación.

—¿Estás jugando conmigo?

—No, soy sincero —le aseguró Rowland con dulzura.

De inmediato, se inclinó para besarla; primero, suavemente para no atemorizarla y luego, con mayor intensidad. Ella estaba de veras aterrada y trató de apartarle. Pero Rowland no la liberó, sino que la rodeó con los brazos para estrecharla con fuerza. Cuando los senos de la joven presionaron contra su pecho, el muchacho se sintió arder. Esa muchacha enardecía sus sentidos, pero no cesaba de rechazarle. Con los labios, le acarició la delicada curva del cuello.

—Ah, Brigitte, te deseo —le susurró al oído.

—Rowland, prometiste que no me violarías —farfulló la joven, sin aliento, mientras forcejeaba para soltarse.

—Déjame amarte —murmuró él con voz ronca—. Déjame, Brigitte.

La besó antes de que ella pudiera resistirse, pero la muchacha por fin logró liberarse.

—¡Rowland, me haces daño! —exclamó.

El muchacho se inclinó para observarla y pudo ver las magulladuras de sus delicados labios.

—¡Maldición, Brigitte! ¿Por qué eres tan frágil? —se quejó.

—No puedo evitarlo —respondió ella con voz trémula—. Fuí criada con dulzura. Mi piel es sensible y no está habituada a semejante tratamiento.

Rowland le alzó el mentón y le rozó suavemente los labios con un dedo.

—No fue mi intención lastimarte —murmuró con ternura.

—Lo sé —admitió Brigitte—. Pero estás tratando de forzarme.

El muchacho sonrió con cierto remordimiento.

—No puedo evitarlo.

El comentario enfureció a la muchacha.

—¿Osas acaso culparme nuevamente? Esta vez, mis ropas no están mojadas ni adheridas a mi cuerpo.

—No.

—Entonces, dime qué hice, ¡para asegurarme de no volver a hacerlo jamás! —exclamó Brigitte con vehemencia.

Rowland soltó una estruendosa risotada.

—¡Ah, joyita, eres tan inocente! El mero hecho de tenerte cerca me excita. ¿Acaso no sabes que eres muy hermosa?

—Deberás mantenerte alejado, entonces.

—Oh, no, Brigitte —se rehusó él, sacudiendo la cabeza lenta pero obstinadamente—. Tú eres lo que todo hombre desea, pero sólo perteneces a uno: a mí. Jamás me alejaré de ti.

—Yo no te pertenezco, Rowland. —La joven forcejeó hasta soltarse y retrocedió unos pocos pasos—. Y nunca te perteneceré.

El muchacho se golpeó el muslo con un puño.

—¿Por qué me odias tanto? —bramó con desesperación.

—Tú sabes por qué.

—Prometí que cambiaría.

—Eso dijiste, e inmediatamente después, volviste a tomarme por la fuerza. No puedo creer en tu palabra.

—Eres demasiado severa al juzgarme, Brigitte. Lo que sucedió hace apenas un instante estuvo fuera de mi control.

—¿Quieres decir que debo vivir con un constante temor entonces? Deseo saberlo ahora, Rowland.

El frunció el entrecejo. No podía afirmar sinceramente que jamás volvería a forzarla, porque, aunque no lo quería de esa forma, se sabía incapaz de controlarse frente a esa muchacha. Pero, maldición, tampoco deseaba aterrarla y le irritaba que ella pudiera temerle.

—¿Y bien, Rowland?

El muchacho se volvió, perturbado.

—¡No me presiones, mujer! —bramó.

Los ojos de Brigitte le buscaron suplicantes.

—Debo conocer la respuesta.

—Tendré que pensarlo. Ahora, vamos —le ordenó con rudeza—. Es hora de comer.

20

La sala no se hallaba muy concurrida esa mañana, pero Luthor se encontraba allí y requirió la presencia de Rowland a su lado.

Brigitte se dirigió hacia una inmensa habitación cercana al fuego, donde se almacenaban y preparaban los alimentos. Se guardaban allí todos los utensilios de cocina: calderos de hierro y cuero, vasijas de sal, cajones de pan. Los picheles y jarras de plata se hallaban apilados sobre unos estantes y en una inmensa alacena, las marmitas de hojalata y hierro, y los platos de madera y plomo. Los frascos de especias se encontraban alineados sobre anaqueles y, en la parte trasera de la habitación, estaban acumulados los barriles de granos. Junto a la entrada, una gigantesca mesa se hallaba repleta de queso y pan fresco, y a su lado burbujeaba un inmenso caldero de sidra.

Sin esperar órdenes, Brigitte sirvió una enorme porción de pan y queso a Rowland, pero, una vez depositado el plato frente al muchacho, lo abandonó de inmediato para sentarse junto al fuego, donde la servidumbre recibía la comida. Era comida de sirvientes, pero no le importó: se sentía demasiado perturbada para preocuparse por el alimento.

Tan pronto como Rowland se hubo marchado de la sala, Brigitte pidió a Goda algo de jabón y artículos de limpieza y se dirigió presurosa a la recámara del hombre. Pasó allí el resto del día, fregando y ordenando. Las ropas del normando eran escasas, pero sus armarios estaban repletos de valiosas pertenencias: fina vajilla de cristal, joyas y oro, tapices de diseño oriental y tanta cantidad de tela, que la joven se preguntó si planearía convertirse en comerciante.

Una vez que Brigitte hubo finalizado la tarea, la habitación se transformó en un lugar atractivo y acogedor. Las pieles que cubrían las ventanas la protegían del frío, a la vez que permitían el paso de la luz. Sobre el suelo, se extendiía una inmensa alfombra fabricada con retazos de piel, mucho más confortable y original que las comunes esteras de junco. La gigantesca cama tenía almohadas de plumas, sábanas de lino y una grueso edredón.

Brigitte dejó los cuidados del lecho para el final, reacia incluso a acercárse. No podía evitar preguntarse cuánto tiempo transcurriría antes de que se viera forzada a dormir allí. Ese era el deseo de Rowland y él no se había preocupado en disimularlo.

Al disminuir la luz y acercarse la hora de regresar a la sala, la muchacha comenzó a sentirse inquieta. Le había resultado más fácil combatir al normando durante el viaje. Había aceptado su rudeza, refugiándose en sus propios arrebatos de ira. Pero Rowland se veía diferente ahora, cuidadoso de no lastimarla. Eso había logrado derribarla, puesto que ya no sabía cómo comportarse.

Al regresar a la sala, Brigitte ya había tomado una decisión. Aun la naturaleza se encontraba en su contra, pero eso no podía remediarse. Prefería arriesgarse a morir congelada durante la huida, antes de permanecer en Montville para satisfacer los caprichos de Rowland.

Cuando entró en el gran salón, la muchacha advirtió que él aún no se había presentado. De inmediato, se sirvió un plato de comida y se sentó sobre un banco vacío de un rincón, esperando terminar antes de la llegada del normando. Le serviría a la mayor brevedad posible, para luego retirarse a su habitación. Si lo que él había dicho era cierto, y ella lo tentaba con su mera cercanía, entonces sólo le restaba una noche de inquietud, ya que estaba dispuesta a marcharse por la mañana.

Wolff se encontraba echado junto a la mesa del lord. El mismo Luthor le arrojaba trozos de carne y otras sobras, pero cuando el perro advirtió la presencia de su ama, se levantó para acercársele y ella lo recibió con una sonrisa. Otro galgo se aproximó, atraído por el aroma a comida, pero Wolff no tardó en ahuyentarle.

La muchacha se inclinó para acariciar la cabeza de su mascota.

—Veo que el mismo lord se preocupa en mimarte. Pero no te encariñes demasiado con este lugar, ya que pronto nos marcharemos.

El perro le lamió la mano y ella frunció el entrecejo.

—Esta vez, no me harás cambiar de opinión, Wolff.

Demasiado tarde, advirtió Brigitte que se encontraba hablando en voz alta, y alzó la mirada de inmediato, pero sólo Wolff se hallaba a su lado. Miró hacia el centro de la sala para ver si Rowland había entrado durante ese instante de distracción, pero aún no se había presentado a cenar.

A la mesa del lord, se encontraba sentado un apuesto caballero, a quién la joven nunca antes había visto. Los ojos de Brigitte se posaron sobre el joven durante un momento, pero él percibió la mirada y la correspondió con una sonrisa en los labios. Enseguida, se incorporó y se acercó a la muchacha.

—Milady. —Realizó una pronunciada reverencia frente a Brigitte—. Soy sir Gui de Falaise. No me informaron que teníamos invitados.

La joven conocía de nombre al caballero. Era el vasallo de Luthor que había sido enviado en busca de Rowland para llevarlo de regreso a casa.

—¿Acaso nadie te ha dicho quién soy, sir Gui? —preguntó ella con tono amable.

—Acabo de regresar de una ronda de vigilancia, lady —explicó Gui, y luego sonrió—. Pero esta sala jamás se ha visto agraciada por tanta belleza. Fue un verdadero descuido de Luthor el no mencionarla —. Sus ojos verdes centellearon al contemplar a la joven.

—Sois muy amable —comentó Brigitte con timidez.

—Decidme —prosiguió él con una sonrisa,—, ¿cúal es el nombre de dama tan encantadora?

La muchacha vaciló. Gui la había creído una dama desde un principio. ¿Por qué habría entonces de ocultarle la verdad?

—Soy lady Brigitte de Louroux —respondió con calma.

—¿Quién es su señor? Puede que le conozca.

—El conde Arnulf de Berry es mi señor ahora —se apresuró a informar ella, como si nadie pudiera ser capaz de dudarlo.

—¿Vinísteis aquí con él?

—No.

—Oh, no me diréis que tiene un esposo que la ha traído hasta aquí —dijo Gui con evidente decepción.

—No estoy casada —respondió Brigitte, y luego decidió revelar toda la verdad—. Sir Rowland me trajo aquí contra mi voluntad.

El apuesto rostro del caballero dio marcadas muestras de sorpresa y confusión.

—¿Rowland? No comprendo.

—Es muy difícil de explicar, sir Gui —afirmó Brigitte algo inquieta.

El se sentó a su lado.

—Debéis contármelo. Si Rowland la ha raptado...

—Rowland no es totalmente culpable —admitió ella con renuencia—. Veréis, mi padre fue barón de Louroux y luego mi hermano le sucedió. —Contó a Gui toda la historia, y el muchacho la escuchó, absorto, hasta que ella hubo terminado.

—Pero Rowland no es tonto —protestó Gui—. Sin duda, puede notar que vos sois una dama, sin importar lo que Druoda le haya contado.

Brigitte exhaló un suspiro.

—Sucedieron muchas cosas que le hicieron creer en

la palabra de Druoda en lugar de la mía.

—Alguien debe forzar a Rowland a percatarse del error que ha cometido —afirmó Gui con vehemencia.

—Lo he intentado, sir Gui, de veras, pero todo fue inútil. Rowland me quiere como sierva, y creo que prefiere ignorar la verdad porqué ésta no le conviene. —Gui sonrió, ya que el comentario era una precisa descripción del temperamento de su amigo.

La gigantesca puerta de la sala se abrió para dar paso a Rowland. Brigitte se incorporó de inmediato, ya no muy segura de haber hecho lo correcto. Pero, después de todo, ¿qué había hecho ella sino contar la verdad? Y sir Gui parecía creerla. El podría convertirse en su paladín.

—Rowland ha llegado —informó la muchacha a su nuevo amigo—. Debo servirle la comida.

Gui se puso de pie, indignado.

—No, lady Brigitte. Vos no debéis trabajar como una vulgar sierva.

—Oh, claro que sí —respondió ella—. De lo contrario, él me golpeará.

El rostro de Gui enrojeció de ira, al tiempo que la joven se volvió y se alejó presurosa. Llenó un inmenso plato con morcillas, salchichas y carne, y volvió la mirada justo a tiempo para ver el efusivo saludo de Rowland y la fría respuesta de su amigo.

Brigitte llevó la comida y el ale de Rowland hasta la mesa del lord, echando breves miradas hacia los dos hombres, que ya habían iniciado una acalorada discusión. La disputa atrajo la atención de muchos en la sala, y la muchacha comenzó a sentirse inquieta. ¡Si tan sólo pudiera oír lo que estaban diciendo! Pero no tenía el suficiente valor para acercárse.

—¿Qué ardid has tramado, mujer?

Brigitte contuvo la respiración y se volvió hacia Luthor.

—No sé a qué os referís, milord —le respondió con firmeza, pero sin atreverse a mirarle.

—Te vi hablando con mi vasallo, y ahora él está discutiendo con mi hijo. Esos dos son buenos amigos, muchacha. Nunca antes habían reñido.

—Yo no hice nada que deba lamentar —replicó Brigitte obstinadamente, al tiempo que depositaba el plato sobre la mesa.

Luthor se incorporó e hizo a un lado a la muchacha.

—Sea lo que fuere, espero que lo que has hecho no provoque un desafío. No me agradaría perder un buen hombre justo en vísperas de una batalla.

—¿Eso es todo lo que vuestro hijo significa para vos? ¿Un buen hombre que pueda pelear por vuestra causa?

—Estoy hablando de sir Gui, mujer, ya que no hay ninguna duda de quién sería el vencedor. Si creyera que mi hijo podría estar en peligro por tu culpa, ya te hubiera desollado viva, dama o no.

Los ojos de Brigitte se dilataron. ¡Luthor conocía la verdad! ¡Maldición! Ese hombre sabía que ella era una dama y, sin embargo, no estaba dispuesto a impedir que su hijo la humillara, aun consciente de la injusticia que eso implicaba.

—¡Sóis despreciable! —siseó la joven, ofuscada—. Sabéis que soy una dama y, aun así, permitís que vuestro hijo me trate como a una sierva.

Luthor soltó una breve risita.

—Eso no tiene importancia para mí. Rowland afirma que eres una sierva y yo lo acepto. No estoy dispuesto a contrariarlo.

—¡Pero él está equivocado! —exclamó al joven.

—Compréndeme, damisela. Todo hombre necesita un hijo que le suceda después de su muerte. Pero yo además necesito a Rowland a mi lado para pelear por mi feudo. Ese muchacho es motivo de orgullo para mí. Hace unos años, estuve a punto de perderle por una tontería, y sólo esta batalla preparada contra mi hijo político lo ha traído de regreso. Pero ahora él está aquí, y no me arriesgaré a perderle una vez más.

—¡Brigitte!

La joven se estremeció ante la atronadora llamada, y se volvió para ver a Rowland, que se le acercaba con el rostro rojo de ira. Brigitte sintió que las rodillas le tem-

162

blaban.

—Ah, damisela —le dijo Luthor casi con tristeza—
. Me temo que lamentarás lo que sea que afirmas no haber
hecho.

Ella le lanzó una mirada fulminante.

—Y también permitiréis que me golpee, ¿no es así?

—Tú no eres responsabilidad mía, muchacha —respondió el anciano, apartándose.

—No te refugies junto a mi padre, mujer —gruñó
Rowland—. El no te ayudará.

Brigitte habló con calma, en un desesperado intento de ocultar su pánico.

—Jamás esperé que lo hiciera. Ya me ha dicho que
aprueba todo lo que hagas.

—¿Entonces de veras acudiste en su ayuda?

—No, Rowland —intervino Luthor—. La muchacha
no vino a mi. Yo le hablé primero.

—No la defiendas, padre —le advirtió el muchacho
con frialdad.

El lord vaciló apenas un instante y luego se marchó,
dejando solos a los jóvenes. Rowland tomó el brazo de la
muchacha y amenazó con golpearla. Brigitte se aterrorizó, pero en lugar de apartarse, se arrojó hacia él y, tomándole de la túnica, estrechó su cuerpo con fuerza, hasta sentir el calor del firme, musculoso pecho.

—Si vas a castigarme, Rowland, utiliza el látigo —
le suplicó—. No podría sobrevivir a un golpe de tu puño,
no cuando estás tan furioso. Me matarás.

—¡Maldita seas! —gruñó él, tratando de apartarla.
Pero Brigitte rehusó soltarse.

—¡No! Esás ofuscado y no eres consciente de tu propia fuerza. Me matarías con tus puños. ¿Es eso lo que quieres?

—Apártate, Brigitte —le ordenó Rowland con tono
severo, aunque su ira ya había comenzado a disiparse.

Brigitte percibió el cambio en su voz; luego, percibió también la alteración de su cuerpo y le vio un extraño
brillo en los ojos. Un temor reemplazó a otro en el interior de la joven y se apartó de inmediato.

163

—No... no quise arrojarme a tus brazos de esa forma —se excusó con vacilación.

Rowland dejó escapar un suspiro.

—Ve a tu habitación. Por hoy ya has causado suficientes problemas aquí.

—No fue mi intención causarte dificultades —murmuró ella con tono moderador.

Pero, los ojos de Rowland se oscurecieron y todo su cuerpo volvió a ponerse tenso.

—¡Sal de mi vista, mujer, antes de que cambie de opinión!

Brigitte llamó a Wolff y se marchó por la puerta que conducía al establo. Una vez fuera de la sala, se estremeció. ¿Qué le había encolerizado de esa forma? ¿Que le habría dicho Gui en la disputa?

Al pasar junto a las caballerizas, advirtió que el corcel de Rowland se encontraba en compañía de otros cuatro que ella no recordaba haber visto jamás. Sin duda, esos caballos pertenecían a sir Gui y a sus compañeros de patrullaje. Pero Luthor comandaba a muchos hombres. Se preguntó dónde guardarían los otros animales, pero decidió no averiguarlo. Sólo le preocupaba tener un corcel disponible cuando llegara el momento de escapar.

Se cubrió con el manto y la capucha antes de atravesar el patio hacia su pequeña choza. No había nevado ese día, pero el aire estaba helado. Con ese clima, la huida le resultaría difícil. Sin embargo, ya estaba decidida, y nada la haría cambiar de opinión.

Su habitación se hallaba fría y oscura, y no habría brasero para entibiarla esa noche. Sin brasas ni velas —tan valiosos artículos nunca eran malgastados con los sirvientes— Brigitte no tuvo más alternativa que acostarse. Al menos, se sentiría más cómoda en la cama. No se quitó la ropa, ya que no deseaba perder el tiempo en vestirse cuando llegara la hora de escapar.

Oyó a Wolff moverse en la oscuridad y le habló con rudeza.

—Quédate quieto y duerme mientras puedas, porque no descansaremos ni un instante una vez que no hayamos

164

marchado de este lugar. Y eso ocurrirá muy pronto, mi rey, tan pronto como todo esté en calma.

21

Varias horas más tarde, tras colocarse otras dos túnicas para protegerse contra el frío y tomar todas las mantas de la habitación, Brigitte se dirigió hacia el establo en compañía de Wolff. Había decidido no ir en busca de comida, por temor a que alguien la viera merodeando por la sala. Sin duda, su mascota podría proveer alimentos para ambos, y ella aún conservaba la piedra de lumbre que Rowland le había dado en el bosque.

Por fortuna, los cuatro caballos extraños se encontraban todavía en el establo; de ese modo, no se vería forzada a tomar el inmenso corcel del normando. Huno era demasiado grande para ella y, peor aún, Rowland jamás cesaría de buscarla si se llevaba su preciado animal, porque un caballo de guerra era mucho más valioso que cualquier siervo.

Los otros cuatro corceles no eran tan gigantescos, y uno de ellos, de color castaño, no retrocedió asustado cuando la muchacha se acercó para ensillarlo. Con sus pertenencias sujetas a la montura y las riendas en la mano, Brigitte caminó cautelosamente hacia la oscuridad del patio.

Entonces comenzaron sus verdaderos temores. Sabía que la mayoría de las mansiones contaban con otro medio de acceso, además de la entrada principal vigilada por guardias; pero encontrarlo sería una tarea difícil, ya que, sin duda, dicha puerta debería estar oculta en el muro. Louroux tenía un túnel secreto para casos de sitio, pero sólo unos pocos en la casa conocerían tal pasadizo.

—Vamos, Wolff —susurró la joven—. Debemos descubrir cómo salir de esta fortaleza. Ayúdame a encontrar una puerta, Wolff... una puerta. Pero sin hacer ruido.

Inició la búsqueda junto a las chozas de los sirvientes y se dirigió sigilosa hacia la parte trasera de la mansión. Allí encontró los corrales de animales y un gigantesco refugio. Se preguntó si guardarían ahí el resto de los corceles, pero decidió no investigar. Continuó caminando lentamente a lo largo del muro, conduciendo consigo al caballo, al tiempo que Wolff se les adelantaba dando saltos.

Una vez que hubieron recorrido sin éxito la mitad del círculo, la inquietud de la joven se intensificó. Comenzó entonces a considerar la posibilidad de atravesar la entrada de los guardias. Tenía que apresurarse. Si no se presentaba en la mansión tras unas pocas horas, Rowland sería informado de su fuga y saldría en su búsqueda. Necesitaba cada instante de la noche para alejarse de la casa tanto como le fuera posible y evitar así que el normando pudiera seguirle el rastro.

Wolff ladró, y Brigitte contuvo la respiración, temiendo que los otros galgos comenzaran a aullar y despertaran a toda la mansión. La muchacha corrió nerviosa hacia su mascota y, entonces, respiró con alivio cuando vio la puerta. Esta se hallaba trancada, pero después de varias sacudidas, la barra se levantó y la entrada se abrió fácilmente.

Fue entonces cuando las esperanzas de Brigitte volvieron a frustrarse. Al otro lado de la puerta, se extendía un muro de piedra de, al menos, un metro de alto. Aunque no era eso lo peor: en la base de esa pared rocosa, había una angosta berma de tierra, seguida de un empinado barranco de unos cinco o seis metros de largo, cubierto de un grueso manto de nieve. ¡Que pasadizo tan estupendo! ¿Cómo diablos lograría que el caballo descendiera por ese declive sin romperse el cuello? Sin embargo, tendría que intentarlo. ¡Maldición! ¡No tenía otra salida!

Sin soltar las riendas del corcel, la muchacha descendió hasta la berma y luego, se volvió para llamar a Wolff. El perro miró alternativamente a su dueña y a la angosta saliente de tierra, pero permaneció inmóvil.

—Si yo pude hacerlo, tú también podrás —le aseguró ella con tono severo—. Sólo el caballo tendrá dificultades para lograrlo.

Wolff avanzó con cautela hasta el hueco de la entrada y, después de vacilar apenas un instante, saltó. Aterrizó en la mitad del barranco, se deslizó unos cuantos metros y, tras recuperar nuevamente el equilibrio, corrió hasta la base del declive.

Al ver los repetidos tumbos del perro, Brigitte se sintió desolada. ¿Qué oportunidad de descender tendría entonces el caballo? El salto podría romperle una pata. Sin embargo, necesitaba el corcel. Sin él, jamás podría llegar hasta Ile-de-France.

—Vamos, mi lindo corcel —lo instó la joven con dulzura, al tiempo que tiraba de las riendas. Logró arrastrarlo hasta el borde de la entrada, pero el animal soltó un resoplido y retrocedió—. Vamos anímate. Te deslizarás durante la mayor parte del camino. Muéstranos el valor que los normandos infunden a un caballo de guerra tan espléndido como tú.

Empero, el animal rehusó a moverse, y ella no era lo suficientemente fuerte como para forzarlo. Brigitte se dejó caer sobre la berma, desesperada. ¿Qué podría hacer ahora? Si se marchaba a pie, Rowland no tardaría en encontrarla.

Entonces Wolff volvió a ascender por el barranco para detenerse a su lado. El perro se veía excitado, listo para partir.

La muchacha dejó escapar un suspiro.

—Es inútil, mi rey. El caballo no se moverá. Tal vez, él es más inteligente que yo y sabe que no logrará saltar. —Se puso de pie, pero hundió los hombros, desalentada. —Trataremos de engañar a los guardias. No preveo

169

mucho éxito allí, pero en fin, regresemos a la fortaleza. Debo intentarlo —concluyó con un suspiro.

Wolff brincó a través de la entrada con facilidad. Un segundo más tarde comenzó a mordisquear las patas traseras del corcel, y Brigitte soltó las riendas y se apartó justo a tiempo para permitir el paso del caballo hacia el vacío. La muchacha observó azorada al animal deslizarse por el barranco, seguido por Wolff. Al llegar a la base del declive, el corcel se incorporó y, sencillamente, se dispuso a aguardar.

Brigitte no podía creer lo que había visto. Enseguida, deslizó los dedos por debajo de la puerta para cerrarla y se dejó caer por el barranco. Al llegar a la base, rodeó a Wolff con los brazos y lo estrechó con todas sus fuerzas.

—Eres magnífico —susurró—. ¡Absolutamente magnífico! Ah, mi rey, me has salvado. Ahora, ¡alejémonos de este lugar!

Examinó brevemente al caballo y se detuvo un instante para tranquilizarlo y halagarlo, antes de treparse a la montura e instarlo a emprender la marcha. El corcel se lanzó a todo galope a través de las praderas que rodeaban la fortaleza de Montville. La muchacha se sintió volar con el viento, alborozada, y una vez lejos de la mansión, rió alegremente con alivio.

¡Lo había logrado! Rowland jamás podría alcanzarla. No importaría si la seguía durante todo el camino hasta Ile-de-France, puesto que, una vez allí, Brigitte contaría con la protección del rey. Lothair la recordaría, o si no a ella, entonces a su padre. Y si Rowland osaba imponer sus derechos frente al rey, se vería forzado a explicar sus razones. No, ya nada podría detenerla.

El resto de la noche pareció volar y, antes de que Brigitte lo advirtiera, el cielo se aclaró con la luz del amanecer. El sol no salió para derretir la nieve, sino que permaneció oculto tras una espesa cortina de nubes. Aun así, el pálido reflejo fue suficiente para permitir a la muchacha una perfecta visión del desolado paraje y mantenerse alejada de una fortaleza que casi embistió a su paso. La rodeó

170

con cautela, sabiendo que no podía confiar en ningún normando.

Le hubiera sido más fácil dirigirse hacia el sur, dado que esa ruta le resultaba familiar. Empero, París y la corte del rey se encontraban hacia el este y llegaría allí mucho antes si viajaba sin desviarse en esa dirección, aun cuando no conociera el camino.

El sol ya se había elevado en el cielo cuando Brigitte se detuvo en un tupido bosque para permitir el descanso de los animales. Sin embargo, la pausa fue muy breve. Intentó encender una perqueña fogata para calentarse durante unos minutos, pero todas las ramas que encontró se hallaban húmedas. Ató algunas leñas para llevarse consigo, esperando que el viento las secara durante el camino, y continuó el viaje.

Dejaron atrás el bosque y atravesaron una extensa pradera. Brigitte logró evitar una vasta zona pantanosa que hubiera aminorado su marcha, pero no tuvo suerte cuando se topó con una inmensa arboleda que se extendía a ambos lados de la tierra y no pudo sino penetrarla. Al caer la noche, aún no había llegado al otro extremo del bosque y la oscuridad le imposibilitó continuar el viaje, por lo que se vio forzada a acampar.

Esta vez, logró encender una pequeña fogata con las ramas que había cargado consigo. Una vez que el fuego estuvo preparado, envió a Wolff en busca de alimento y, tras retirar la montura del caballo y cubrirlo con una manta, se sentó frente a las llamas a descansar.

Sus pensamientos se centraron alrededor de una vívida imagen de Rowland. Era un hombre de espléndida figura, robusto y apuesto. Todo podría haber sido diferente si él le hubiese creído al abandonar Louroux y la hubiese llevado hasta el conde Arnulf. Entonces, Brigitte se habría formado una mejor opinión del normando, hasta podría haberse sentido atraída por el muchacho, pese a su increíble rudeza.

Empero, las circunstancias la habían conducido por un camino diferente. El odio era un sentimiento nuevo para la muchacha y no le agradaba experimentarlo. Nunca antes se había sentido así, ni siquiera frente a Druoda. Detestaba lo que esa dama le había hecho, pero no odiaba a la mujer. ¿Por qué Rowland despertaba un sentimiento tan intenso en su interior?

De pronto, oyó el sonido de algo que se acercaba y contuvo la respiración, hasta que Wolff apareció por entre la maleza. El perro había atrapado una excelente presa y Brigitte se apresuró a preparar la comida, para luego recostarse junto al fuego. Se durmió casi instantáneamente, con Wolff acurrucado a sus pies. Sin embargo, no transcurrió demasiado tiempo antes de que el ronco gruñido de su mascota la despertara. De repente, el animal se abalanzó hacia la oscuridad del bosque y se perdió de vista.

Brigitte le ordenó que regresara, pero Wolff no obedeció. Las bajas llamas del fuego le indicaron que había dormido aproximadamente una hora. Permaneció sentada con los brazos alrededor de las rodillas y la mirada fija en la dirección en la que había desaparecido Wolff, preguntándose qué clase de bestia podría haber atraído a su mascota.

¿Había osos salvajes en esos bosques? Según creía, Wolff jamás se había enfrentado a un enemigo tan temible. Su inquietud aumentó cuando ya no pudo oír los movimientos del perro en la distancia. Lo llamó una y otra vez, más y más fuerte. Se puso de pie y comenzó a pasearse por todo el campamento, hasta que se detuvo abruptamente y se regañó por dar rienda suelta a su imaginación. Sin duda, Wolff regresaría.

Una vez más, se sentó junto al fuego y, como para demostrar cuán ridículos habían sido sus temores, el perro regresó brincando al campamento. Brigitte dejó escapar un suspiro de alivio, pero sus miedos se reanimaron cuando advirtió que Wolff no estaba solo. Otro galgo lo seguía y, más atrás, un caballo.

La muchacha reconoció al corcel antes de identificar al jinete. Allí estaba Rowland, sentado con el cuerpo rígido sobre su preciado Huno, sin armadura, con una gruesa capa de piel que le cubría la túnica.

Brigitte se sintió demasiado sorprendida para hablar, demasiado aturdida para moverse, aun cuando el hombre desmontó con una pesada soga firmemente sujeta en la mano. La joven observó inmóvil al normando, quien llamó a Wolff a su lado y ese confiado tonto obedeció. El perro ni siquiera intentó apartarse cuando Rowland le ató la soga al cuello y, luego, la sujetó a un árbol lejano. Todo estaba sucediendo ante sus ojos, pero Brigitte casi no podía creerlo.

El galgo que había llegado con el normando encontró los restos de carne y comenzó a devorarlos. La muchacha observó al perro durante varios segundos y, de pronto, todo se le aclaró. ¡Así había logrado Rowland encontrarlos! ¡El galgo los había rastreado!

La joven volvió la mirada hacia Rowland, quien acababa de sujetar al perro junto al árbol. Era evidente la razón por la cual él había atado al animal antes de pronunciar una palabra; sus planes eran tan maléficos, que no podía permitir la libertad de Wolff. Ante semejante idea, Brigitte corrió hacia su corcel como si de ello dependiera su vida.

Pero ya era demasiado tarde. Su manto fue sujeto con firmeza y, tras detenerse, la muchacha se volvió nuevamente hacia el fuego. Cayó al suelo con fuerza y se raspó las manos. Wolff comenzó a gruñir, y Brigitte trató de contener las lágrimas que ya empezaban a asomar en sus ojos.

Vio entonces las botas de Rowland a su lado. Alzó la mirada y advirtió que las manos del hombre comenzaban a desabrochar su cinturón. Elevó aún más la mirada y, al observar la severa expresión en el rostro del normando, empalideció.

Antes de que Brigitte pudiera encontrar una palabras de súplica, el cinturon de Rowland descendió sobre su espalda. La muchacha lloró y gritó. Entonces, él repitió el golpe, y ella volvió a gritar. A lo lejos, se oían los furiosos gruñidos de Wolff y sus terribles forcejeos para liberarse de la soga que lo mantenía sujeto al árbol.

Para entonces, la muchacha se encontraba acurrucada en un ovillo, aguardando por un tercer latigazo. El azote no llegó, pero ella se sintió demasiado aterrada como para alzar la mirada y no advirtió que Rowland ya había echado a un lado el cinturón, para alejarse con paso airado, irritado consigo mismo y profundamente perturbado. El respiró hondo varias veces, intentando calmarse, y luego regresó, para arrodillarse junto a la joven.

La tomó con ternura entre sus brazos, y ella no se resistió: necesitaba consuelo, aunque proviniera de ese hombre. Las lágrimas de Brigitte se secaron, pero Rowland continuó abrazándola, acariciándole el cabello con dulzura. Ambos permanecieron en silencio durante un largo tiempo. Por fin, la joven se apartó y él advirtió una expresión acusadora en esos claros ojos azules.

—¡Maldición! —gruñó el muchacho, al tiempo que se incorporaba para adoptar una pose amenazante—. ¿Acaso no te sientes arrepentida?

—¿Arrepentida? —repitió ella con rudeza—. ¿Después de lo que acabas de hacerme?

—Me obligaste a un largo día de cacería, mujer. ¡Merecerías mucho más de lo que recibiste!

—El que me hayas encontrado es mi castigo, mucho más del que puedo tolerar —afirmó Brigitte, y se puso de pie para mirarle con una chispa de ira en los ojos—. Pero eso no significa nada para ti. ¡Tu deseo es hacerme sufrir!

—¡Nunca quise lastimarte! —exclamó él con furia— ¡Tu me forzaste a hacerlo!

—Oh, desde luego, milord —asintió la joven con idéntica furia—. Yo soy la causa de todas mis penas. Yo misma me golpeo. —Rowland se adelantó de modo amenazante, pero ella permaneció inmóvil—. ¿Qué? ¿Acaso voy a golpearme de nuevo, milord?

—Actúas con demasiada insolencia para ser una mujer a quien acaban de azotar —aseveró el muchacho con el ceño fruncido.

Los ojos de Brigitte se dilataron.

—¡Bastardo normando! Si yo fuera un hombre, ¡te mataría!

El soltó una repentina carcajada.

—Si fueras un hombre, *chérie,* el rumbo de mis pensamientos sería por demás pecaminoso.

La joven ahogó una exclamación y se apartó de él.

—Soy mujer y, aun así, tus pensamientos siguen siendo pecaminosos.

Rowland esbozó una sonrisa.

—No necesitas alejarte de mí, Brigitte. He tenido un viaje muy largo y sólo el descanso me atrae en este momento.

La muchacha le observó con cautela, mientras él caminaba hacia su corcel para buscar comida y algunas mantas. Luego regresó hasta el fuego y, tras agregar algunos leños, se recostó junto al calor de las llamas.

—¿Tienes hambre? —le preguntó.

Brigitte se sintió azorada. Ese hombre actuaba como si nada hubiese sucedido.

—No —le respondió con tirantez—. Ya he comido.

—Ah, tu mascota te consiguió el alimento. —Rowland se volvió hacia Wolff y frunció el entrecejo con aire pensativo—. ¿Crees que si me deshiciera de esa bestia no intentarías escapar nuevamente? ¿Qué harías si no tuvieras al perro para proveerte la comida?

—¡No! —exclamó Brigitte, dejándose caer de rodillas junto al hombre—. Wolff es todo lo que tengo.

—Me tienes a mí —le recordó el con dulzura.

La muchacha sacudió la cabeza.

—Tú sólo me causas dolores y angustias. Sólo Wolff me brinda consuelo. Amo a ese perro.

—¿Y me odias a mí?

—Tú me obligas a odiarte con tu comportamiento.

Rowland dejó escapar un ronco gruñido.

—Prométeme que no volverás a escaparte.

—¿Aceptarías la palabra de una sierva, milord —preguntó ella con tono sarcástico.

—Aceptaría tu palabra.

Brigitte alzó el mentón con arrogancia.

—Podría dártela, pero te mentiría. Jamás formulo promesas que no puedo cumplir.

—¡Maldita seas! —exclamó el hombre con voz áspera, arrojando una rama al fuego—. Entonces, no puedo prometer que no volveré a golpearte, y puede que la próxima vez no cuentes con tanta ropa para protegerte.

—¡No podría esperar menos de ti! —bramó Brigitte.

Rowland observó el rostro airado de la joven y suspiró.

—Duérmete, Brigitte. Veo que no hay forma de ganar contigo, ni de razonar tampoco.

El hombre se tendió junto al fuego, pero la muchacha permaneció arrodillada, con el cuerpo tenso. Tras varios instantes de silencio, ella decidió hablar con voz suave.

—Hay algo que puedes hacer, Rowland, para asegurarte de que permaneceré contigo.

— Sé muy bien a qué te refieres —comentó él con rabia—. Pero no puedo mantenerme alejado de ti.

—No es eso, Rowland.

El hombre se incorporó de inmediato, puesto que la muchacha había logrado despertar su curiosidad.

—¿Qué es entonces?

—Envía un mensaje al conde Arnulf exigiendo la prueba de mis afirmaciones, y yo me sentiré satisfecha de aguardar en Montville la respuesta.

—Y cuando llegue esa bendita respuesta y pruebe que eres una mentirosa... entonces, ¿qué sucederá?

—¿Aún estás tan seguro de que miento, Rowland? —preguntó la joven con tono solemne.

El dejó escapar un gruñido.

—Muy bien. Enviaré el mensajero sólo para acabar con todos estos problemas. Pero no puedo entender qué pretendes ganar con eso.

Brigitte sonrió, decidida a fingir. Hasta que fuera enviado el mensaje, sólo necesitaba hacer que Rowland continuara creyéndose dueño de la verdad.

—Es muy sencillo. Si envías el mensaje, estarás admitiendo la posibilidad de que podrías haberte equivocado. Puedo vivir con tal aceptación.

—¡Ja! —replicó el joven, volviéndose a acostar—. Semejante razonamiento sólo podía ser de una mujer.

176

La muchacha sintió deseos de reir. ¡Con qué facilidad había aceptado él la mentira! Satisfecha, se tendió a unos cuantos metros del hombre y se dispuso a dormir.

22

Rowland despertó con el amanecer. Permaneció tendido en el suelo, observando con aire pensativo el pálido cielo que asomaba por entre las copas de los árboles. Brigitte dormía pacíficamente, sin advertir la tremenda confusión que había provocado en la mente delhombre.

Cuánta furia había sentido el día anterior, no tanto porque ella le hubiese abandonado, sino por el riesgo que había corrido al marcharse sola. La infelíz podría haber sido víctima de ladrones o asesinos. También le enfurecía que Brigitte hubiera intentado escapar de él, y mucho más le irritaba el hecho de que todo Montville se hubiese enterado. ¿Qué extraño maleficio le había echado esa mujer? De repente, sólo quería dominarla y, enseguida, sentía deseos de protegerla. No alcanzaba a comprender los sentimientos que esa joven había despertado en su interior y, por primera vez en su vida, se sentía aturdido. Incluso, había llegado a aceptar la ridícula demanda de la muchacha.

Rowland frunció el entrecejo, pensando en el mensaje que había aceptado enviar. O bien la joven pertenecía en verdad a la nobleza, o ese conde Arnulf le guardaba un profundo cariño y ella estaba segura de contar con la ayuda del hombre. De todos modos, Rowland suponía que iba a perderla, y eso le hacía sentirse desdichado. Aun cuando apenas acababa de conocerla, sabía que no deseaba perder a esa muchacha.

—¡Diantre! ¡Maldición! —murmuró, y se volvió para enfrentar un nuevo día.

Aún no era demasiado tarde cuando Rowland y Brigitte atravesaron el portalón de la entrada hacia el patio de Montville. La muchacha se había sentido confundida al divisar la fortaleza poco después del crepúsculo, dado que, pese a haber cabalgado todo un día y la mitad de una noche para alejarse, el camino de regreso no le había resultado tan largo. Con seguridad, se había desviado de algún modo, perdiendo así un tiempo valioso. La joven exhaló un profundo suspiro. Ya era demasiado tarde para lamentarse.

Ambos acababan de desmontar y se encontraban conduciendo los corceles hacia el establo, cuando Brigitte preguntó:

—No habrás olvidado el mensaje que aceptaste enviar, ¿verdad?

—No lo he olvidado —murmuró Rowland. Entonces, se detuvo y, después de retirarle la capucha de la cabeza, la tomó de ambas trenzas y la atrajo hacia sí—. Tampoco he olvidado que pudiste haberme pedido que jamás volviera a tocarte, pero no lo hiciste.

—Tú ya me habías advertido que nunca aceptarías tal demanda —le recordó la joven con aspereza.

—Pero ni siquiera intentaste negociar, *cherie* —le hizo notar él con un brillo pícaro en los ojos.

—Obtuve lo que deseaba, Rowland, y ahora sólo me resta tolerar durante unas pocas semanas más. Me siento aliviada al saber que pronto culminarán mis desdichas.

—¿Desdichas, damisela?

Los labios del hombre rozaron apenas la boca de la joven; luego, le acariciaron la mejilla y, por último, se deslizaron hacia la vulnerable zona de su delicado cuello. Al sentir que un escalofrío le recorría la columna, Brigitte gimió. Entonces, él se apartó y esbozó una diabólica sonrisa.

—¿Sólo unas pocas semanas más? Entonces, tendré que aprovecharme, ¿no crees?

Sin aguardar una respuesta, Rowland se alejó por el pasaje del establo que conducía a la sala principal de la mansión. Brigitte le siguió con la mirada, aturdida, preguntándose por qué le había permitido que le besara. ¿Qué diablos estaba sucediendo con ella?

Se frotó las manos enérgicamente y se apresuró a seguir a Rowland, sacudiendo la cabeza. Era la dulzura en el normando, se dijo, lo que siempre le tomaba por sorpresa.

Ya había pasado la hora de la cena, pero la inmensa sala aún no se hallaba vacía. Varios hombres se encontraban bebiendo en las mesas más bajas. Junto a la fogata más pequeña, Luthor arrojaba dados con sir Robert y otro caballero, mientras que, a su lado, Hedda, Ilse y sus doncellas parecían muy atareadas con sus bordados. Hedda era una mujer alta, huesuda, cuyo cabello castaño se había tornado gris con el paso del tiempo; Ilse era idéntica a su madre, sólo que con unos treinta años menos. Los sirvientes continuaban ocupados en el área de la cocina. Un muchacho se encargaba de mantener los perros alejados de la carne asada, mientras otro se dedicaba a abanicar el humo hacia un agujero situado sobre el foso del fuego.

Rowland aguardó a Brigitte antes de entrar en la sala.

—Consigue algo de comida para ambos y reúnete conmigo en la mesa. —Alzó un dedo antes de que la muchacha pudiera protestar—. Insisto. Resistiremos juntos la tormenta.

La mujer se detuvo abruptamente.

—¿Qué tormenta?

Rowland sonrió ante la repentina expresión de alarma que atravesó el rostro de la joven.

—Cometiste un grave crimen y mi madrastra estaba muy alterada. Estaba furiosa cuando salí en tu búsqueda y, sin duda, debe de haber despotricado todo el día sobre el terrible ejemplo que eres frente a los otros sirvientes. Nunca antes un siervo había intentado escapar de Montville.

Brigitte empalideció.

—¿Qué... qué hará ella conmigo?

—¿Hedda? Absolutamente nada. No olvides que yo soy tu amo, lo cual significa que sólo a mí deberás responder. Por esta vez, agradecerás estar bajo mi protección. —Sin darle oportunidad de responder, colocó una mano sobre la espalda de la muchacha y la empujó hacia el fuego—. Vamos, estoy famélico.

La joven se apresuró a buscar la comida. La cocinera protestó por la tardanza, puesto que ya había comenzado a cortar los restos de carne para preparar pasteles. Aun así, sirvió dos grandes platos de comida, mientras los otros sirvientes observaban detenidamente a Brigitte.

La muchacha se sintió cada vez más inquieta. Había creído superar la peor parte, pero, por lo visto, no era así.

Comenzó a caminar hacia la mesa del lord, cargando con cuidado los dos platos y una jarra de cerveza, y advirtió que Hedda y Luthor se habían unido a Rowland. La muchacha aminoró el paso, pero no pudo evitar oír la mayor parte de la conversación.

—¿Y bien? —preguntó Hedda al muchacho—. ¿La harás desnudar y azotar en el patio? El horrible ejemplo que ha dado esa mujerzuela debe ser corregido.

—Eso no te concierne, mujer —interpuso Luthor.

—Claro que me concierne —bramó la dama, indignada—. Tu muchacho trajo a esa prostituta francesa aquí, y la arrogancia de esa jovenzuela ya ha comenzado a afectar a mis sirvientes. Ahora, ella escapa y, encima, ¡roba para hacerlo! Exijo...

Brigitte, aturdida, dejó caer los platos sobre la mesa derramando el ale sobre los anchos tablones de madera. De inmediato, la muchacha volvió sus atemorizados ajos azules hacia Rowland.

—Yo no robé.

—Difícilmente podrás afirmar que el caballo era tuyo, damisela —le dijo él con tono alegre, al parecer, divertido.

La joven sintió que le temblaban las rodillas y Rowland se apresuró a tomarla de un brazo para sentarla en la silla contigua a la suya. ¿De qué estaba siendo acusada? Ya podría ser merecedora de un severo castigo por sólo robar comida. ¿Pero nada menos que un caballo? Un caballo era el elemento vital de un caballero, el más preciado de los animales, mucho más valioso que un sirviente, más valioso incluso que la tierra. Todo siervo libre estaría encantado de vender su granja a cambio de un caballo, porque el caballo era señal de riqueza, capaz de colocar a un hombre por encima de la clase campesina. Robar un corcel era un crimen tan grave como el asesinato, y que un sirviente osara cometer semejante delito era decididamente inconcebible.

La expresión divertida de Rowland se desvaneció ante el absoluto terror reflejado en el rostro de la joven.

—Vamos, lo que está hecho, hecho está —la tranquilizó el muchacho.

—No... no fue mi intención robar —murmuró Brigitte con voz trémula—. Jamás creí... quiero decir... no pensé que estaba robando cuando tomé el caballo... Nunca antes había tenido que pedir permiso para montar un corcel y... Rowland, ¡ayúdame!

Brigitte comenzó a llorar, y el muchacho se enfureció consigo mismo por permitir que sus temores aumentaran sin necesidad.

—Brigitte, cálmate. No tienes por qué temer. Robaste un caballo, pero pertenecía a sir Gui y él no te causará problemas.

—Pero...

—No —le dijo Rowland con dulzura—. Hablé con Gui antes de salir en tu búsqueda. Parecía más preocupado por ti que por su corcel. El no exigirá el castigo.

—¿En serio?

—Sí, en serio.

—Esto ha sido de lo más entretenido —interpuso Hedda con sus pálidos ojos grises fijos en Brigitte—. Pero, sin duda, carente de sentido. Puede que Gui no exija el castigo, pero yo ciertamente lo demandaré.

—¿Quién eres tú para exigir nada de mí? —preguntó Rowland con tono amenazador.

El rostro color oliva de Hedda adquirió un intenso tono morado.

—¡Tú consientes a esa ramera! —le acusó—. ¿Por qué razón? ¿Acaso te ha hechizado?

—Yo no la consiento —respondió el hombre—. Ya le he castigado.

—Si es eso verdad, entonces, ¡no fue suficiente! —exclamó la dama con rudeza—. La muchacha camina fácilmente, ¡sin muestras de dolor!

Rowland se puso de pie con un amedrentador brillo en los ojos.

—¿Acaso dudas de mi palabra, milady? ¿Deseas sentir lo mismo que Brigitte? —Se llevó las manos hacia el cinturón, y Hedda, pálida, volvió la mirada hacia Luthor. El lord no miró a su esposa, continuó observando a su hijo.

—¡Luthor!

—No, no recurras a mí, mujer. Tú le provocaste, aun cuando te advertí que no era asunto tuyo. Nunca sabes cuándo debes dejar en paz a la gente.

No bien Rowland avanzó un paso hacia Hedda, la mujer se levantó de un salto y salió corriendo de la sala. Luthor dejó escapar una breve risita.

—Ah, me agrada ver a mi arpía mujer disparar acobardada. —Se incorporó para palmear la espalda de su hijo y después de tomar asiento nuevamente, ordenó otra jarra de cerveza—. Han pasado muchos años desde la última vez que esa dama sintió mis puños... demasiados.

—Tal vez, con mi ausencia, Hedda se ha tornado menos amarga —sugirió Rowland.

Luthor se encogió de hombros.

—O yo simplemente la he ignorado.

El joven evitó formular en comentario y se dispuso a devorar la comida. Con un nueva jarra de cerveza en la mano, Luthor se reclinó sobre el respaldo para observar detenidamente a Brigitte.

—Veo que casi no has probado bocado, damisela —comentó—. ¿Acaso no te agrada la comida?

—Me temo que he perdido el apetito, milord —respondió la joven con tono sumiso.

—Eso no está bien —le dijo el lord con una sonrisa—. Una muchacha tan frágil como tú necesitará mucha fuerza para soportar a mi hijo.

—En eso tienes razón, milord.

Rowland lanzó una mirada reprobadora a su padre, lo cual deleitó al anciano. Tras beber un abundante trago de ale, el lord se inclinó hacia la mesa y preguntó con tono serio:

—¿Sabe mi galante vasallo que has regresado, Rowland?

El hombre no apartó la mirada del plato.

—Dejaré que tú se lo informes.

Luthor frunció el entrecejo.

—La muchacha ha retrasado el encuentro con su fuga. ¿Has tenido tiempo de reconsiderar el asunto?

—Eso no me corresponde a mí. ¿Acaso él lo ha reconsiderado?

—No —admitió el anciano con renuencia—. No comprendo la terquedad de ese muchacho.

—Es muy firme en sus creencias, eso es todo —le explicó Rowland—. No esperaría menos de él.

—Pero él siempre te ha idolatrado. Jamás hubiera creído que llegarían a esto.

—¿Qué pretendes que hiciera yo? —preguntó el joven con tono irritado—. ¿Ignorar un desafío?

—No, claro que no. Pero si conversando pudieran resolver el asunto...

—No lo creo posible, Luthor.

—¿Aunque sólo sea para evitar un derramamiento de sangre?

—¡Déjalo como está! —bramó Rowland—. No me agrada esto más que a ti, pero ya he intentado razonar y él no está dispuesto a cambiar su posición.

—¿Y tú?

—Tampoco.

Luthor sacudió la cabeza.

—Ella podría poner fin a todo esto, y lo sabes.

—Yo no se lo pediré.

Brigitte ya no pudo contenerse.

—¿Quién es "ella"?

—Tú, damisela —respondió el lord.

Rowland dejó caer ambos puños sobre la mesa.

—Tenías que discutir este asunto en su presencia, ¿no es así? —acusó a su padre con tono severo, echándole una mirada fulminante.

—¿Quieres decir que ella no sabe nada de esto? —preguntó Luthor, sorprendido.

—No.

—Pues entonces, creo que debería saberlo —prosiguió el anciano con fastidio.

—¿Saber qué? —preguntó la joven, pero ambos hombres la ignoraron.

—No insistas, Luthor, porque esta muchacha es más obstinada que nosotros dos juntos.

El lord depositó la jarra sobre la mesa, se incorporó ceremoniosamente y se marchó. Era obvio que se sentía muy irritado.

Una vez a solas con Rowland, Brigitte esperó una esplicación, pero él permaneció callado, sin siquiera mirarla. Finalmente, ella decidió incitarle.

—¿Y bien?

—Termina ya tu comida, Brigitte, y luego te acompañaré hasta tu cuarto —le ordenó él con enfado.

—¡Rowland! ¿Quién te ha desafiado?

De inmediato, se hundió en su silla ante la furibunda mirada que le lanzó el hombre.

—Si ya has terminado de comer, nos marcharemos ahora.

23

Rowland tomó a Brigitte del brazo y la arrastró fuera de la sala y a través del patio. Al llegar a la choza, abrió la puerta con violencia y empujó a la muchacha hacia el interior. El la siguió y, al entrar, advirtió la presencia del brasero y notó que las pertenencias de la joven habían sido llevadas desde el establo. La habitación estaba iluminada. Las lámparas de aceite adosadas al muro se hallaban encendidas.

—Alguien se ha ocupado de tus necesidades —le hizo notar el hombre con enfado—. No le irá bien a esa desdichada alma si Hedda se entera de que uno de sus sirvientes está atendiendo a mi sierva.

—Yo no pedí que me sirvieran.

—No necesitabas hacerlo —comentó él con frialdad—. Tus modales intimidan a los criados menos afortudados.

—¿Afortunada, yo?

—Sí, por supuesto —afirmó Rowland con tono severo—. No te duelen los pies ni la espalda al final del día, y tus manos no sangran, al menos, una vez por semana. No sirves a muchos, sólo a uno. Llevas la vida de una lady.

Se volvió, dispuesto a marcharse, pero Brigitte se le

adelantó y cerró la puerta con violencia antes de que él pudiera alcanzarla.

—Aguarda, Rowland. —Le miró, con las manos apoyadas sobre la puerta para impedir la salida. —Aún no me has dicho quién te desafió. ¡Debo saberlo! !Necesito saberlo!

—¿Para qué? —preguntó él con el ceño fruncido.— ¿Para poder regocijarte?

—¡Por favor, Rowland! —le suplicó la muchacha—. ¿Fue sir Gui?

—¡Claro que fue sir Gui! —bramó él—. Pero tú sabías los problemas que habías causado.

—Juro que jamás quise causar ningún problema —afirmó ella con vehemencia—. Sólo le conté la verdad. Y no fui yo quién buscó a sir Gui. El vino a mí, suponiendo que yo era una invitada, y me llamó lady, Rowland, sin siquiera conocerme.

—Y, desde luego, tú te aprovechaste de ese error. Los ojos del muchacho contellearon. —Y tuviste que decirle que te traje aquí contra tu voluntad. ¡Me hiciste quedar como un malvado, Brigitte!

—¡Tú eres un malvado!

Se acercó a la puerta, pero la muchacha le sujetó el brazo con ambas manos.

—¡Rowland! Si tan sólo me lo hubieras dicho antes podría haberte tranquilizado.

—¿Acaso conoces algún extraño secreto relacionado con esto? —preguntó él, entrecerrando los ojos.

—Sólo sé que no habrá pelea —declaró la joven, alzando el mentón con actitud altiva.

Rowland no pudo evitar sonreír ante su arrogancia. ¿Y por qué, si no es demasiado preguntar?

—Porque yo no lo permitiré.

—Tú... —El la observó fijamente con expresión incrédula.

—¿Qué te resulta tan sorprendente? —preguntó Brigitte.

—¿Tú no lo permitirás?

—Hablo en serio, Rowland. ¡Yo no seré la causa de un derramamiento de sangre!

Rowland esbozó una leve sonrisa.

—Qué pena que no lo pensaras antes —le dijo con voz suave.

—Aún no es demasiado tarde.

—Oh, sí, claro que sí, joyita. —Le rozó apenas la mejilla. —Querías un paladín y lo has encontrado en sir Gui. El cree en ti y se siente moralmente obligado a luchar por tu causa.

Brigitte se alarmó.

—¡Pero yo no quiero que luche! ¡Le diré que no lo haga!

—Ojalá fuera tan sencillo, Brigitte. Pero Gui se siente afrentado por lo que, según cree, he hecho a una legítima dama. El es un caballero de corazón gentil, el hombre más galante que jamás he conocido. No quedará satisfecho hasta no pelear por tu honor.

—Pero a mí me escuchará.

—Ah, Brigitte, eres tan ingenua como hermosa. —Rowland dejó escapar un suspiro.

—Pero tu padre dijo que sólo yo podría detener la batalla —le recordó ella—. Dime qué debo hacer.

—¿Acaso no adivinas? —murmuró Rowland con calma.

Le llevó un instante comprender, y entonces los claros ojos azules de Brigitte se dilataron.

—¡Eso no! —exclamó, volviéndose abruptamente.

—Es la única forma, Brigitte. Si no admites que mentiste, Gui luchará por tu honor, y tal vez yo me vea obligado a matar a mi mejor amigo.

—¡Pero yo no mentí!

—¿No puedes tragarte el orgullo sólo por una vez?

—¿Lo harás tú acaso?

—Ya lo he hecho. Te estoy suplicando este favor, aun cuando había decidido mantenerte al margen de todo esto. Me crié con Gui y me he habituado a protegerle contra todos aquellos que se aprovechaban de él debido a su escasa altura. Aprendí a quererle como el hermano que nunca tuve, y no deseo luchar en su contra.

Brigitte se irguió y volvió a mirar al hombre. Se sentía desolada, pero no tenía otra alternativa.

—Muy bien —aceptó, resignada—. Haré lo que me pides.

—No bastará con que sólo admitas que mentiste -le advirtió Rowland —. Deberás convencerle.

—Le convenceré. Ahora, llévame con él —le dijo desconsoladamente.

—Le traeré aquí.

La joven se dejó caer sobre la cama, dispuesta a aguardar. Se sentía aturdida, angustiada. No le quedaba más alternativa que mentir. No podía permitir que Rowland hiriera o, menos aún, matara a su mejor amigo.

Se apresuró a quitarse el manto y dos de sus túnicas, ya que no había regresado a su habitación después de su malograda fuga. Sólo un instante después, la puerta se abrió para dar paso a Rowland, seguido por un confundido sir Gui. Brigitte se volvió, entrelazando las manos para disimular su temblor.

Gui se le acercó y realizó una reverencia con una expresión solemne en sus ojos grises.

—Rowland dijo que deseabas verme.

—Urgentemente —asintió ella en voz baja, y luego se volvió hacia Rowland—. ¿Podrías dejarnos? Deseo hablar a solas con sir Gui.

—No —respondió Rowland, al tiempo que cerraba la puerta—. Me quedaré.

Brigitte le lanzó una mirada fulminante, pero no se arriesgó a iniciar una disputa. Los sirvientes jamás osaban contradecir a sus amos y, por esta vez, tenía que ser debidamente servil.

Se volvió una vez más hacia Gui y esbozó una tímida sonrisa.

—¿Deseas tomar asiento? —le invitó, al tiempo que señalaba el catre—. Temo que no puedo ofrecerte una silla.

Gui se sentó y echó una mirada hacia la habitación.

—¿Tú duermes en este cuchitril? —le preguntó y, de inmediato, lanzó una mirada severa a Rowland antes de que la muchacha pudiera responder.

—Es un cuarto bastante confortable —se apresuró

190

a explicar Brigitte—. No... no estoy habituada a nada mejor.

—Con seguridad...

—Sir Gui, escúchame —le interrumpió ella, ñy se sentó junto al joven caballero, aunque sin atreverse a enfrentar su mirada—. Temo que he cometido una grave injusticia al representar contigo mis infantiles fantasías.

—¿Qué fantasías?

—El otro día, en la sala, cuando hablamos... todo lo que dije fue mentira. A menudo, finjo ser una dama, en especial, con hombres que no me conocen. Siento que hayas tomado en serio mis palabras. Mi juego siempre había resultado inofensivo.

Gui frunció el entrecejo.

—Veo que Rowland te obligó a hacer esto, lady Brigitte.

—Soy simplemente Brigitte, y estás equivocado, sir Gui —le aseguró con firmeza—. Por favor, perdona mi descaro, pero ahora no puedo permitir que continúe este malentendido. Siempre he sido una sierva. Me sentí muy perturbada cuando supe que habías desafiado a mi lord debido a mi estúpida farsa. Le supliqué que te trajera aquí para poder revelarte la verdad antes de que fuera demasiado tarde. No deben luchar por mi causa. No fui sincera contigo.

Una expresión de duda se reflejó en los ojos de Gui.

—Me halaga que te hayas preocupado tanto por mí. Eres realmente muy amable, milady.

—¿Acaso no me crees? —preguntó la joven, sorprendida.

—En absoluto —respondió él con calma.

—¡Entonces, eres un tonto!

—¡Ya ves! —Gui esbozó una sonrisa triunfal—. Una mera sierva jamás osaría hablarme de ese modo.

Brigitte se incorporó de un salto y se volvió hacia Rowland, pero él la observó sin ofrecerle ayuda. La muchacha respiró hondo. Debía encontrar la forma de convencer al joven caballero; de lo contrario, la batalla culminaría, sin duda, con su muerte. De pronto, advirtió que

Rowland la devoraba con los ojos y tuvo un instante de inspiración.

Se volvió una vez más hacia Gui con las manos sobre las caderas y con una expresión altiva en los ojos.

—¡Nunca dije que era una mera sierva! Mírame —le ordenó con arrogancia—. ¿Crees que un hombre podría ignorarme por mucho tiempo, fuera o no lord?

—¿Pe... perdón? —balbuceó Gui.

—Si soy atrevida a veces, es porque mi último amo me trataba como a un igual. Yo era la amante del barón, sir Gui. —Sonrió con desenfado.— Era un hombre anciano y solitario, y me malcrió estupendamente.

—¡Pero dijiste que el barón de Louroux era tu padre —exclamó el caballero.

Brigitte titubeó. Se sentía muy herida, pero, ¿qué otra alternativa le quedaba?

—El fue como un padre para mí... excepto en la cama. Pregúntale a sir Rowland si no me crees. El te dirá que yo no era virgen cuando vino a mí por vez primera. —El comentario implicaba que ella era ahora la amante de Rowland, pero el normando no habló, por lo que Brigitte decidió proseguir.— Ya ves, él no lo niega. ¿Retirarás ahora tu ridículo desafío?

Gui se sintió picado en su orgullo.

—No creí que fuera tan ridículo.

"¡Santo Dios!", pensó Brigitte,"¿acaso ella no había hablado ya suficiente?.

—Entones, permíteme agregar algo. El hombre que es ahora mi lord reúne todas las cualidades que yo podría desear en un amo. Es fuerte, un excelente amante y estoy muy satisfecha con él.

Gui se puso de pie súbitamente.

—Entonces, ¿por qué intentaste escapar?

La pregunta tomó a la joven desprevenida. Vaciló un instante, para luego responder.

—Por favor, sir Gui, no me obligues a decirlo en su presencia.

—Insisto.

Brigitte se estrujó las manos y bajó la mirada hacia

el suelo, fingiendo una gran turbación. Luego, se inclinó hacia el joven caballero y le habló con tono susurrante, de modo que Rowland no pudiera oírla.

—No sabía de la existencia de Amelia cuando él me trajo aquí. Al enterarme de que ella había sido su amante y aún le deseaba, temí que me dejara de lado. No pude tolerarlo y me marché.

—¿Y por qué no quieres que él lo sepa? —preguntó Gui con escepticismo.

—¿Acaso no ves que le amo? Ya he admitido más de lo que hubiera deseado que él oyera. ¿Dónde está el desafío si averigua mis sentimientos? Se cansará de mí y saldrá en busca de otra.

Gui la observó con mirada inquisidora durante un largo instante. El desconcierto ya comenzaba a crispar los nervios de la joven. Estaba exhausta y sentía deseos de gritar que todo lo dicho no era más que una sarta de mentiras. Había cometido una terrible injusticia consigo misma al representar esa espantosa farsa. ¿Sería eso suficiente para salvar a sir Gui de la muerte?

El caballero, por fin, se apartó, y la muchacha se volvió aliviada. Al parecer, él no la forzaría a continuar. Pero, ¿qué pensaría ahora de ella? Lo había intentado todo excepto desatarse en lágrimas. Por lo visto, la constante humillación se había convertido en parte de su vida.

—Ya no tendría sentido enfrentarnos en el campo de honor, Rowland. Puesto que me trajiste aquí para escuchar esta historia, presumo que aceptarás mis disculpas.

Brigitte no se volvió para ver a Rowland asentir. Se sentía demasiado mortificada para mirar a cualquiera de esos dos hombres. Sólo deseaba estar sola y contuvo la respiración, aguardando que la puerta se abriera para volver luego a cerrarse.

Entonces, se arrojó sobre la cama y comenzó a llorar sus desdichas. ¡Qué mentiras tan horribles! Jamás podría perdonarse el haber calumniado tan cruelmente a su padre, aun cuando, de esa forma, hubiese salvado la vida de un joven caballero. ¡Y todas esas disparatadas palabras que había dicho acerca de Rowland! ¿De dónde había sacado tantas mentiras? ¿Por qué le habían surgido tan espontáneamente?

—¿Fue muy doloroso, Brigitte?

La joven se sobresaltó y se volvió para encontrar a Rowland de pie, junto a su cama.

—¿Por qué no te has marchado todavía? —le preguntó—. ¡Vete de aquí!

Volvió a hundir el rostro en la almohada, y su llanto se tornó aún más intenso. El hombre no pudo tolerarlo. Nunca antes le habían perturbado las lágrimas de una mujer, pero ahora... Se volvió para partir, pero súbitamente cambió de opinión y se sentó en el borde de la cama, para luego tomar a la muchacha entre sus brazos.

Brigitte forcejeó para liberarse. No quería el consuelo de ese hombre. Sólo deseaba estar sola con su desdicha.

Rowland la estrechó con dulzura, pero no le permitió soltarse. Por fin, la joven dejó de resistirse y le apoyó una mejilla sobre el pecho, mojándole la túnica con las lágrimas. Entonces, él comenzó a mecerla suavemente, al tiempo que le acariciaba la espalda, el cabello. Empero, ella no cesaba de llorar y los sollozos desgarraban el corazón del joven.

—Ah, Brigitte, ya cálmate —le suplicó con ternura, inclinándose para besarle las mejillas—. No soporto oírte llorar de ese modo.

Sus labios acariciaron los de la joven, y ella no encontró fuerzas para resistirse. La boca de Rowland contenía toda la tibieza y el sabor salado de sus propias lágrimas. Cuando él comenzó a desvestirla, Brigitte supo que era demasiado tarde para detenerle ñy se entregó. Esa noche, ella le pertenecía, y ambos lo sabían.

La muchacha entró en un estado de salvaje desenfreno. El se arrodilló junto al catre y sus manos y labios la acariciaron mágicamente, despertando una pasión que ella jamás había creído poseer. El exploró cada porción de su delicada figura con movimientos suaves, enloquecedores. Entonces, la joven sintió deseos de recibir todo el peso de ese cuerpo masculino sobre el suyo, percibir una parte de Rowland en las profundidades de su feminidad.

Cuando, por fin, ambos cuerpos se unieron, él se movió lenta, cuidadosamente, y Brigitte ya no pudo tolerarlo. Enarcó las caderas para forzarle a entregar toda la potencia de su masculinidad. Entonces, sobrevino un instante de éxtasis. Un nudo se formó en el interior de la joven, para tornarse más y más tenso, hasta desatarse con una vibrante sensación que se extendió por cada centímetro de su cuerpo y continuó durante toda la eternidad.

Un momento más tarde, Rowland se apartó apenas para aligerar su peso de la delicada figura femenina. Pero la muchacha no le dejó partir, y él se sintió infinitamente complacido. Ambos cayeron en un profundo sueño, con los cuerpos entrelazados y los rostros iluminados por una brillante sonrisa de satisfacción.

24

El tamaño es perfecto, ¿no crees?

Brigitte retrocedió un paso para admirar a Rowland con la túnica azul que ella acababa de finalizar. La prenda se ajustaba a los anchos hombros del joven, destacando así su espléndida figura, y el intenso tono azul de la lana hacía resaltar aun más el color de sus ojos. La muchacha se sentía orgullosa con su obra y esperaba con ansiedad el comentario del normando, pero él estaba tan ocupado en examinar las costuras, que parecía no oírla.

—¿Y bien?

—Es bastante cómoda.

—¿Es eso todo lo que puedes decir? —protestó ella—. ¿Y qué opinas de mis puntadas? Nunca se abrirán ni deshilarán, ¿sabes?

—Las he visto mejores.

—¡Oh! —Brigitte le arrojó una hebra de hilo y le hubiese lanzado las tijeras de haberlas tenido a mano—. ¡Ya verás si me esmero tanto con la próxima!

Rowland esbozó una amplia sonrisa.

—Tendrás que aprender a interpretar mis bromas, Brigitte. Estoy más que satisfecho con tu trabajo. Todas mis otras túnicas parecen harapos comparadas con ésta. Tus puntadas son perfectas.

La muchacha pareció rebosar de alegría. Había pasado los últimos seis días cosiendo en la habitación de Rowland para confeccionar la túnica y un corto manto de lana del mismo color. Una tregua había estado en vigencia a partir de aquella noche de amor. Ninguno de los dos se atrevía a mencionarlo, pero cada día había sido diferente desde entonces.

Más que nunca advertía ahora Brigitte el atractivo del muchacho: las suaves ondas de su claro cabello rubio sobre la nuca; las pequeñas arrugas en las comisuras de sus oscuros ojos azules cuando sonreía. Y, últimamente, el joven reía con más frecuencia.

Rowland continuaba fastidiándola, pero ella ya no se ofendía. El ya había tratado de reprimir su rudeza, realizando tremendos esfuerzos para suavizar sus modales. Ya antes había advertido Brigitte los intentos de cambio en el hombre, pero sólo ahora comenzaban a importarle. Y cada vez con más frecuencia, se encontraba observando a Rowland, sólo admirándole, sin ninguna razón en particular.

El normando no había intentado forzarla, obsequiándola sólo con un casto beso cuando la escoltaba cada noche hasta la habitación. Y ese hecho complacía a Brigitte. No estaba segura de cómo podría reaccionar si Rowland intentaba poseerla una vez más. Por un lado, se encontraba el placer, por el otro, el pecado. No deseaba tener que decidir entre uno u otro, y le complacía el hecho de que el muchacho no le forzara. Al dejarla en paz, él le estaba dando tiempo.

Empero, ese tiempo ya comenzaba a actuar en contra de la joven, aun cuando ella no lo advirtiera. Ese mismo día, había experimentado una increíble ansiedad al entregar la nueva túnica al normando. Brigitte no deseaba detenerse a analizar por qué, de pronto, la aprobación de Rowland le parecía tan importante. Tampoco deseaba preguntarse por qué se había apresurado a arreglarse el cabello y acomodarse las ropas antes de que él entrara en la habitación.

—Mereces un día de descanso, Brigitte —le sugirió Rowland, mientras se colocaba el manto sobre los hombros—. ¿Te agradaría ir a dar un paseo por la mañana? Hay unas cuantas yeguas mansas en el establo de mi padre, y podrás escoger la que más te convenga.

La oferta sorprendió a la joven.

—¿Estás seguro de que tu padre no se molestará?

—Absolutamente.

—¿Pero no será peligroso?

Los ojos de Rowland reflejaron confusión durante un breve instante.

—Ah, conque oíste la conversación, ¿eh? Thurston ha estado entrenendo a sus hombres durante varias semanas, pero nadie es tan tonto como para iniciar una guerra en el invierno. El aguardará el clima cálido, o al menos, hasta asegurarse de que puede llevar alguna ventaja. En este momento, no tiene ninguna. Nosostros siempre estamos bien provistos de alimento en invierno, de modo que un sitio no beneficiaría a ningún oponente. Además, Luthor jamás enviaría a sus hombres a luchar en la nieve y Thurston lo sabe.

Brigitte frunció el entrecejo.

—¿No hay forma de resolver este asunto sin una guerra?

—No. Lord Thurston es un hombre codicioso. La codicia le ha llevado a casarse con mi hermanastra Brenda, por quien no siente ningún afecto. El hombre espera recibir más tierras de las que obtuvo, y ahora no se detendrá hasta satisfacer sus expectativas. Deberá morir. Es ésa la única forma de finalizar esta disputa.

La expresión de la joven se tornó aún más sombría.

—Nunca antes he estado en medio de una guerra. Mi padre luchó por su patrimonio, pero todas las batallas de Louroux fueron libradas antes de que yo naciera. Tanto él como mi hermano pelearon en otras guerras, desde luego, pero siempre lejos de Louroux.

—Nunca mencionas a tu hermano —le hizo notar Rowland.

—Porque está muerto —le explicó ella con voz suave—. No me agrada hablar de él.

199

El hombre no supo qué decir, y decidió cambiar de tema.

—Aun cuando te encuentres en medio de nuestra guerra, Brigitte, estarás segura aquí.

—¿Y si Montville es derrotado?

—Eso no es probable, *chérie.*

—Pero tampoco imposible —le hizo notar la joven. Luego, aspiró profundamente y dejó escapar un suspiro— De todos modos, es posible que yo ya no me encuentre aquí cuando comience la batalla. —La severa mirada del muchacho le hizo tartamudear: —Quiero decir, yo...oh, tú sabes a qué me refería.

—No, Brigitte, no lo sé. Si no te encontrarás aquí entonces, ¿donde estarás?

—Tú enviaste un mensajero hacia el conde Arnulf. ¿Acaso necesito explicártelo? —Rowland no respondió, y entonces le tocó a ella lanzar una mirada severa—. Tú enviaste al mensajero, ¿no es verdad?

El muchacho vaciló, pero el temor que súbitamente se reflejó en los ojos de la joven le forzó a asentir con renuencia.

—Sí, así fue.

—Pues entonces, sabes a qué me refiero.

—¿De veras crees que el conde Arnulf podrá apartarte de mi lado?

—El... él te hará ver por fin la verdad —murmuró Brigitte con vacilación.

Rowland se la acercó para acariciarle el mentón altivamente erguido. Sus ojos azules revelaron una marcada nota de pesar.

—¿Tendremos que pasar por todo esto de nuevo, joyita? Preferiría disfrutar del placer de tu compañía sin que una disputa arruine tu dulce carácter.

La muchacha no pudo evitar sonreír. Rowland había visto tan poco de su dulce carácter, que la aseveración le resultaba verdaderamente ridícula. Sin embargo, él estaba en lo cierto. No tenía sentido seguir discutiendo. Pronto, todo habría terminado. La sola idea hizo desvanecer su sonrisa, aunque ella no logró comprender la razón.

Cuando entraron en la sala unos minutos más tarde, Brigitte lanzó una mirada escudriñadora por toda la habitación, según era su costumbre. Debía actuar con cautela frente a Hedda a Ilse, esas inmensas, desagradables mujeres que nunca cesaban de hostigarla. En general, no solía cenar en compañía de esas damas, puesto que ella no era más que una sierva. Pero Amelia era sólo una doncella, de modo que, con frecuencia, Brigitte debía sentarse a su lado y tolerar sus maliciosas miradas.

Esa noche, empero, Amelia no se hallaba ocupando su lugar habitual en la mesa, sino que se encontraba sirviendo ale a un extraño, ubicado junto a Hedda, a la derecha de Luthor.

—Tu padre tiene un invitado —anunció Brigitte a Rowland en voz baja.

El hombre siguió la mirada de la muchacha con los ojos, y entonces se paralizó. Enseguida adoptó una expresión asesina y se llevó una mano a la espada. En el instante siguiente, Brigitte se sobresaltó, cuando el normando se abalanzó de inmediato hacia la mesa del lord. La joven ahogó una exclamación al ver a Rowland levantar al extraño de su silla y arrojarle hacia el otro lado de la habitación. Todos los presentes se incorporaron de un salto y Luthor tomó a su hijo del brazo para detenerle.

—¿Qué significa esto, Rowland? —preguntó el anciano con furia. ¡Era inconcebible que su hijo osara atacar a un invitado!

Rowland forcejeó para soltarse y se volvió hacia su padre con expresión airada.

—¿Acaso Gui no te contó lo que sucedió en Arles?

Luthor entonces comprendió y trató de tranquilizar al muchacho.

—Sí, me dijo que tú y Roger peleasteis, pero esa disputa ya ha quedado terminada.

—¿Terminada? —bramó Rowland—. ¿Cómo podría estar terminada si ese perro infame aún sigue con vida?

—¡Rowland!

—Obviamente Gui no te contó que Roger intentó asesinarme. Me atacó por la espalda, Luthor. El francés le detuvo y por esa razón, trató de matarle a él también.

—¡Mentiras!

Padre e hijo se volvieron hacia el hombre de cabellos dorados.

—¿Quién puede afirmar que te ataqué por la espalda? —preguntó Roger de Mezidon, indignado—. Tu acusación es falsa, Rowland.

—¿Me estás llamando mentiroso, Roger? —inquirió Rowland, deseando encontrar una inmediata razón para luchar contra su eterno oponente.

—Yo no he dicho eso —se apresuró a negar Roger— Sólo creo que puedes estar... mal informado. Avancé hacia tí, pero jamás te hubiera golpeado sin antes advertirte. Estaba a punto de llamarte cuando un francés tonto me atacó y tuve que encargarme de él primero.

—¿Te atacó, dices? —gritó el otro joven con escepticismo—. Impidió que me mataras y casi muere por eso.

—Estás equivocado —afirmó Roger con tono sereno—. No hubo intención asesina.

Luthor se interpuso entre ambos .

—Tenemos una disputa muy difícil de resolver. No permitiré que se desate una pelea cuando la causa es claramente dudosa.

—No hay ninguna duda —declaró Rowland con obstinación.

—Digamos, entonces, que yo tengo dudas —insistió el lord con aspereza—. Aquí queda terminada la disputa, Rowland.

El joven se sintió indignado, pero su padre ya había pronunciado su sentencia y él no podía oponérsele sin avergonzarlo. Empero, tampoco podía permanecer callado.

—¿Por qué está él aquí? ¿Acaso ahora nos dedicamos a alimentar a nuestro enemigo?

—¡Rowland! —exclamó Luthor con exasperación— Roger no será considerado enemigo de Montville hasta que se declare como tal. Jamás haré responsable a un hombre por las acciones de su hermano.

202

—¡Pero él peleará con Thurston en tu contra! —gruñó Rowland.

Roger sacudió la cabeza.

—Yo no tomaré partido entre Luthor y mi hermano. Luthor ha sido como un padre para mí. Aun cuando Thurston sea mi hermano, no me uniré a él.

—Eso dices —se mofó Rowland.

—Yo lo creo —afirmó Luthor—. De modo que no quiero oír una sola palabra más de esto. Durante muchos años, éste ha sido el hogar de Roger. Será bienvenido aquí hasta que haya una verdadera razón para rechazarle. Ahora vamos, sentémonos juntos a comer.

Rowland dejó escapara un ronco gruñido.

—Al menos, intenta mejorar tu ánimo, Rowland —le regañó su padre—. Tienes muy confundida a la encantadora Brigitte con esa terrible actitud.

El hombre se volvió hacia la joven, quien le observaba aturdida y temerosa. Intentó acercársele, pero ella retrocedió, intimidada por la sombría expresión en el rostro del normando. El trató de tranquilizarla, pero no logró siquiera esbozar una sonrisa. Entonces, la muchacha se volvió, para alejarse corriendo de la sala.

—¡Brigitte!

La muchacha se detuvo, pero el corazón no cesó de latirle con violencia.

¿Qué te ocurre, Brigitte? No es mi intención lastimarte —murmuró Rowland, al tiempo que se le acercaba—. Perdóname por atemorizarte.

—No comprendo, Rowland —comenzó a decir ella con vacilación—. Te alteraste de repente... como un enloquecido. ¿Por qué atacaste a ese hombre sin razón?

—Tenía una razón, una muy buena razón. Pero si hablo de ello, temo perder los estribos y atacarle nuevamente. Roger es un viejo adversario.

Brigitte se volvió con curiosidad hacia el muchacho de cabellos dorados, que se encontraba sentado junto a Hedda a la mesa del lord. Era un joven apuesto, de piel bronceada y majestuosamente vestido. Era alto, robusto y de aspecto temible.

203

Rowland siguió con los ojos la mirada de la joven y frunció el entrecejo.

—Roger es imponente. Quizás, estás pensando en usarlo en mi contra, tal como hiciste con Gui.

Brigitte le lanzó una mirada penetrante.

—¡Ya te dije que no fue esa mi intención! —exclamó con rudeza, pero él ignoró el comentario.

—Roger atrae a las mujeres, pese a su mal talante. Aléjate de él —le advirtió con severidad—. Ese hombre no es de fiar.

—No tengo razones para buscarle —afirmó la joven con enfado.

Los ojos de Rowland recorrieron lentamente su figura.

—Pero él tendría un sinfín de razones para buscarte a tí, damisela.

Brigitte se irguió, algo fastidiada.

—No me agrada esta discusión, Rowland. Y ya hemos perdido demasiado tiempo. Iré a buscar tu comida.

—Y la tuya.

—No esta noche —dijo ella con firmeza—. Cenaré con los sirvientes.

—El la tomó de la muñeca.

—¿Por qué?

—Suéltame, Rowland. Hay mucha gente observándonos.

El muchacho la liberó y permaneció inmóvil, contemplando con aire pensativo a la muchacha, que se alejó presurosa. Sacudió la cabeza, confundido ante su humor. A menudo, se había preguntado si en realidad podían existir dos aspectos tan diferentes en Brigitte. Y cuanto más lo pensaba, más advertía que la mujer colérica y regañona que había conocido, podría simplemente ser una dulce dama aturdida y agraviada por las actuales circunstancias. Eso explicaría mucho... demasiado, en verdad.

Rowland rogó estar equivocado y que las cualidades gentiles, dulces y modestas que Brigitte había revelado en esa última semana fueran completamente falsas. De lo contrario, tendría que enfrentar la posibilidad de que ella era en realidad una dama. Y él no deseaba siquiera considerarlo.

25

La gran sala de Louroux se encontraba casi desierta, sombría. El barón, inclinado en su majestuosa silla, ahogaba sus desdichas en un fuerte vino. No había nadie más en la habitación. Quintin de Louroux se hallaba nuevamente en casa, pero su regreso le había provocado un infinito pesar. La razón de su retorno no se encontraba allí para recibirle, y él aún no lograba comprender la causa de esa ausencia. ¡Su hermosa, vital hermana se había confinado en un convento!

No era propio de Brigitte alejarse del mundo para recluirse en un sombrio monasterio. Quintin lo podría haber comprendido si la muchacha le hubiese creído muerto, pero Druoda le había contado que él seguía con vida y, aun así, su hermana había escogido la vida austera. La joven se había marchado sin siquiera esperar a verle, ¿Por qué?

Según Druoda, Brigitte se había tornado vehementemente religiosa poco después de la partida de su hermano hacía el sur de Francia y había comenzado a prepararse para la vida austera mudándose a las chozas de los sirvientes y trabajando sin cesar en las arduas tareas de la mansión.

El hecho más penoso era que la joven no había comentado a nadie en qué monasterio planeaba ingresar.

Podría llevarle años a Quintin encontrarla y, para entonces, la muchacha estaría tan firmemente dedicada a la vida
monacal que le sería imposible convencerla de regresar a
casa.

—Me pidió que te dijera que no la buscaras, Quintin —afirmó Druoda con tono solemne y una expresión tris-
te en sus ojos pardos—. Incluso llegó a comentarme que
adoptaría un nuevo nombre, de modo que jamás lograras
encontrarla.

—¿Acaso no intentaste disuadirla de esta idea? —
inquirió Quintin. La noticia le había perturbado hasta el
punto de irritarle.

—Claro que sí, pero tú sabes lo obstinada que puede ser tu hermana. Incluso le ofrecí buscarle un buen esposo, pero se negó. En mi opinión, la idea del matrimonio
tuvo algo que ver con su decisión. Creo que siente cierto
temor por los hombres.

¿Acaso Druoda había estado en lo cierto? ¿Temía
Brigitte al matrimonio?

—Jamás deberías haberle permitido la elección de
un esposo, Quintin —había agregado Druoda—. Debiste
haber insistido en que se desposara mucho tiempo atrás.

Ahora el muchacho se sentía abrumado por los
remordimientos. Si hubiese buscado un buen esposo para
su hermana antes de marcharse, la muchacha se encontraría
en casa, desposada y esperando un hijo probablemente.
Como estaban las cosas, Brigitte nunca experimentaría la
dicha de la maternidad, jamás conocería el amor de un
hombre devoto.

Quintin volvió a beber de la botella, ignorando ya
las copas. Los otros dos botellones de vino se encontraban vacíos sobre la mesa. Allí también se hallaba el copioso banquete preparado especialmente por su tía, pero el
muchacho no sentía deseos de comer y, de tanto en tanto,
arrojaba trozos de carne a los tres galgos que yacían a sus
pies. Al regresar a casa, el joven había encontrado ence-
rrados a los perros, una costumbre totalmente inédita en
Louroux. Empero, no era ése el único cambio. Los sirvientes se habían visto complacidos al verle, pero ya no

parecían tan alegres como siempre. Muchos habían intentado hablarle en privado, pero Druoda se había encargado de ahuyentarles, alegando que no deseaba ver perturbado a su sobrino.

Quintin no había visto más que a su tía a partir de su llegada a Louroux esa misma tarde. Al enterarse de la ausencia de su hermana, el muchacho se había encerrado en la sala, para gruñir a cualquiera que intentara entrar. Ya era tarde y se sentía exhausto, aunque totalmente despierto. Ni siquiera el vino parecía ayudarle, y comenzó a preguntarse cuántas botellas debería beber para conciliar el sueño.

Habría mucho que hacer por la mañana y necesitaba un descanso. De inmediato, iniciaría la búsqueda de Brigitte. Podría haber comenzado ese mismo día si sus hombres no hubiesen estado tan atareados en su enfrentamiento con una banda de maleantes. Dos de sus soldados habían sido heridos, pero no había tiempo de pensar en ello. Tenía que decidir cuáles de sus hombres llevaría consigo en la expedición y qué dirección tomaría. Había, sin embargo, un eslabón perdido; algo que podría facilitarle la búsqueda, pero no lograba descubrirlo. Tal vez, no se encontraba tan despierto como creía.

Y entonces, un súbito pensamiento le asaltó. ¡Desde luego! Brigitte no podía haber abandonado sola Louroux. Alguien tendría que haberla escoltado. Y, con seguridad, ese hombre conocería su paradero. ¡Druoda, sin duda, sabía la identidad de la escolta! Ante la idea, Quintin se puso de pie. Pero se tambaleó y volvió a caer sobre su silla, dejando escapar un gruñido, puesto que su cabeza parecía a punto de estallar.

—Milord, ¿me permitiríais hablar unas palabras con vos?

Quintin entrecerró los ojos, intentando mirar entre las sombras, pero no logró ver a nadie.

—¿Quién anda ahí?

—Eudora, milord —respondió la joven con timidez.

—Ah, la hija de Althea. —El muchacho se reclinó sobre el respaldo. —Y bien, ¿donde estás? Acércate.

Una forma pequeña surgió de la escalera, vacilante, y tras detenerse un instante, comenzó a avanzar. Las diminutas velas de la mesa titilaron sobre el cuerpo de la muchacha, haciendo que Quintin divisara dos, no, tres figuras danzando delante de sí.

—¡Quédate quieta, muchacha! —le ordenó el muchacho con rudeza.

—Eso... eso hago, milord.

—¿Qué es esto? —El frunció el entrecejo. —Pareces atemorizada. ¿Te he maltratado alguna vez, Eudora? No tienes razón para temerme.

La muchacha se retorció nerviosamente las manos.

—Traté de hablaros antes, milord, pero vos... vos me arrojasteis un trozo de queso y me ordenasteis que saliera.

Quintin soltó una breve risita.

—¿En serio? Temo que no lo recuerdo.

—Estabais muy perturbado, y es natural, considerando lo que sucedió en vuestra ausencia.

El hombre dejó escapar un profundo suspiro.

—Dime, Eudora, ¿por qué lo hizo?

—No me corresponde a mí hablar mal de vuestra tía —respondió la joven con inquietud.

—¿Mi tía? Yo me refería a mi hermana. Pero supongo que tú desconoces la razón. ¿Dónde está Mavis? Ella era íntima amiga de Brigitte. Sin duda, sabe por qué mi hermana tomó esta decisión.

—¿Acaso no fuisteis informado? —preguntó Eudora, sorprendida—. Mavis murió.

Los ojos de Quintin se entrecerraron.

—¿Mavis? ¿Cómo sucedió?

—Vuestra tía la expulsó de aquí y, ese mismo día, fue asesinada en la ruta... por unos ladrones. Aunque, a veces, me pregunto si fueron realmente ladrones quienes la mataron.

El hombre observó fijamente a la muchacha, y su embriaguez pareció desvanecerse de repente.

—¿Con qué derecho hizo mi tía semejante cosa?

—La mujer se proclamó ama de Louroux tan pronto como recibió la noticia de vuestra muerte.

El joven pareció perturbado por el comentario.

—Quieres decir que fue nombrada tutora de Brigitte, ¿no es así?

La inquietud de Eudora aumentó.

—Oh, no, milord, no su tutora. El conde de Berry jamás fue informado de vuestra muerte.

Quintin se enderezó súbitamente en su asiento.

—¿Cómo es posible?

—Druoda le ocultó la noticia. Y no permitió que Brigitte abandonara Louroux para llevarle el mensaje. Incluso los vasallos se negaron a ayudar a vuestra hermana, puesto que todos suponían que Druoda y su esposo pronto se convertirían en tutores de milady. Todos siguieron únicamente las órdenes de Druoda. Ni siquiera Walafrid osó discutir las acciones de su esposa.

—¿Te das cuenta de lo que estás diciendo? —preguntó Quintin con voz grave y ofuscada.

Eudora retrocedió con nerviosismo.

—Es la verdad, milord, os lo juro. Creí que, sin duda, Druoda ya lo había confesado todo, de otro modo, jamás me hubiese atrevido a presentarme ante vos. Todos aquí saben cómo trató esa mujer a vuestra hermana... es absurdo que ella esperara mantener el secreto frente a vos.

—Mi tía no me dijo nada de eso.

—Entonces, lo siento. No vine aquí para difamar a Druoda. Sólo me acerqué para averiguar si sabía qué sucedió con lady Brigitte. He estado muy preocupada. La muchacha ya debería haber regresado.

—¿Regresado? ¿Qué estás diciendo, Eudora? —preguntó Quintin con lentitud—. Tal vez, será mejor que me cuentes todo lo que sabes acerca de mi hermana.

Eso hizo la joven; primero, con tono vacilante y luego, con increíble prisa.

—Brigitte trató de escapar y lo hubiera logrado si el normando no la hubiera encontrado.

¿Qué normando?

—El que vino aquí buscando al ama de Louroux —explicó la muchacha.

—¿Rowland de Montville?

211

—Sí... creo que ése era su nombre. Brigitte partió con ese caballero normando.

—Entonces, eso lo explica todo —asintió Quintin— Ya ves, Rowland de Montville vino a anunciar que yo seguía con vida.

—Pero nosotros no fuimos informados hasta una semana más tarde —se apresuró a explicar Eudora—, y lady Brigitte jamás se enteró. Estoy segura de ello. —Hizo una pausa, para luego agregar con vehemencia: —Lo que no entiendo es cómo Druoda podía pretender ocultaros todo esto... —De pronto, se detuvo para mirar con ojos azorados a los tres perros que se encontraban a los pies del barón—. ¿Qué sucede con vuestros galgos, milord? —inquirió con tono susurrante.

Quintin se volvió hacia los perros, que, tendidos, intentaban en vano levantarse. El muchacho observó los animales primero y luego, los trozos de carne que él mismo les había arrojado. Poco a poco, todo se aclaró, y Quintin echó una mirada al copioso banquete preparado especialmente por su tía.

—El galgo negro parece demasiado quieto, milord —comentó Eudora con voz trémula.

—Me temo que he envenenado a mis propios perros —dijo Quintin con tono calmado.

—¿Vos?

—Los alimenté con la comida especialmente preparada para mí —explicó el muchacho de modo tétrico— Al parecer, el propósito era que yo cesara de respirar.

—¿Probasteis vos esa comida? —inquirió Eudora, horrorizada.

—Ni un bocado. Sólo el vino.

—Ella... ella trató...

—... de matarme —concluyó Quintin con vehemencia—. La hermana de mi madre. De mi propia sangre. Es obvio ahora por qué razón no confesó sus maldades y suplicó mi indulgencia. Si no moría yo con esta cena, hubiese intentado envenenarme mañana. Y hubiera llegado a lograrlo, puesto que yo jamás hubiese sospechado sus negros propósitos. Eudora, me has salvado la vida al venir aquí. ¡Maldición! ¿Qué esperaba ganar mi tía con tanta maldad?

—Con vuestra hermana ausente y vos muerto, milord, ¿no podría ella haberse proclamado ama de Louroux? —sugirió la muchacha.

Quintin exhaló un suspiro.

—Supongo que Arnulf no dudaría en concederle tal privilegio, puesto que la mujer lleva mi sangre. ¡La muy perra!

Mi Dios... ¿donde está Brigitte? Si Druoda es capaz de matarme, ¡podría también tratar de asesinar a mi hermana!

—No lo creo milord. Lady Brigitte partió con el normando. Parecía bastante segura.

—Pero, ¿dónde la ha llevado Rowland? —gimió el muchacho—. Juro que si Druoda no puede decirme dónde encontrar a Brigitte, ¡la asesinaré con mis propias manos!

Quintin se alejó con paso airado de la sala, ya completamente sobrio, sintiendo que una helada ola de ira invadía todo su ser.

26

—¡Regrésame!

El angustiado grito hizo que Brigitte abriera súbitamente los ojos y se volviera en la gigantesca cama para observar a Rowland. El muchacho se hallaba dormido, pero hablaba... de hecho, suplicaba.

—¡Regrésame!

Rowland giró la cabeza de lado a lado y se sacudió violentamente bajo las mantas. Con una mano, golpeó el pecho de Brigitte, y la muchacha ahogó una exclamación y se sentó para codearlo en el hombro.

—¡Despierta! —Los ojos del hombre se abrieron para mirarla, y ella prosiguió con irritación—. Ya bastante tengo con tus malos modales cuando estás despierto. No necesito que me maltrates mientras duermes.

—Maldición, mujer —dijo él con un suspiro de indignación—. ¿Qué he hecho ahora?

—Primero, me despertaste con tus gritos y luego, me golpeaste, ¿Acaso era tu sueño tan perturbador?

—Ese sueño es siempre perturbador. Nunca he logrado comprenderlo. —El hombre frunció el entrecejo en medio de las penumbras.

—¿Ya has tenido antes este sueño? —preguntó la joven sorprendida.

—Sí. Me ha perseguido desde que tengo memoria. —Sacudió la cabeza. —Dijiste que había gritado. ¿Cuáles fueron mis palabras?

—Regrésame. Lo dijiste con tono desesperado, Rowland.

El volvió a suspirar.

—En el sueño, sólo hay rostros, el de un joven y una mujer, a quienes no logro reconocer. Los veo por un tiempo, y cuando ya no puedo divisarlos, experimento una terrible sensación de pérdida, como si me estuvieran arrebatando todo aquello que más quiero.

—¿Pero no sabes qué es?

—No. Jamás he valorado nada hasta el punto de temer perderlo. —Lanzó a la joven una mirada extrañamente tierna,— Hasta ahora.

Brigitte se ruborizó y apartó la mirada.

—Puede que olvides antes tu sueño si ya no hablamos más del tema.

—Ya lo he olvidado —aseguró él con una sonrisa, al tiempo que deslizaba un dedo por el brazo desnudo de la muchacha.

Ella se apartó.

—Rowland...

—¡No! —El muchacho le rodeó la cintura con un brazo para mantenerla a su lado, y los ojos de la joven se dilataron de terror. El, entonces, suspiró—. Ah, Brigitte, déjate llevar por tus sentimientos.

—¡Eso hago! —exclamó ella.

Rowland presionó el delicado cuerpo de la joven sobre la cama y se le acercó para hablarle con tono susurrante.

—Mientes, joyita. Mi galanteo no te fastidia en absoluto. Si fueras honesta, admitirías que te agrada que haga esto. —Le acarició dulcemente un pecho a través del fino lino de la sábana.— Y esto.—Se inclinó para acariciar los labios de la muchacha en un tierno beso.— Y...

—¡No! —Brigitte le sujetó la mano antes de que ésta trepara por entre sus muslos—. ¡Deténte!

Los ojos de Rowland ardieron de deseo al observar a la joven, y ella le tomó el rostro entre las manos.

216

—Por favor, Rowland. No lo arruines todo.

—¿Arruinar?

Pese a los esfuerzos de la joven para detenerle, él volvió a besarla, esta vez, con pasión. Pero entonces, la liberó abruptamente y se enderezó.

—Lo único que me agradaría arruinar es tu decisión de permanecer impasible frente a mis caricias, pero sé que deseas continuar con esa farsa de indiferencia.

Brigitte permaneció en silencio, puesto que algo se había despertado en su interior al recibir el apasionado beso del joven. ¿Acaso él había llegado a percibirlo? ¿Era Rowland consciente de que, si hubiese continuado besándola, ella ya no habría protestado? De hecho, se sentía algo desilusionada ante la pronta rendición del normando. ¿Qué le estaba sucediendo? ¿Se habría tornado lasciva sin notarlo?

—¿Estás enfadado conmigo? —le preguntó con tono vacilante, rogando una respuesta negativa.

—Enfadado, no. Decepcionado, tal vez, y bastante frustrado, pero no enfadado. Supongo que necesitas tiempo para acostumbrarte a mí.

—Eres muy generoso, milord —afirmó la muchacha con sarcasmo, ya tan frustrada como él—. Continúa dándome tiempo, y me habré marchado antes de acabar con tu paciencia.

Demasiado tarde advirtió la joven la implicación de sus palabras y, entonces, se ruborizó y comenzó a tartamudear, pero las carcajadas de Rowland sofocaron sus murmullos.

—¡Conque así es! Entonces parece que fastidio a ambos con mi paciencia, ¿eh?

—No, Rowland —se apresuró a negar Brigitte—. Me has interpretado mal.

—No lo creo así. —El muchacho esbozó una amplia sonrisa.

De inmediato, él se le acercó, pero ella se levantó de la cama y corrió hacia sus ropas para vestirse con increíble prisa. Tras colocarse la túnica amarilla, echó una mirada vacilante a Rowland, quien continuaba sentado sobre el lecho, sacudiendo la cabeza.

—Muy bien —concluyó él, al tiempo que tomaba sus ropas—. Pero algún día, aprenderás que las relaciones entre un hombre y su esposa deben ser íntimas y frecuentes, no sólo de vez en cuando. —Hizo una pausa, para luego agregar con dulzura: Nosotros podríamos alcanzar tal intimidad.

—¿Me estás proponiendo matrimonio?

La mirada del hombre fue tan intensa y prolongada que la joven comenzó a sentirse inquieta.

—¿Acaso aceptarías?

—Yo...

Brigitte frunció el ceño, consternada. El impulso de arrojar al aire la cautela y responder afirmativamente era casi irresistible, pero logró controlarse.

—Claro que no aceptaría —respondió con terquedad.

Rowland se encogió de hombros.

—Entonces, sería muy tonto en proponértelo, ¿no crees?

Ella se volvió, profundamente herida. En realidad, el tema no interesaba a Rowland. El matrimonio no significaba nada para él. Tal vez ella no significaba nada para él.

Caminó con paso firme hacia la puerta y, tras llamar a Wolff con un chasquido, se marchó sin aguardar al normando. Oh, ¿por qué se había dejado convencer de pasar la noche en ese cuarto?

¡Maldición! No había término medio para ese hombre. O bien mantenía ocultas sus emociones o las sacaba a relucir con increíble frenesí. ¿Cuáles eran los verdaderos sentimientos de Rowland? ¿La echaría de menos cuando ella se hubiese marchado? Pero Brigitte ni siquiera osaba formularse la pregunta.

218

27

Cabalgar en la helada mañana con Rowland era vivificante. El viento frío azotaba las mejillas rosadas de Brigitte, pero la muchacha disfrutaba el paseo y se sentía reanimada.

Ya se acercaba el mediodía cuando regresaron a la mansión. Rowland se detuvo unos minutos en el establo y Brigitte se dirigió sola a la habitación del hombre, para sentarse a coser... y a meditar.

Cuando se abrió la puerta, la joven sintió alivio al interrumpir sus perturbadores pensamientos. Pero, entonces, advirtió que no era Rowland sino Roger de Mezidon quien había entrado en la recámara como si le perteneciera. Tras cerrar la puerta, el muchacho atravesó la habitación para detenerse a unos pocos pasos de Brigitte, quien, sorprendida, intentó descubrir la razón de esa visita, pero sólo la advertencia de Rowland acudió a su mente. Al percibir la ardiente mirada de los azules ojos de Roger, la muchacha se percató de cuánta verdad habían encerrado aquellas palabras.

—Eres tan encantadora como recordaba —comentó él con tono congraciador.

El halago inquietó a la joven.

—No deberías estar aquí, sir Roger.

219

—Ah, eso ya lo sé.

—Entonces, ¿por qué...?

—Tu nombre es Brigitte —la interrumpió el muchacho, dando un paso adelante—. Un antiguo nombre francés... te sienta bien. Me han hablado mucho de tí.

La segura actitud y la familiaridad de ese hombre disgustaron a la muchacha.

—No me interesa lo que te hayan dicho de mí —le aseguró con tono severo, feliz de que Wolff se encontrara tendido bajo la cama de Rowland.

—Tu tono me lastima, damisela. Supongo que Rowland te advirtió en mi contra, ¿no es verdad?

—El cree que has puesto tus ojos en mí y abriga la idea de un estupro.

—Ah, damisela, ¿por qué dices semejante cosa? No hay necesidad de pregonarlo.

Brigitte se incorporó instantáneamente, alarmada.

—¿Quieres decir que Rowland tiene razón?

Roger se le acercó lo suficiente para acariciarle la mejilla.

—Estoy aquí, ¿no? —le dijo como respuesta, y soltó una breve risita cuando la muchacha dio un paso atrás—. Te busqué mucho anoche, hasta que por fin me di cuenta de que Rowland no sería capaz de dejar tan valioso premio fuera de su alcance. El hombre es en verdad afortunado, pero ya es hora de que comparta conmigo algo de su suerte.

—¡Jamás permitiré que me toques! —exclamó la joven con rudeza.

Sin embargo, Roger no se dejaría vencer tan fácilmente. Extendió los brazos para estrecharla, pero ella le apartó la mano de una bofetada. De inmediato, el hombre la tomó de la nuca y, antes de que la muchacha pudiera protestar, le cubrió la boca con una beso.

Brigitte, aturdida, se demoró en reaccionar. El beso no le resultó desagradable, pero no llegó a conmoverla. Si hubiese percibido un temblor en las rodillas, una rápida agitación en el estómago o apenas una vibrante sensación, probablemente habría permitido que él continuara besándola, agradecida ante el descubrimiento de que no era Rowland el único que podía perturbarla. Pero no era ése el caso, y por fin la muchacha trató de apartar a Roger. Él, sin embargo, sólo la estrechó con más fuerza, sujetándole la cabeza con ambas manos para seguir apoderándose de sus delicados labios.

Brigitte no alcanzó a perder la calma. La larga aguja que aún sujetaba en la mano era justo lo que necesitaba. De inmediato, clavó el filoso extremo en el brazo del hombre, sin imaginar que provocaría tan sorprendente reacción: él retrocedió de un salto, y la aguja desgarró la larga manga de su túnica, dibujando en la piel una marcada línea color carmesí.

Durante un instante, ambos parecieron hipnotizados por el flujo de sangre. Entonces, los ojos de Roger se volvieron hacia la joven, y ella se estremeció ante tan furibunda mirada. En ese momento, Brigitte pudo imaginar a ese hombre valiéndose de deshonrosos medios para asesinar a un hombre. Había en él algo perverso y, atemorizada, la muchacha retrocedió rápidamente para colocar una silla entre ambos.

—No tienes que huir de mí, damisela. —La sombría expresión en el rostro de Roger contradijo su suave tono de voz. —Sólo me has rasguñado. Tus uñas podrían causar mucho más daño... y juro que te daré oportunidad de usarlas.

—Cometes un error, sir Roger. Rowland te matará por eso.

El muchacho enarcó una ceja.

—¿Acaso tú se lo contarías? ¿Osarás confesarle que te he poseído? ¿Crees que te seguirá queriendo después de eso?

—¿Y piensas acaso que seguirás con vida para averiguarlo? —replicó ella con otra pregunta—. Rowland se valdrá de la más insignificante razón para desafiarte. ¿No adviertes acaso con cuánta desesperación desea matarte? No sé exactamente por qué, pero ahora estoy segura de que eres merecedor de todo su odio.

—¡Vulgar ramera! —siseó Roger.

221

No bien él comenzó a acercársele, Brigitte, sin pensarlo un instante, soltó un grito para llamar a Wolff. La inmensa bestia salió de su escondite bajo la cama y saltó en el aire, arrojando a Roger de espaldas contra el suelo. El animal se lanzó hacia el cuello del hombre y el fornido joven no pudo más que contenerlo.

—¡Quítame a este monstruo de encima! Por amor de Dios, mujer! ¡Quítamelo!

La joven vaciló lo suficiente para aterrorizar a Roger y luego, llamó a Wolff con renuencia. El perro obedeció, y ella se arrodilló para acariciarlo, sin apartar un ojo cauteloso del hombre, que ya comenzaba a levantarse lentamente.

El le lanzó una mirada de asombro.

—Estás loca al tirarme ese horrible monstruo encima. ¡Podría haberme matado!

—Oh, sí, sin duda, lo hubiera logrado fácilmente —asintió Brigitte con un dejo de malicia—. Tal vez, debería habérselo permitido. Ya antes ha matado a otros hombres que intentaron atacarme. Y, con seguridad, también hubiese disfrutado esta vez. Es totalmente salvaje, ¿sabes?

—¡Santo Dios! ¡Eres tan pagana como Rowland!

—¿Y qué eres tú, noble lord? —replicó ella con desdén—. ¿Acaso no viniste aquí para atacarme? Supongo que no ves nada de malo en aprovecharte de una mera sierva, ¿eh? ¡Puerco! —exclamó con furia.

—Eres muy osada, arpía mujerzuela —gruñó el hombre con un amenazador brillo en los ojos.

—¿Eso crees? —Brigitte soltó una áspera risotada, ya no más temerosa de ese hombre. —Soy osada porque así lo exige mi estirpe. ¿Dijiste que te habían hablado de mí? Pues bien, con seguridad, fuiste mal informado, puesto que nadie aquí conoce mi verdadera identidad. Yo soy Brigitte de Louroux de Berry, hija del difunto barón de Louroux, ahora pupila del conde de Berry y heredera de Louroux y todos sus dominios.

—No pudiste resistirte a decírselo, ¿eh?

Roger y Brigitte se volvieron sorprendidos para encontrar a Rowland junto a la puerta con una inescrutable expresión en el rostro.

—Si has estado allí lo suficiente, Rowland, entonces sabrás que sólo estaba explicando a sir Roger la razón de mi osadía al llamarle "puerco".

La muchacha habló con tanta calma y sencillez, que Rowland no pudo sino soltar un estallido de risas.

—¿Es verdad lo que esta joven afirma, Rowland? —preguntó Roger—. ¿Pertenece de veras a la nobleza?

La respuesta de Rowland asombró a la joven.

—Ella es todo cuanto afirma ser.

—Entonces, ¿por qué finge ser una sierva? ¡Es ultrajante!

—¿Te sientes ultrajado, Roger? —inquirió el otro joven con calma, mientras se paseaba lentamente por la habitación—. ¿Deseas, tal vez, desafiarme por el honor de la dama?

Roger titubeó, tratando de evitar la mirada del otro hombre. Brigitte creyó verle empalidecer. Rowland no se encontraba tan sereno como aparentaba. De hecho, parecía una bestia enjaulada. No había temor en él, sólo expectación. Deseaba que el otro le desafiara... lo deseaba con desesperación.

—¿Y bien, Roger?

—No te desafiaré, Rowland, no aquí en tu casa. Sé que crees poseer el derecho moral de matarme y la ira aumentaría tus fuerzas. Pero estás equivocado conmigo, Rowland.

—No te creo.

—Aun así, no soy tan tonto como para pelear en tu contra ahora. Sólo sentí curiosidad de saber por qué la dama se encuentra aquí con una identidad falsa.

Brigitte habló impulsivamente.

—Eso no te concierne, sir Roger.

—Bien dicho, Brigitte —asintió Rowland con tono helado—. Pero, ¿no crees que deberíamos aclarar las dudas de este buen amigo? Después de todo, se merece algo más por sus esfuerzos que ese leve rasguño en el brazo.

—Echó una penetrante mirada al joven—. ¿Cómo fue que recibiste ese rasguño, Roger? ¿Acaso milady se vio forzada a defenderse? ¿Es por eso que te llamó cerdo?

La muchacha se interpuso de inmediato entre ambos jóvenes.

—Suficiente, Rowland. Sé a dónde quieres llegar, pero no permitiré que me uses de esa forma.

—Estabas muy perturbada cuando llegué —le recordó él con tono severo—. ¿Por qué razón?

—Me sentí agraviada por la actitud de sir Roger... muy semejante a la tuya —respondió la joven con mordacidad, y se complació al ver al muchacho estremecerse.

Entonces, Roger atrajo su atención con una elocuente reverencia.

—De haber sabido que eras una dama, damisela, jamás me hubiese atrevido a ofenderte.

—Esa no es excusa, sir Roger —dijo Brigitte con frialdad.

—¡Fuera de aquí, Roger! —bramó Rowland con una violenta expresión en los ojos—. Me encargaré de ti mas tarde si milady no tiene una inocente justificación para explicar por qué te hirió. Por el momento, sólo te advertiré que jamás vuelvas a acercártele.

Roger abandonó de inmediato la habitación.

Brigitte se sentía furiosa con Rowland, puesto que había intentado utilizarla como excusa para asesinar a un hombre.

—Milady, ¿eh? ¿Y desde cuándo lo soy para tí? —inquirió tan pronto como Roger hubo cerrado la puerta—. ¿Me crees por fin o fue sólo una farsa frente a él?

—¡Primero responderás a mi pregunta, Brigitte!

—¡No! —exclamó ella con obstinación.

Rowland desvió la mirada.

—Muy bien. Sí, fue sólo una farsa. ¿Hubieras preferido que te llamara mentirosa frente a Roger?

—Hubiera preferido que tus motivos no fueran tan detestables —respondió la joven, decepcionada—. Deseabas que te desafiara para poder luchar en su contra.

—¡Eso no lo niego! —gruñó él, mirándola fijamente con expresión sombría—. Cuando le vi contigo, sentía deseos de despedazarle. Sin embargo, no quería que te sin-

224

tieras culpable por su muerte. Si Roger me desafiaba, sólo él sería responsable.

—Estás exagerando, Rowland —afirmó Brigitte, cada vez más irritada—. Roger sólo me besó y, por eso, recibió lo que merecía.

El hombre se volvió y comenzó a caminar hacia la puerta.

—¡Rowland! —le llamó la joven—. ¡Me alegra que lo haya hecho!

El se detuvo, permaneció inmóvil un instante y luego, se volvió lentamente para enfrentarla.

—¿Acaso le provocaste? —preguntó con voz baja.

—No.

—Pero el beso te agradó.

—¿Crees que le hubiera detenido si me hubiese agradado? —inquirió ella con irritación—. Sólo dije que me había alegrado de que eso sucediera. Ese beso me demostró algo.

—¿Qué?

Ella bajó los ojos y susurró con una voz apenas audible.

—No me conmovió.

Ese breve comentario reveló a Rowland mucho más que un millar de palabras. El muchacho comprendió. Sólo él era capaz de conmoverla. No Roger. Ni, tal vez, ningún otro hombre. Y que ella hubiese llegado a admitirlo...

Se acercó lentamente a la muchacha, le tomó el rostro entre las manos y la besó con dulzura. Brigitte sintió un temblor en las rodillas, una agitación en la boca del estómago; todo su cuerpo vibró. Y cuando Rowland la alzó entre sus brazos para llevarla hasta la cama, ella no protestó. Esa noche, un mismo anhelo les unía.

La joven deseaba a ese hombre. Y sólo ese irresistible deseo ocupó sus pensamientos mientras él le quitaba el vestido con impaciencia para tocar su piel desnuda. Un hombre fuerte, espléndido; un hombre dulce y violento y vengativo; el único hombre que deseaba abrazar, acariciar, saborear. Y cuando el muchacho la elevó lentamente hasta ese glorioso momento de éxtasis, la muchacha, por un instante, se preguntó si se había enamorado de Rowland de Montville.

28

El día amaneció con un sol brillante, un motivo de alegría en esas heladas mañanas. No bien Rowland hubo abandonado la sala para realizar sus ejercicios matutinos en el patio, Brigitte salió en busca de Goda, quien se encontraba en la despensa, desollando un conejo para la comida.

—Necesitaría tu ayuda si estás dispuesta, Goda —le pidió Brigitte, al tiempo que se sentaba sobre el banco junto a la muchacha—. Rowland insiste en que deje de coser para él por un tiempo y haga un vestido para mí. Pero necesito ayuda para cortar el género.

—Te ayudaré con agrado, ama, tan pronto como termine aquí. Lady Hedda me impuso esta tarea y no me atrevo a abandonarla hasta haber finalizado.

La mención de la madrastra de Rowland despertó la reprimida curiosidad de Brigitte.

—¿De veras Hedda odia a Rowland? El así lo afirma, pero lo encuentro difícil de creer.

—Oh, ciertamente. Siempre ha sido de ese modo. Sir Rowland ha llevado una vida muy dura aquí. Me entristece pensar todo lo que ha sufrido cuando era niño.

—Háblame de su infancia ¿Te encontrabas tú aquí?

—Entonces, yo era demasiado pequeña para servir

en la mansión, pero mi madre sí trabajaba aquí. Oh, cuántas historias traía ella a mi casa de la aldea. En esa época, yo creía que mamá sólo inventaba esos cuentos para atemorizarme y obligarme así a ser buena. Me sentí horrorizada más tarde cuando me enteré de que todas eran verdaderas.

—¿Qué historias?

—Historias de cómo trataba lady Hedda al pequeño niño —respondió Goda y enseguida, enmudeció, al tiempo que desechaba el pellejo del conejo y tomaba una cuchilla.

—¿Y bien? —preguntó Brigitte con impaciencia—. No te detengas ahora.

Goda miró en derredor con nerviosismo antes de responder.

—Lady Hedda aprovechaba cualquier oportunidad para golpearle y ni siquiera buscaba una razón cuando lord Luthor no se encontraba cerca. Ilse y lady Brenda eran como su madre, si no peor. Un día, encontraron a lady Brenda azotando al niño con un látigo. El muchacho estaba sangrando e inconsciente, pero, aún así, ella continuaba golpeándole.

—¿Por qué? —inquirió Brigitte, horrorizada.

—El había osado llamar "hermana" a lady Brenda.

—¡Santo Dios!

Goda esbozó una débil, comprensiva sonrisa.

—El hombre ha llevado una vida muy dura aquí. Una vez que creció con suficientes fuerzas para defenderse de las damas, tuvo que lidiar con su padre. Y mi lord Luthor es el maestro más exigente y riguroso que existe. Si Rowland no era capaz de aprender con rapidez las habilidades que su padre le enseñaba, recibía severos golpes por su fracaso. Y también estaban aquí los otros muchachos mayores, a quienes tenía que enfrentarse.

Brigitte guardó silencio, mientras observaba a Goda trabajar. Una inmensa tristeza la embargó al pensar en la terrible vida de Rowland. Sintió compasión por el pequeño niño que había sido tan maltratado. Más que nunca, apreciaba ahora el aspecto dulce de Rowland que ella había llegado a conocer. Era increíble que el hombre hubiese aprendido a demostrar una cuota de ternura.

Unos instantes más tarde, Brigitte y Goda se encontraban atravesando la sala, ansiosas por emprender la tarea de cortar la tela para los nuevos vestidos. Brigitte se hallaba tan enfrascada en sus meditaciones, que casi no advirtió cuando llegaron a las escaleras que conducían al piso superior. Pero entonces, se detuvo cuando una estridente voz interrumpió sus pensamientos.

—¿A dónde crees que vas?

Una expresión de terror se reflejó en el rostro de Goda. Brigitte se volvió para encontrar a Hedda caminando con paso firme hacia la escalera. Ilse la seguía y, más atrás, lse acercaban su doncella y Amelia.

—¿Y bien? —preguntó Hedda, al tiempo que se les aproximaba con las manos en sus huesudas caderas y una expresión severa en los ojos—. ¡Responde!

Goda empalideció, consciente de las consecuencias que seguirían a ese suceso.

—Yo...yo...

La muchacha no logró culminar su frase, y Brigitte se enfureció al ver a su amiga tan atemorizada.

—Goda me estaba acompañando hacia la recámara de mi amo —informó con tono brusco, sin ocultar su desagrado por la madrastra de Rowland.

—¿Por qué razón? El no necesita una sierva. Ahora ya la tiene.

El menosprecio de la dama irritó a la joven y las risitas ahogadas de las otras tres mujeres la enfurecieron, pero logró controlar su arrebato de ira.

—No fue sir Rowland sino yo quien requerí la ayuda de Goda —explicó con calma.

La súbita reacción de Hedda la sorprendió.

—¡Tú! —bramó la mujer— ¡Por todos los cielos! Por amor de Dios...

—Señora, no tienes razón para comportarte como si se hubiese cometido un crimen —la interrumpió Brigitte con tono severo—. Sólo supliqué a Goda me dispensara un minuto de su tiempo. La muchacha ya había terminado su tarea. No la estaba apartando de sus obligaciones.

—¡Silencio! —gritó Hedda con furia—. Las obligaciones de Goda nunca culminan. Su tiempo no le pertenece. Ella me sirve a mí y a todos los que yo le ordene servir... ¡pero, ciertamente, no a la prostituta de un bastardo!

Brigitte soltó una exclamación. No se hubiese sorprendido más si la dama la hubiera abofeteado. Las tontas risitas de las otras tres mujeres retumbaron con más y más intensidad en el interior de su cabeza, y notó que todas se estaban divirtiendo con la escena.

—¡Goda! —exclamó Hedda—. Vuelve a tu lugar de trabajo. Me encargaré de ti más tarde.

La muchacha se marchó corriendo de la sala con lágrimas en los ojos. Brigitte la observó partir, sabiendo que se sentiría responsable si castigaban a su amiga. Sin embargo, ¿había hecho acaso algo tan terrible? Hedda había estado esperando una oportunidad para infligir su crueldad.

—¡Y Tú! —La dama se volvió una vez más hacia Brigitte. —Vete de aquí. Estoy obligada a tolerar tu presencia cuando te encuentras cerca del bastardo, pero no de otro modo.

La joven se irguió con arrogancia, sintiendo un irresistible deseo de golpear a la vieja bruja. Aún así, mantuvo la calma cuando habló.

—Tú, señora, tienes los modales de una vaca. —Hedda enrojeció y comenzó a farfullar, pero Brigitte prosiguió—. ¡Y cualquiera que te llame dama lo hace sólo para burlarse!

La muchacha se volvió, pero antes de que alcanzara el primer peldaño de la escalera, la mano corva de Hedda la tomó del hombro y la forzó a girar. La mujer la abofeteó con tanta violencia, que la cabeza de Brigitte se sacudió. Las delicadas mejillas de la joven ardieron con la marca de tan salvaje castigo, pero ella no se inmutó. Permaneció inmóvil, indignada y desafió a la dama con una expresión despectiva en los ojos.

El desdén de Brigitte provocó un alarido de Hedda, habituada a sirvientes que se arrojaban temerosos a sus pies ante el menor arrebato de cólera. Con el rostro morado, la mujer volvió a alzar la mano, pero ésta fue súbitamente sujeta por detrás. Enseguida, Hedda fue lanzada hacia el grupo de damas que la secundaban. Las cuatro mujeres cayeron sobre las alfombras al recibir el impacto del su cuerpo.

Repantigada sobre el suelo, azorada, Amelia fue la primera en levantarse y huir, Ilse y su doncella se pusieron entonces de pie y corrieron fuera de la sala sin siquiera mirar atrás. Hedda se incorporó dificultosamente y se volvió para enfrentar a Rowland, que la miraba con expresión furibunda.

—Si alguna vez vuelves a poner las manos encima de Brigitte, ¡te mataré, vieja bruja! —le advirtió el muchacho con una voz capaz de helar la sangre de la dama—. ¡Arrebataré esa depravada vida de tu cuerpo con mis propias manos! ¿Está claro?

En respuesta, Hedda soltó un violento alarido. En pocos instantes, los caballeros, escuderos y pajes se acercaron corriendo desde el patio, y un sinfín de sirvientes aparecieron de todos los rincones de la sala. Brigitte ascendió nerviosa las escaleras y se ocultó entre las sombras, aterrorizada. ¿Estaba esto sucediendo por su culpa?

Nadie se aproximó a los dos combatientes una vez que advirtieron quién se hallaba enfrentando al ama. De haber sido otro el adversario, todos hubiesen entregado la vida para proteger a la esposa del lord. Pero nadie osaba levantarse en contra del hijo de Luthor. Todos conocían la predilección del anciano.

—¿Qué diablos está sucediendo? —Luthor avanzó, abriéndose paso entre la multitud y frunció el entrecejo al ver a Hedda y a Rowland echándose uno a otro miradas fulminantes.

—¡Luthor! —gimió Hedda—. ¡Trató de matarme!

El lord se volvió hacia su hijo para toparse con la expresión furibunda del joven.

—Si hubiese intentado matarla, la bruja ya estaría muerta —gruñó Rowland—. Le advertí que la mataría si alguna vez volvía a golpear a Brigitte. Nadie toca lo que es mío, ¡nadie! Ni siquiera tú —concluyó con firmeza.

Un absoluto silencio invadió la gran sala. Todos aguardaban nerviosos la reacción del lord. No muchos años atrás, el comentario de Rowland hubiese provocado un severo castigo de su padre.

—El no es el lord aquí —se apresuró a decir Hedda—. ¿Con qué derecho osa indicarte lo que puedes o no puedes hacer?

—¡Cállate, mujer! —le ordenó Luthor con una expresión helada en los ojos y luego, gruñó: ¡Fuera! ¡Fuera todo el mundo!

De inmediato, se suscitó una precipitada carrera hacia las puertas, y Hedda tembién se preparó para huir, hasta que el lord bramó:

—¡Tú no, mujer!

En un instante, la cavernosa sala quedó completamente vacía, excepto por la presencia de Luthor, su esposa, Rowland y Brigitte, quién se encontraba olvidada en las escaleras, demasiado aterrada para moverse. La muchacha contuvo la respiración. ¿Sería Rowland expulsado de la mansión? ¿Cómo osaba hablar a su padre de ese modo frente a tanto público?

Sin embargo, la furia de Luthor no estaba dirigida hacia su hijo. El hombre propinó a su esposa un golpe tan violento, que la volvió a arrojar sobre las alfombras, y luego se le acercó para detenerse a los pies de la dama con el rostro enrojecido por la ira.

—Tú obligaste a Rowland a formular semejante aseveración, mujer. El estaba en su derecho, puesto que yo no tengo nada que ver con esa muchacha. ¡Ella sólo le pertenece a él! —El anciano se apartó, disgustado, para luego proseguir con tono helado.— Ya se te advirtió, Hedda, que esa joven no es asunto tuyo. Está ligada a Rowland, y él está obligado a protegerla. ¿Acaso supones que porque eres mi esposa no tienes que escuchar las advertencias de Rowland? Mujer, si te mata por causa de la muchacha, juro que no haré nada al respecto. Me estará quitando de encima una gangrenosa llaga de la que hace años debería haberme librado. —Ante la azorada exclamación de la dama, el anciano agregó:— Deberías agradecerme por no haberte avergonzado delante de los otros con estas palabras. Pero será éste el último gesto de consideración que recibirás de mi parte, Hedda.

Después de semejante advertencia, Luthor abandonó la sala.

233

29

Dos días habían transcurrido desde la disputa con Hedda. Días más calmados, puesto que tanto la dama como su doncella no se arriesgaban a entrar en la sala en presencia de Brigitte. La muchacha, pues, no las había visto desde entonces, y se sentía muy complacida.

Eran jornadas severas, sin embargo, empañadas por un constante velo de nubes violáceas. Una nueva tempestad se estaba gestando. La última nieve aún no se había derretido y otra tormenta pronto engrosaría el inmenso manto blanco que cubría las tierras hasta el horizonte.

Aún, así, la oscuridad de los días no alcanzaba a ensombrecer el ánimo de Brigitte. La muchacha se sentía feliz. No entendía la razón, ni intentaba comprenderla. Sólo se sentía inmensamente dichosa. Todos notaron el cambio. Con frecuencia, podía oírse su suave, efusiva risa. Sus sonrisas provocaban comentarios, en ocasiones, tímidas, disimuladas sonrisas, como la expresión de sus ojos al toparse con la mirada de Rowland.

El viejo lord también lo había advertido y se sentía complacido. Los jóvenes pilluelos estaban enamorados, pensaba el anciano con añoranza, rememorando su primer amor, al que había perdido antes de conocer y desposar a la arpía que ahora era su esposa. Luthor jamás había olvidado a su Gerda. Tampoco había amado nunca a otra mujer. De haber continuado con vida, Gerda le hubiera brindado hijos varones.

Hijos. Un velo de lágrimas siempre empañaba los ojos de Luthor ante esa idea. Un hombre de su valor, un hombre de su fortaleza debía tener hijos varones. Pero él sólo tenía hijas, condenadas hijas idénticas a su condenada madre. Hedda ya no había vuelto a concebir después del nacimiento de Ilse; tampoco habían dado a luz sus otras compañeras de cama.

Empero, Luthor tenía a Rowland, un hombre del que podía enorgullecerse, la respuesta a todos sus ruegos. Lo que el joven desconocía de su nacimiento jamás le lastimaría. No, el secreto moriría con Luthor, y Montville contaría con un fuerte, poderoso lord una vez que el anciano muriera. El mismo se había ocupado de ello.

Rowland rozó apenas la mejilla de Brigitte con un ligero beso. Acababan de finalizar la comida matutina, y el hombre rió ante el súbito rubor en el rostro de la joven, para luego abandonar la sala. Ella le observó partir con una sonrisa, avergonzada aunque complacida por esa repentina demostración de afecto.

Rowland caminó presuroso hacia el establo, donde Huno aguardaba ya ensillado su ejercicio matutino, que el joven rara vez negaba a su preciado corcel. Las oscuras nubes del norte aún sobrevolaban el horizonte, moviéndose hacia el este, luego al oeste y, una vez más, hacia el este, como si no pudieran decidir en qué dirección desatar la tormenta. La tempestad prometía ser violenta y Rowland rogó que tardara en estallar, puesto que no deseaba verse atrapado en una espesa cortina de nieve.

Huno recibió a su dueño con un potente resoplido, y él le habló con tono alegre, al tiempo que lo conducía fuera del establo. El caballo parecía algo nervioso.

Sir Gui encontró a Rowland en la entrada, mientras llevaba su propio corcel a las caballerizas. Ambos jóvenes se detuvieron para hablar, pero un incómodo silencio se produjo entre los dos viejos amigos.

—Has salido temprano, ¿eh? —comentó Rowland

a modo de conversación, deseando que Gui, por una vez, respondiera con tono amigable.

El conciso "sí" de su amigo le decepcionó y, tras observar la espalda del muchacho y encogerse de hombros con irritación, se dispuso a montar en su corcel. Pero súbitamente cambió de opinión y siguió a Gui hacia el establo.

—¿Qué sucede, amigo? —preguntó—. ¿Acaso no creíste las palabras de Brigitte aquella noche?

Gui no deseaba responder, pero al ver el dolor y confusión reflejados en el rostro de Rowland, se enterneció.

—Si la relación entre ustedes hubiera sido entonces como ahora, podría haberle creído. Pero no me engañaron, Rowland. Fue un gesto muy loable el suyo al mentir para impedir la muerte de uno de nosotros... mi muerte —admitió—. Soy consciente de que mis habilidades no pueden sere comparadas con las tuyas.

—¡Maldición! —exclamó Rowland con exasperación—. ¿Por qué, entonces, no volviste a desafiarme?

—¿E ignorar así los esfuerzos de la dama? —preguntó Gui, azorado.

La nota de amargura en el tono de su amigo perturbó a Rowland.

—Yo no la maltrato, Gui. Tú mismo puedes ver que la joven es feliz ¿Acaso no comprendes que me condenaría a mí y a nuestro amor si admitiera que ella es lo que afirma ser? Pero tú desconoces las circunstancias. Me la llevé de Louroux y nadie me lo impidió. Brigitte me fue entregada por la fuerza. Si en verdad fuese la hija de un barón, ¿crees que todo hubiese sucedido de ese modo? ¡Maldición, Berry entero se encontraría aquí ahora exigiendo la liberación de la joven!

Gui entrecerró los ojos con furia.

—¿Y quién dice que eso no ocurrirá? ¿Quién dice que la felicidad de la dama no se debe a que está segura de que eso por fin sucederá? Como sabes, ella tiene la errónea idea de que enviaste un mensajero a Berry. ¡Pero yo sé que no fue así!

Rowland ahogó una exclamación.

—¿Y cómo lo sabes?

Gui se encogió de hombros, feliz ante la perturbación de su amigo.

—Considerando el chismorreo de los sirvientes, es sorprendente que la misma dama aún no se haya enterado de tu engaño. Me pregunto cómo reaccionará cuando lo descubra. ¿Crees que continuará viéndose tan feliz?

—Brigitte ya no tiene deseos de abandonarme —afirmó Rowland, algo tenso.

—¿Estás seguro?

Por un instante, el hijo de Luthor deseó depositar su poderoso puño sobre la sonrisa burlona de su amigo. El impulso fue intenso, pero logró controlarlo y sólo dejó escapar un ronco gruñido de furia, para luego arrojarse sobre la montura de Huno, deseoso de poner la mayor distancia posible entre él y el hombre que había expresado sus propias dudas.

Cabalgó velozmente hacia el patio, interrumpiendo los ejercicios de un caballero y su paje, que debieron saltar a ambos lados de su camino, para caer repantigados sobre la nieve. Rowland instó cruelmente a su caballo para avanzar hacia el campo abierto.

Empero, por primera vez en su vida, el hombre perdió el control de su corcel. El potro giró en una pronunciada curva, pasó frente a las chozas de la servidumbre arrojando lodo a su paso, volvió a galopar hacia el patio, perturbando las prácticas de los guerreros que lucharon por esquivar la gigantesca bestia y, finalmente, se lanzó en loca carrera sin rumbo determinado.

Rowland se sintió enajenado. No lograba controlar al animal, y el corcel parecía ciego en su desenfrenado avance hacia el muro de piedras que circundaba la mansión. Sólo en el último instante, giró Huno para galopar enloquecido hacia la parte posterior de la casa. No bien llegó al inmenso patio trasero, el caballo comenzó a corcovear violentamente en un desesperado intento de arrojar a su jinete. Y, por fin, lo logró. Rowland salió volando sobre el testruz de Huno para aterrizar en el lodo. Entonces, rodó con increíble velocidad para esquivar el paso del animal, cuyas patas delanteras estuvieron a punto de destrozarle el hombro.

El joven se sentó con lentitud, dolorido, para observar a su preciado corcel, que continuó corcoveando de modo salvaje durante varios minutos hasta que, finalmente, se detuvo. Rowland no se sintió irritado por la vergüenza de haber sido arrojado de su montura. Sólo experimentó una terrible sensación de pérdida, al advertir que Huno había enloquecido y debería ser sacrificado. La sola idea desgarró el corazón del muchacho. Ese caballo era objeto de su orgullo, el más fino corcel de todo Montville. Jamás volvería a poseer otro como él.

Varios hombres corrieron desde los distintos patios para congregarse alrededor de Rowland, quien, lentamente, se puso de pie. Unos criados se aproximaron con cautela al corcel, pero el muchacho les ordenó detenerse. Huno debería ser sacrificado, pero sólo él, ningún otro, le clavaría el cuchillo en el cuello.

Sir Gui se le acercó y le ofreció un pañuelo para limpiar el lodo de las manos y rostro.

—¿Estás herido?

Rowland sacudió la cabeza.

—Sólo un pequeño rasguño, es todo.

—Mi Dios, ¿qué pudo haber causado esto? Jamás he visto un caballo tan poseído. Perros y lobos, tal vez, pero nunca un caballo ¡y menos aún, éste!

—Está poseído —confirmó Rowland con idéntico asombro.

El dolor en los ojos de su amigo reveló a Gui la tarea que debía ejecutarse.

—Rowland, lo siento. ¿Preferirías que yo...?

—No —le interrumpió el joven y, tras extraer la daga de su cinturón, comenzó a caminar con paso lento hacia el corcel.

Gui se apresuró a seguirlo.

—Al menos, permíteme ayudarte. Puede que no logres mantenerlo quieto.

Rowland asintió y juntos se aproximaron al espantadizo animal. Huno se apartó inquieto, agitó las patas en el lodo e hizo girar los ojos de modo salvaje, pero finalmente la voz serena de su dueño lo calmó lo suficiente para que el joven pudiera sujetar las riendas.

—Le quitaré los arreos —se ofreció Gui—. Será difícil retirar la montura... después.

Rowland le lanzó una mirada penetrante.

—¡Al diablo con los arreos! El caballo... ah —gimió, hundiendo los hombros, derrotado—. Hazlo, entonces. Yo lo sujetaré.

Su amigo retiró con cuidado la montura para entregársela a un criado. Un profundo silencio invadió el patio cuando todos observaron tensos la preparación de Rowland para cortar el cuello de su adorado caballo. Y, en medio de ese silencio, el agudo chillido de sir Gui sonó como un trueno.

Al ver la sangre y las púas hundidas en el lomo de Huno, Rowland sintió un inmenso alivio. Empero, esa reconfortable sensación pronto se vio teñida con un leve dejo de horror, ya que había estado a punto de sacrificar injustamente a su preciado corcel. De no haber retirado Gui la montura, él hubiese descubierto las púas demasiado tarde.

—Roger —siseó el muchacho.

Gui que se encontraba a su lado, alcanzó a percibir el hormigueo que recorrió el cuerpo de su amigo al pronunciar el nombre de su más acérrimo adversario.

—Rowland, no puedes estar seguro.

Pero el muchacho no pareció haber oído. Se volvió sobre los talones y comenzó a caminar hacia la mansión.

—Rowland, escúchame —le suplicó Gui con ansiedad, moviéndose de prisa para alcanzar los largos pasos de su amigo—. ¡No tienes ninguna prueba!

Rowland se detuvo y se volvió, logrando apenas controlarse. Tenía mucho odio para descargar, pero no sobre sir Gui.

—Tampoco tengo dudas.

—¿Y si estás equivocado?

—Ya dos veces has tratado de defender a ese bribón. No malgastes tus esfuerzos, Gui —le advirtió de un modo tétrico—. Su intención era romperme el cuello, o matar a mi preciado corcel. Toda mi vida he sufrido por culpa de otros y estoy cansado.

—Pero, ¿si de veras estás equivocado? —insistió su amigo.

—Francamente, no me importa. Ya hace mucho tiempo que debería haber liquidado a Roger.

Rowland continuó su camino hacia la sala con firme determinación. Esta vez, sir Gui decidió no seguirle. Sólo dejó escapar un suspiro. Aun cuando Roger no fuera el responsable de esa espantosa acción, era, sin duda, culpable de muchas otras faltas igualmente terribles.

30

Con los brazos cargados de ropa, Brigitte abandonó la recámara de Rowland, cerró la puerta con el pie y comenzó a caminar por el corredor. De pronto, se detuvo cuando vio a Roger de Mezidon sentado en la ventana arqueada que daba a la gran sala. El muchacho no miraba hacia el piso inferior, sino directamente hacia la muchacha, como si hubiese estado aguardándola.

De inmediato, la joven se volvió y dejó escapar un gruñido al advertir que Wolff no le había seguido, sino que se había quedado encerrado en la habitación. Brigitte sintió deseos de arrojar la carga de sus brazos y correr, pero Roger se incorporó y le salió al encuentro. Ella, sin embargo, no perdió la calma: sin duda, el hombre no sería tan tonto como para ignorar las severas advertencias de Rowland.

—Caramba, lady Brigitte —comenzó a decir Roger con desdén—. Veo que no sólo finges ser una sierva, sino que además representas a la perfección tu papel. Me pregunto por qué.

—Déjame pasar.

—No me hagas a un lado, milady, cuando te he estado aguardando con tanto esmero. Ya había comenzado a abandonar la esperanza de encontrarte alguna vez sin la escolta de alguna de tus bestias. El lobo y el león saben vigilar muy bien.

—Estoy segura de que a Rowland le divertirá tu descripción —afirmó la joven—. Ya incluso puedo oír sus estruendosas carcajadas.

—Juegas conmigo, milady —dijo Roger con irritación—. ¿Acaso crees que temo a ese patán?

Ella enarcó una ceja.

—¿No es así? No, veo que no, puesto que no has atendido las advertencias de Rowland. Vives arriesgadamente, milord. Algún día, se cantarán baladas en honor a tu coraje.

—No malgastes tus sarcasmos, damisela. —El hombre no intentó disimular su enfado—. Resérvalos para Rowland que es capaz de enternecerse con tus palabras.

El extendió los brazos para tomarla, pero Brigitte retrocedió de inmediato con una expresión amenazadora en los ojos.

—Si me tocas, gritaré. ¡Eres despreciable!

—Puede ser, pero, al menos, yo estaría dispuesto a convertirte en mi esposa.

—¿Tu esposa?

—Pareces sorprendida. ¿Acaso Rowland no te valora lo suficiente como para proponerte matrimonio?

—El no sabe...

La muchacha se detuvo de repente, azorada ante sus propios esfuerzos por defender la actitud de Rowland. ¿Acaso él no la respetaba? Ella se le había entregado por completo y, tal vez, por esa razón él la consideraba vulgar, desdeñable. Echó a Roger una intensa mirada de odio por haberle despertado la duda y habló con firmeza.

—Ya he dicho todo...

Una voz que ambos reconocieron bramó el nombre de Roger desde la sala, sofocando las palabras de Brigitte. La muchacha observó a su acompañante y pudo percibir su temor. Una vez más, Rowland había acudido en su rescate. Sin embargo, él no podía saber que Roger le había interceptado. ¿Habría acaso alguna otra razón que pudiera provocar el tono siniestro en la voz de su amigo?

244

Rowland apareció al final del corredor para detenerse de espaldas a la arcada. un segundo más tarde, se abalanzó hacia los jóvenes, profiriendo un alarido de ira. Brigitte se paralizó y contuvo la respiración cuando las inmensas manos de Rowland se cerraron alrededor del cuello de su antiguo enemigo. Los forcejeos de Roger hicieron tambalear a la joven, que cayó al suelo, desparramando toda su carga en derredor. Cuando volvió a mirar a los dos hombres, Roger estaba a punto de ser asfixiado, ya que no lograba liberarse de los poderosos dedos de su hostigador. La muchacha sintió náuseas al advertir que se hallaba presenciando un asesinato. No podía tolerar la sola idea de que Rowland fuera de veras capaz de matar a su adversario.

—¡Basta! —exclamó Brigitte, cuando ya no pudo soportar el horrendo espectáculo.

Rowland alzó entonces los ojos, brindando a Roger la oportunidad de levantar ambos brazos y, tras liberarse, asestar un violento puñetazo en la mandíbula de su oponente. Sin embargo, Rowland no se movió, ni siquiera un centímetro. Aterrorizado, Roger encorvó las piernas para lanzar un feroz puntapié, que aterrizó en el pecho de su adversario, arrojando al joven hacia la ventana arqueada. Brigitte soltó un potente alarido al ver a Rowland desaparecer detrás de la abertura.

La muchacha cerró los ojos, rehusándose a aceptar que Rowland había caído. ¿Cuántas veces se había detenido ella frente a esa ventana para mirar hacia la sala, antes de descender por las escaleras contiguas? La arcada se hallaba a una altura mortal del duro piso de piedra del gigantesco salón. ¡Y Roger lo había empujado! ¡Roger!

Brigitte volvió a abrir los ojos, pero Roger ya no se encontraba a su lado, sino que se hallaba de pie, junto a la ventana, mirando hacia abajo con perversa satisfacción. Al observar al joven contemplando a su enemigo a través de la arcada, la muchacha se sintió acosada por un repentino deseo hasta entonces desconocido: el terrible deseo de matar. El impulso asesino la instó a incorporarse y avanzar lenta, cautelosamente. Mientras se acercaba, tuvo tiempo de considerar que estaba a punto de cometer un crimen. Sin embargo, no se detuvo, sino que extendió ambos brazos hacia su posible víctima.

Roger, aún de pie frente a la ventana, continuaba inmóvil, observando con malicia. Brigitte trató de infundirse coraje. Sus manos se encontraban a escasos centímetros de la espalda de su enemigo y sólo necesitaba inclinarse. Pero en ese instante, Roger se agachó y comenzó a golpear la saliente de la arcada con los puños. Fue entonces cuando la muchacha advirtió los dedos aferrados del borde. ¡Eran los dedos de Rowland! El muchacho había logrado sujetarse de la saliente y ahora Roger estaba tratando de soltarle.

Brigitte, más tarde, se preguntaría de dónde había extraído fuerzas para apartar al muchacho de esa ventana y arrojarle hacia las escaleras, brindando a Rowland la oportunidad que necesitaba para trepar hacia la salvación. Tras varios tumbos sobre los peldaños de piedra, Roger se incorporó e, ileso, se lanzó a la fuga, seguido por las veloces pisadas de su adversario.

Rowland logró alcanzarle en el establo y, de inmediato, Roger salió volando a través de las puertas abiertas para deslizarse varios metros en el patio enlodado y recibir, un segundo más tarde, el peso de su adversario, que se le abalanzó de un salto. Pronto se congregó una multitud alrededor de ambos combatientes y, un instante después, Brigitte llegó también al lugar de la escena. Allí se encontraba Luthor, observando a su hijo matar a su enemigo sólo con las manos, y a su lado, se hallaba sir Gui, también presenciando la lucha. La muchacha corrió hacia ellos y hundió los dedos en el brazo del lord, quien se volvió con una expresión inescrutable en los ojos.

—¿No vas a detenerlos? —le suplicó ella con vehemencia.

—No, damisela —respondió el anciano brevemente, antes de volverse una vez más hacia el sangriento espectáculo.

—¡Por favor, Luthor!

Si la había oído, él supo disimularlo. La muchacha volvió a mirar a los dos combatientes. Roger ya no se movía, pero los puños de Rowland continuaban aporreándole sin compasión.

Brigitte se volvió y, con lágrimas en los ojos, comenzó a correr hacia la sala. No alcanzó a ver a Rowland detener el ataque; tampoco le vio abandonar el patio, irritado. Roger se encontraba seriamente herido, pero aún continuaba con vida.

31

Brigitte pasó el resto del día encerrada en la recámara de Rowland, meditando y llorando y maldiciendo al joven. No fue sino hasta la noche cuando se enteró de que él no había matado a Roger después de todo.

Goda le comunicó la noticia. Rowland la había enviado para llamar a Brigitte a la gran sala. En general, él mismo solía escoltarla hasta la mesa a la hora de la cena, pero esa noche había enviado a la criada. La joven no tardó en averiguar el porqué.

—Sir Rowland está ebrio, ama —le informó Goda con renuencia—. Se entregó a la cerveza tan pronto como lord Roger fue conducido a través de la entrada por su escudero. ¡En buena hora nos libramos de ése!

—¿Pero estaba bien?

—Está muy malhumorado y no hace más que maldecir a todos —respondió la criada—. Pero se encuentra ebrio. No creo que sepa lo que dice.

—Me refería a Roger. ¿Se encontraba bien cuando se fue?

—Considerando los hechos, sí —respondió Goda—. Tiene el rostro terriblemente hinchado y algunos huesos rotos... un dedo y unas costillas, según creo. Pero pronto sanará... es una lástima.

—Eso es cruel, Goda —la reprendió Brigitte y, luego dejó escapar un suspiro de pesar—. Perdóname, no soy yo la más indicada para juzgar, cuando casi estuve a punto de matar a Roger.

—¿Cuándo fue eso? —inquirió la criada con los ojos dilatados por la sorpresa.

—Esta mañana —reconoció Brigitte—. Cuando se inició la lucha.

—Pero sir Rowland no murió. ¿Por qué estás entonces tan perturbada?

—¿Por qué? —preguntó la joven, alzando la voz— ¿Cómo puedes preguntarme por qué? Roger es un hombre malo, pero aun así, se sintió aterrado frente a Rowland. No fue una pelea justa y eso es lo que me enferma. Rowland estaba demasiado encolerizado para que fuera justa. Deseaba ver sangre y lo consiguió. Intentó matar a Roger con sus propias manos.

Goda le colocó suavemente una mano en el hombro.

—¿Acaso tú no intentaste lo mismo?

—Eso fue diferente —afirmó Brigitte con tono helado—. Creí que Rowland había muerto.

La criada se marchó un instante más tarde, y Brigitte se dejó caer sobre una silla. No, no deseaba reunirse con Rowland en la sala, no si se encontraba embriagado.

El hombre, sin embargo, no se hallaba tan ebrio como para no percibir que algo malo estaba sucediendo. Goda regresó sola a la sala. ¿Por qué Brigitte no había respondido a sus llamadas? Frunció el entrecejo con expresión sombría. La respuesta no tardó en llegar. Se trataba de la misma razón que le había mantenido llenando una y otra vez su pichel de cerveza, la misma razón por la que había permanecido en la sala, temeroso de ponerse frente a la joven. Brigitte ya conocía su engaño. Con seguridad, alguien se lo había contado. Tal vez, el mismo Roger. ¿Por qué otra razón podría el bribón haber buscado a la muchacha cuando se le había advertido que se mantuviese alejado? Sí, eso era. Brigitte sabía que Rowland no había cumplido con el trato, que jamás había enviado al mensajero hacia el castillo de Arnulf.

El muchacho hundió la cabeza entre los brazos y exhaló un profundo suspiro. ¿Por qué tenía que suceder eso cuando todo parecía marchar tan bien? ¡Al diablo con ese maldito día! Sin embargo, ya nada podía hacer más que presentarse ante la joven. Ella le consideraría un mentiroso y se sentiría furiosa, pero tenía que verla. Rowland abandonó la sala. Unos segundos más tarde, entró en su recámara para encontrar a Brigitte atando su lío de pertenencias, los pocos artículos que había llevado consigo al mudarse a la habitación del hombre.

Al ver a la joven empacar, Rowland se sintió desolado. Advirtió que la perdía. Supo que volvería a separarse y la sola idea le resultó intolerable.

Brigitte se dignó a mirarle brevemente, para luego apartar los ojos de inmediato.

—Claro que sí. Roger se ha ido. Ya no hay razón para que continúe durmiendo en esta recámara. Por él quisiste que me mudara aquí, ¿no fue así?

—¿Y si te suplicara que te quedaras? Sé que viniste aquí por Roger, pero...

—Aunque insistas, no deseo permanecer en esta habitación, no después de hoy.

La muchacha habló con voz de hielo y eso le desalentó aún más.

—Brigitte comprendo que estés enfadada...

—Lo que siento es mucho más que simple enfado —le corrigió la joven con rudeza.

—Entonces, maldíceme. Pero acaba con esto de una vez. Si pudiera retirar la mentira, te juro que lo haría.

—¿Mentira? —preguntó ella, confundida.

Al advertir la sorpresa de la muchacha, Rowland hubiese deseado morderse la lengua. Pero si no era el engaño lo que le había irritado, entonces...

¿Por qué estas enfadada?

Brigitte ignoró la pregunta.

—¿Qué mentira, Rowland?

El se fingió inocente.

—¿De qué estás hablando?

—Tú...¡oh! —exclamó la joven—. ¡Me niego a

hablar contigo cuando estás borracho!

Brigitte comenzó a caminar hacia la puerta, olvidando sus pertenencias, pero él se le adelantó para interponerse en su camino.

—¿Por qué estás tan enojada? —inquirió, tratando de producir un tono congraciador—. ¿Porque he bebido demasiado?

—En lo que a mí respecta, puedes ahogarte en cerveza si así lo deseas —siseó ella con un destello en los ojos—. Tu brutalidad es lo que me consterna. Fuiste salvaje hoy en tu sed de sangre. ¡Casi asesina a Roger!

—Pero no le maté, Brigitte —le hizo notar el joven con suavidad. Aún cuando lo intentaba, no lograba comprender la furia de la joven.

Rowland alzó una mano para acariciarle la mejilla, pero ella se apartó.

—No puedo tolerar que me toques después de presenciar semejante crueldad.

El muchacho finalmente perdió la compostura.

—¡Te atreves a apoyar a ese canalla en mi contra! Mis caricias te repugnan, ¿eh? Maldita seas, mujer, no hago más que protegerte. Eres una sierva y, aún así, te trato como a una reina. Soy tu señor, y, sin embargo, ¡me condenas!

—Yo no pedí tu protección —se apresuró a aclarar Brigitte.

—¡Santo Dios! Entonces, la retiraré, ¡y ya veremos cómo te va sin mi defensa!

—¡Rowland!

—Tu deslealtad me hastía. ¡Maldita seas! —bramó él—. Sufrí peores castigos en manos de Roger cuando era más joven. Ahora que, finalmente, puedo devolverle su merecido, me condenas y dices que no puedes tolerar mis caricias.

—Rowland, por favor —gimió Brigitte—. No fue mi intención parecer desleal.

—Cambias de tono ahora porque tienes miedo, ¡pero conozco tus verdaderos sentimientos! —La ira del joven era infinita—.

252

Vete de aquí, Brigitte. Te daré lo que deseas. Ya eres libre, ¡te libero de mí!

La muchacha sintió un nudo atascado en la garganta y no pudo articular ni una palabra. De inmediato, tomó su atado de pertenencias y corrió fuera de la habitación. Una vez que hubo cerrado la puerta, se desató en lágrimas. ¿Qué había hecho? Por todos los cielos, ¿qué había hecho?

32

—¿De modo que Rowland ha quebrado su vínculo contigo?

Brigitte se encontraba agitando distraídamente el tazón del desayuno, nerviosa bajo la mirada escrutadora de Luthor. La muchacha no se atrevía a mirar al anciano. Se hallaba sentada en el banco donde comían los sirvientes, lo cual indicaba a todos que algo malo sucedía entre ella y el hijo del lord. Y la aparente indiferencia de Rowland hacia la joven lo confirmaba. Luthor conocía toda la historia, puesto que su hijo se la había confiado.

—¿No fuiste algo dura con él? —preguntó el anciano, de pie junto al banco de la servidumbre, con la mirada fija en ella.

Brigitte mantuvo la cabeza gacha, incapaz de mirarle.

—Sí, fuí muy dura.

—¿Por qué, damisela? —inquirió Luthor con dulzura—. El no había hecho nada de lo que tuviera que avergonzarse.

—Ahora me doy cuenta —confesó Briggite—. Demasiados hechos perturbadores se sucedieron con demasiada rapidez ayer y me sentí confundida y enfadada.

—Y ahora es mi hijo quien se encuentra de un pésimo humor. Tal vez, si le dijeras lo que acabas de confesarme, él comprendería.

Brigitte miró por fin al anciano.

—Tú no crees eso más que yo. Le lastimé, y ahora desea verme sufrir por eso.

—Rowland finalmente cederá —afirmó Luthor con voz áspera.

—Tal vez —asintió ella con añoranza y sus claros ojos azules se empañaron—, pero yo no estaré aquí cuando eso suceda.

—¿Y dónde estarás, damisela?

—Ya no puedo permanecer aquí por más tiempo. Hoy mismo me marcharé.

—¿A pie?

—No poseo un caballo, milord.

Luthor sacudió la cabeza con determinación.

—No permitiré que abandones Montville a pie.

—Todos aquí aceptaron los derechos que Rowland afirmó poseer sobre mi persona, y ahora deben admitir que ya no tengo señor porque él me ha conferido la libertad. Nadie aquí puede impedirme que vaya a donde me plazca.

—Yo sí —afirmó el anciano, irritado—. Como amo de este lugar, no puedo permitir que intentes algo tan imprudente como caminar desde aquí hasta el próximo feudo.

—Una vez requerí tu ayuda, milord, y me la negaste. Ahora me la ofreces, cuando no la deseo.

—Pero esa vez me pediste que me opusiera a mi hijo —le recordó el lord.

—¡Ah! No es mi seguridad lo que te preocupa, sino Rowland. Quieres retenerme aquí porque crees que él cambiará de opinión.

—Estoy seguro de eso.

—¿Debo interpretar, entonces, que me estás ofreciendo tu protección?

—Sí.

—Tu intromisión disgustará a Rowland, milord. El espera que me marche.

256

—Tonterías —rezongó el anciano—. Mi hijo pronto volverá a sus cabales.

Brigitte se encogió de hombros.

—Muy bien. Me quedaré por un tiempo. De todos modos, mi señor pronto enviará alguien a buscarme. Entonces, tendrás que dejarme partir o arriesgarte a iniciar una guerra con el conde Berry.

—¿Qué demonios quieres decir? —preguntó Luthor.

La muchacha sonrió.

—Rowland envió un mensajero hacia Berry para indagar acerca de mis aseveraciones. Se enterará entonces de que soy en verdad la hija del fallecido lord de Louroux. Cuando el conde Arnulf envíe por mí, tu hijo sabrá por fin que no le he mentido y que todo esto no ha sido más que un lamentable error.

—Un mensajero, ¿eh? —pensó el anciano en voz alta—. ¿Rowland te dijo que había enviado a alguien?

—Sí —respondió la joven—. Esa fue su parte del trato, si yo prometía no intentar escaparme otra vez.

—Ya veo.— Luthor adoptó un aire pensativo—. ¿Te das cuenta de que la prueba de tus afirmaciones podría perjudicar a Rowland? El es un hombre de honor y aceptará cualquier punición que imponga Arnulf. Si el conde exige un combate a muerte contra un paladín de Berry, mi hijo accederá. El podría morir.

—¡No! —exclamó Brigitte con vehemencia—. No permitiré que eso suceda. Tu hijo no es en absoluto responsable de todo esto. Alguien más es el culpable. Y yo... yo no deseo que nada malo le ocurra a Rowland.

—Bueno, sólo nos resta aguardar y ver qué nos depara el futuro. —El lord soltó una breve risita.— Tal vez, tú nos abandones, o quizás, permanezcas aquí para que tus relaciones con mi hijo vuelvan a ser como antes.

—Mi relación con Rowland nunca volverá a ser como antes.

—Tal como dije, eso ya lo veremos. Lo cierto es que no pasarán muchos días antes de que Rowland ceda —vaticinó Luthor, agitando un dedo frente al rostro de la joven—. Recuerda mis palabras, damisela.

Brigitte frunció el entrecejo. Apenas un instante atrás, el lord se había visto preocupado por las posibles consecuencias que podría acarrear la ira del conde Arnulf y, ahora, parecía increíblemente sereno. Sin lugar a dudas, ése era un hombre muy extraño.

Al tiempo que el anciano comenzó a apartarse, ella decidió hablar súbitamente.

—Aceptaré tu protección, milord, pero no estoy dispuesta a servirte.

Luthor se volvió, observó a la muchacha por un instante y luego, dejó escapar una estruendosa carcajada.

—No pretendo que me sirvas, damisela. Eres libre de hacer lo que te plazca. Sólo pido que no intentes abandonar Montville sin escolta.

—¿Y lady Hedda? ¿La mantendrás alejada de mí?

—La dama no te molestará—. Tras inclinar la cabeza a modo de burlona reverencia, Luthor se retiró.

Brigitte se sintió inmensamente aliviada. No había deseado abandonar Montville sin un caballo. Ahora podría esperar al conde Arnulf o a su emisario para regresar a casa.

Poco después, abandonó la sala para dirigirse hacía la choza. Allí había pasado una miserable noche, en soledad. Rowland se encontraba en el patio cuando ella apareció. El muchacho la vio y ella se detuvo, pero él enseguida se volvió. Brigitte le lanzó una breve mirada y continuó presurosa su camino.

Con infinito pesar, cerró la puerta de su pequeño cuarto. Se sentía completamente desdichada. Se sentó sobre el catre y gimió.

—No debería importarme. Pero sí... ¡sí me importa!

Lloró durante el resto de la mañana, tendida sobre la cama. Cerca del mediodía, se arrastró hasta el viejo armario, donde había arrojado su atado de pertenencias la noche anterior. Examinó sus vestidos y decidió lavarlos, incluso el de lino azul, que no había usado desde que había visto a Rowland por primera vez. Acarició los brillantes zafiros y se preguntó cómo reaccionaría el muchacho si la veía entrar esa noche en la sala vistiendo ese mismo traje. Dejó escapar un suspiro. Sólo ocasionaría dificultades.

Incluso, podrían acusarla de haberlo robado. Pero, aun así, lo lavaría.

Apiló los vestidos sobre un brazo y caminó hacia la puerta, pero cuando la abrió, encontró a Amelia del otro lado, que la observaba con un brillo perverso en los ojos.

—¿Qué quieres?

Amelia rió intensamente, sacudió su cobriza cabellera tras cruzarse de brazos, se apoyó contra el marco de la puerta para impedirle el paso.

—Aún sigues siendo la prostituta arrogante, ¿eh? Supongo que crees que él volverá a llevarte a su cama, ¿no es así?

Brigitte se sonrojó, pero trató de ocultar su perturbación. Jamás lograría habituarse al desatino de Amelia. Sin embargo, no permitiría que esa joven advirtiera cuánto la perturbaba con vulgaridad.

—¿Cómo quieres que te responda? —le preguntó con calma—. Desde luego, podría hacerle regresar a mí si así lo deseara, pero no es ése mi anhelo.

Los ojos de la otra muchacha se dilataron, para luego entrecerrarse.

—¡Mentirosa! El ha terminado contigo. Y no le llevó mucho tiempo cansarse de ti. —Soltó una risotada irónica—. Yo le tuve mucho más que tú, y volverá a ser mío. Rowland se desposará conmigo, no con una frígida prostituta francesa que no sabe cómo complacerle. Ya ves qué pronto le hartaste.

Brigitte sintió un intenso ardor en las mejillas. Pese a sus denodados esfuerzos por mantenerse indiferente, Amelia había logrado lastimarla.

—Yo he conocido a un solo hombre, Amelia —se apresuró a afirmar, incapaz de controlarse—. Tal vez, te agradará creer que no he logrado complacerle, pero yo sé que no es así. Era virgen cuando me topé con Rowland, y él lo sabe. Tú no podrías decir lo mismo, ¿o sí?

—¡Perra!

Brigitte rió con sarcasmo.

—Bueno, tal vez sea yo una perra, pero de las dos, tú eres la prostituta. He oído lo que se comenta sobre ti y, con seguridad, los mismos chismes han llegado también a oídos de Rowland.

—¡Mentiras! ¡Todos ellos mienten! —exclamó Amelia con sus ojos pardos ennegrecidos por la ira.

—Oh, creo que Rowland sabe mucho acerca de tí, Amelia —afirmó Brigitte con voz grave, ronroneante.

—Pues hay algo que tú no sabes —chilló la otra joven con furia—. El te engañó, ¡y a mí nunca me ha mentido! —Esbozó una amplia sonrisa de satisfacción al advertir la evidente confusión de la otra muchacha—. ¡Eres una tonta! Todo el mundo aquí conoce el trato que vosotros pactasteis. La pequeña Goda no hace nada mejor que chismear. Todos saben que Rowland no cumplió con su parte del trato. Tan poco le importas, que sencillamente no se molestó en cumplirlo.

Brigitte cerró las manos en un puño con tal violencia que se lastimó las palmas con las uñas.

—¿Quieres decir que no envió un mensajero hacia Berry?

—Claro que no. ¿Por qué habría de hacerlo? —Amelia esbozó una presuntuosa sonrisa—. Qué ingenua eres.

—¡Eso no es verdad! —exclamó Brigitte y, tras arrojar los vestidos sobre la catre, esquivó a la otra joven y corrió hacia el patio en busca de Rowland.

El muchacho se encontraba cerca del establo, montado sobre un caballo. No era éste Huno, puesto que el animal aún no se había recuperado de sus heridas.

La muchacha corrió hacia Rowland y gritó sin más preámbulo:

—¿Cumpliste tu parte del trato? ¿Enviaste el mensajero al conde Arnulf?

—No —respondió él de modo categórico y un leve destello en los ojos.

Se produjo un breve silencio y, luego, la joven dejó escapar un lastimoso chillido.

—¿Por qué no?

—Me pareció una petición absurda —contestó el hombre sin rodeos, tratando de disimular su vergüenza.

—Tanto me menosprecias, que no te importó mentirme, ¿no es así?

Rowland se inclinó hacia la joven con sus ojos azules oscuros como la noche, pero antes de que pudiera responder, ella prosiguió.

—¡Eres un canalla! ¡Nunca te perdonaré!

El hombre hizo girar su caballo y se alejó sin formular comentario. Esa aparente indiferencia irritó infinitamente a la muchacha.

—¡Te odio, Rowland! —le gritó a la figura que se apartaba más y más—. ¡Ojalá el diablo te esté aguardando con impaciencia! Maldito seas, maldito seas, ¡maldito seas!

Unas manos la condujeron de regreso a su choza, pero ella no las sintió. Durante un largo tiempo, no sintió nada, nada en absotuto.

Esa noche, Rowland se paseó por el patio como un león enjaulado. Se acercó una, dos, tres veces al cuarto de Brigitte para luego, alejarse abruptamente. En cada ocasión, oyó su llanto y retrocedió. No era el momento de suplicarle el perdón. Ella necesitaba tiempo.

Y, esa misma noche, el hombre tuvo el viejo perturbador sueño de su niñez. Pero, esta vez, al despertar, sintió que ya empezaba a comprenderlo. Esta vez, realmente había perdido lo que más amaba en el mundo.

33

Ya habían transcurrido tres días, y Brigitte se sentía exhausta cuando llegó por fin a destino. Había cabalgado sin cesar durante las primeras dos jornadas y hubiese llegado a Angers esa mañana de no haberse desatado una tormenta. Por fortuna, el mal tiempo lo había dejado atrás al caer la tarde. A partir de allí, la marcha se había tornado más lenta y penosa: era duro cabalgar sobre el espeso manto de nieve, perdiendo de vista a Wolff una y otra vez. Empero, la peor parte del viaje había finalizado.

Encontró una cama tibia en el monasterio, aunque, al ser tomada por una pobre campesina, no obtuvo una habitación privada, sino que debió compartir un inmenso dormitorio. Aún así, era una cama, y se sentía demasiado cansada para protestar. No contaba con dinero para pagar algo mejor y, después de todo, no era más que una mendiga. Sin embargo, por la mañana, solicitaría una audiencia con el conde de Anjou. No le conocía, pero, sin duda, el hombre le ofrecería ayuda una vez que ella le hubiese contado la historia. Así, la joven se durmió, segura de que, por la mañana, encontraría por fin su salvación.

Lamentaba haber engañado al amable sir Gui mediante una sucia artimaña, pero, de haber conocido sus planes de fuga, él jamás le hubiese permitido llevarse un caballo.

Pronto llegó la mañana. Brigitte solicitó un cuarto privado y agua para lavarse, ante lo cual, el joven clérigo frunció el entrecejo, pero aun así, satisfizo sus demandas. La muchacha pasó dos horas en el baño, acicalándose con especial cuidado y, luego, se vistió con el traje azul.

Envuelta en tan exquisitas galas, con los ojos de un tono azul más intenso por el reflejo de los zafiros y sus largas trenzas doradas asomando bajo la capucha del manto, Brigitte parecía una reina. Tras evitar al joven clérigo para no alarmarlo con la transformación, la muchacha abandonó el monasterio en dirección al palacio del conde.

No tuvo dificultad en atravesar la entrada, aun sin escolta. Un encargado del establo le salió al encuentro para tomar las riendas del caballo y le indicó el camino hacia la gran sala de la corte. Brigitte se sintió algo inquieta al ver al sinfín de nobles que corrían presurosos por los numerosos corredores del castillo. El conde de Anjou era un hombre poderoso. ¿Le dispensaría algo de su tiempo para atender sus súplicas? La joven sólo necesitaba una escolta, unos pocos hombres que la llevaran hasta Berry. Podría pagar el favor con sus zafiros si era necesario.

La habitación era cavernosa y tan gigantesca como la gran sala de Montville. Cientos de personas merodeaban por allí: todos nobles elegantemente vestidos en compañía de sus exquisitas damas. Era el espectáculo más impresionante que Brigitte había presenciado jamás, y no pudo evitar sentir admiración, a la vez que temor. ¿Cuál de todos esos hombres majestuosamente vestidos era el conde de Anjou? La corte era informal y no había plataforma, por lo que no había modo de averiguar cuál de todos ellos era el conde.

—¿Estás aquí para ver al conde, milady?

La muchacha se volvió hacia el corpulento caballero calvo y esbozó una nerviosa sonrisa.

—¿Se encuentra él aquí?

El hombre sonrió con presunción, y sus pequeños ojos grises centellearon.

—Su alteza se halla, sin lugar a dudas, presente, milady.

Brigitte se sintió algo incómoda ante el evidente desdén del caballero, ¿Sería acaso un enemigo del conde? ¿Algún celoso lord? Por fortuna, ella jamás se había visto involucrada en las intrigas cortesanas. Con seguridad, Druoda se sentiría feliz allí, pero no la muchacha.

—Jamás he visto al conde, milord —admitió Brigitte, esperando que el hombre no le formulara demasiadas preguntas.

—Pues no te costará reconocerlo con todo su esplendor. Allí. —El caballero señaló hacia el centro de la habitación—. El de terciopelo rojo, con una esmeralda tan grande como su nariz en el cuello. La joya era mía; se la entregué en pago por un favor que jamás recibí.

La joven se sintió desalentada. ¿La trataría el conde con la misma dureza? ¿Aceptaría él ayudarla para sólo tomar los zafiros y luego, olvidarla?

Al tiempo que examinaba al hombre de terciopelo rojo, sus ojos se posaron sobre el alto, robusto caballero que se encontraba a su lado. Entonces, se paralizó.

¡Rowland! ¡No era posible! Pero allí estaba él, majestuosamente vestido con una túnica negra de satén y una capa de pana del mismo color. Brigitte ni siquiera sabía que el muchacho poseyera tan elegantes galas. Obviamente, él le había mentido al afirmar que no conocía a nadie en Angers, puesto que el conde le hablaba como si se tratara de un viejo amigo. Se sintió aún más aturdida cuando vio a la hermosa joven que se hallaba aferrada del brazo de Rowland. ¿Acaso alguien más que el hombre juraría no conocer?

¡Oh, Dios! Brigitte se ocultó detrás de una inmensa columna. ¿De qué estaría hablando el joven con el conde? ¿Le estaría advirtiendo acerca de una sierva que afirmaba ser dama y a quien deberían enviar directamente hacia él? ¡Maldición! ¡Sin duda, eso le diría! El muy taimado canalla. ¿Cómo habría logrado llegar primero a la corte?

La muchacha se volvió y abandonó sigilosamente la sala, tratando de ocultarse el rostro bajo la capucha de su manto. Pero, no bien llegó al corredor, comenzó a correr sin detenerse hasta llegar al establo, donde estuvo a punto de arrollar al joven encargado.

—¿Donde está mi yegua? ¿Dónde? ¡Deprisa!

—A...allí... milady —tartamudeó el hombre, al tiempo que señalaba una de las caballerizas.

Brigitte corrió hasta el caballo y lo condujo fuera del establo. Trepó a la montura sin ayuda y se forzó a mantener un paso sereno hasta atravesar el portalón del castillo. Mientras cruzaba el patio, no pudo evitar mirar una y otra vez hacia atrás, temerosa de que Rowland saliera a perseguirla.

Por fin, se encontró más allá de los muros que circundaban el palacio. Nadie la seguía; al menos, no por el momento. Comenzó a galopar hacia el sur, pero se detuvo abruptamente. ¡Wolff! ¡Había abandonado a su mascota en el monasterio! Giró de inmediato y cabalgó de regreso al convento, cuidando ahora de no acelerar demasiado la marcha y atraer así la atención de la gente. Mientras avanzaba, preocupada por su nuevo dilema, no cesó de mirar una y otra vez por encima del hombro. Ante el más ligero sonido, no podía evitar sobresaltarse, ya que imaginaba a Rowland galopando por detrás.

Y, entonces, de repente, le vio acercándose por la ruta. La muchacha se irguió, demasiado azorada para preguntarse cómo había logrado él avanzar desde el norte, en lugar de seguirla desde el castillo. Sacudió la cabeza, terriblemente confundida. El se aproximaba más y más, con su capa negra revoloteando en el viento. Presa del pánico, Brigitte giró y taconeó con fuerza los flancos de su corcel. Pero Rowland no tardó en alcanzarla. No logró sujetar las riendas de la yegua y, en su lugar, atrapó el cuerpo de la muchacha para colocarla sobre su regazo. La joven forcejeó, haciendo tambalear a ambos sobre el caballo.

—Detente, Brigitte, o ambos caeremos —le advirtió el muchacho.

—¡Pues, caigamos, entonces! —exclamó ella.

El logró sujetarla con un brazo y detener el caballo con el otro.

—Ya está. Ahora, si no dejas de chillar, te pondré boca abajo sobre mi regazo y te daré una zurra que atraerá a toda una multitud.

Rowland le habló con tono susurrante junto al oído, y la muchacha se tranquilizó de inmediato.

—Serías capaz, sin duda, con lo bruto que eres —le dijo con más calma.

El hombre soltó una breve risita.

—Una vez más, me has forzado a una larga cacería, joyita.

—No tenías derecho a perseguirme —le espetó ella—. ¿Olvidaste que ya me has liberado?

—Ah, bueno, he cambiado mi opinión al respecto —le informó Rowland con tono pausado.

La joven se sintió furiosa.

—¡Patán insufrible! Así no se manejan estos vínculos, y lo sabes. No puedes hacerme a un lado, ¡para luego volver a tomarme según tu placer! En primer lugar, nunca fuiste mi señor. Jamás te juré fidelidad.

—Yo lo juré y con eso es suficiente. Ahora ven, no deberíamos estar discutiendo esto aquí. Termina ya con tus protestas. Te tengo y sabes que es inútil resistirte.

La muchacha guardó silencio, y él avanzó para recuperar las riendas de la yegua. Una vez más, tenía a Brigitte en su poder. Ella se sentía indignada y, a la vez, infinitamente dichosa. Rowland había salido en su búsqueda, la había seguido durante todo el camino hasta Angers.

—¿A dónde me llevas? —le preguntó con calma.

—A casa.

—¿A Berry? —se apresuró a inquirir la joven.

—A Montville. Ese es tu hogar ahora, y siempre lo será. Juré que nunca regresarías a Berry, y ésa fue una promesa que había olvidado cuando te liberé.

Brigitte se puso tensa.

—¿De modo que fue ésa la razón por la que me seguiste? ¡Sólo por la promesa! ¡Te odio!

—Brigitte —gruñó Rowland, sujetándola aún con más fuerza—. ¿Qué deseas oír de mis labios? ¿Que no puedo tolerar la sola idea de verte partir? ¿Que cuando te alejas siento que he perdido una parte de mí? Soy un guerrero, Brigitte. No sé nada de tiernas palabras. De modo que no esperes que las diga.

—Ya las dijiste, Rowland —susurró ella con dulzura.

Ambos guardaron silencio, Brigitte se relajó entre los fuertes brazos del muchacho, sintiendo que una intensa corriente de felicidad fluía en todo su cuerpo. Y no intentó resistirse, sino que permitió que esa cálida sensación la embargara. Entonces, de repente, recordó a su mascota.

—¡Aguarda! —Se enderezó súbitamente, golpeando el mentón de Rowland con la cabeza, y le oyó maldecir. La muchacha le explicó la causa de su abrupta reacción, y el muchacho siguió sus indicaciones.

No encontraron a Wolff en el monasterio. El perro se había marchado con un grupo de galgos poco después de la partida de Brigitte, les informó el clérigo, y aún no había retornado. Sólo restaba aguardar su regreso.

Al solicitar un cuarto privado, Rowland afirmó ante el sacerdote que Brigitte era su esposa. Frente a semejante descaro, ella se sintió indignada.

—Le has dicho a todo el mundo que soy tu sierva —lo regañó no bien se encontraron a solas—. ¿Por qué no al clérigo?

El muchacho extendió los brazos para estrecharla, pero ella se apartó.

—¿Qué se supone que estás haciendo?

—Vamos, *chérie,* tú sabes exactamente cuáles son mis planes. Ya han transcurrido siete días desde que te tuve en mis brazos por última vez y eso es demasiado tiempo.

—Estuve en tus brazos cuando veníamos hacia aquí —le recordó la muchacha con aspereza.

—Maldita seas, bien sabes a qué me refiero.

—Maldito seas tú, no estoy segura de querer estar contigo.

—Mentirosa. No podrías amoldarte a otros brazos mejor que a los míos. Vamos, acércate.

—Rowland, es un lugar sagrado. ¿No tienes vergüenza?

—No, en cuanto a ti concierne.

La tomó de los hombros para atraerla hacia sí y, entonces, la delicada forma de la joven se amoldó a la firme masculina. Tras unos instantes, Brigitte tuvo la sensación de que su cuerpo formaba parte de Rowland. Pudo percibir el fuego en los ojos del joven cuando él se inclinó a besarla. La muchacha entreabrió los labios ante ese dulce ataque sensual, y esa tibieza masculina pareció embriagarla, hasta tal punto, que de no haberla sujetado Rowland con firmeza, ella se hubiese desplomado. ¿Amoldarse? Brigitte estaba hecha exclusivamente para esos brazos.

El joven separó por fin los labios y la alzó. La muchacha se sintió sumergida en un sueño, un sueño de ojos que le amaban, ojos que ardían con el anhelo de poseerla. Pero cuando cayó sobre la cama y las manos de Rowland comenzaron a explorarla, supo que todo era realidad.

El hombre la desvistió lentamente y luego, le soltó las largas trenzas para enredar los dedos en la dorada cabellera. Brigitte se deleitó con cada roce: una mano, un brazo, la mejilla... no cesaba de vibrar ni ante la más ligera caricia.

Cuando finalmente ambos se encontraron desnudos, la joven se inclinó para acariciar el musculoso pecho del hombre y dejarle caer una lluvia de besos sobre los anchos hombros. Anhelaba hacer el amor con ese hombre; deseaba demostrarle cuán feliz se sentía al tenerle una vez más a su lado.

Volvió a inclinarse sobre Rowland y sus largos cabellos dorados cayeron sobre el pecho del muchacho como una caricia de seda. Entonces, le besó los labios masculinos con ternura, para luego deslizarse hacia la oreja y descender por el cuello hasta el musculoso pecho. Deseaba explorarle íntegramente, tal como él tantas veces lo había hecho con su cuerpo. Pero cuando comenzó a descender, Rowland la sujetó de los hombros y la atrajo hacia sí.

—Bruja —le susurró con voz ronca—. Ya has encendido el fuego en mi interior. Jamás te he deseado tanto como ahora. Si continúas descendiendo, derramaré demasiado pronto mi simiente.

—Entonces, ya tómame, amante. —Brigitte esbozó una sonrisa de satisfacción—. Tómame.

Rowland giró para apoyarse sobre el delicado cuerpo de la joven y poseerla de manera salvaje, apasionada. Juntos treparon hasta las extáticas alturas, para luego descender rápidamente de la gigantesca, magnífica ola de pasión.

Después de un instante, el hombre se apartó para estrecharla a su lado. Brigitte se acurrucó junto al ancho hombro y apoyó una mano sobre el imponente pecho de manera posesiva. Jamás se había sentido tan dichosa y, así, se sumergió en un profundo sueño, ya libre de temores, sin más inquietudes por el distante, remoto futuro.

34

—Brigitte.

Una mano agitó dulcemente la cadera de la muchacha y ella se sacudió con una sonrisa antes de abrir los ojos. Rowland se apoyó sobre la cama y le dejó caer un tierno beso sobre la mejilla. El hombre ya se encontraba vestido y la observaba con expresión satisfecha.

—Dormiste durante casi una hora, joyita. Ahora, vamos. Debemos estar lejos de aquí antes del crepúsculo.

Brigitte sonrió y se desperezó lánguidamente.

—¿Estás seguro de que ya deseas marcharte? —le preguntó con un significativo brillo en los ojos.

—Ah, damisela, no me tientes —gruñó él y, ante la risita ahogada de la joven, rocogió sus ropas y se las arrojó a la cara como castigo—. Esta noche, pagarás por eso, te lo juro —le aseguró con voz ronca.

—Esperaré ansiosa el castigo —bromeó la muchacha, sintiéndose inmensamente feliz—. ¿Ha regresado Wolff entonces? —le preguntó, al tiempo que se colocaba el vestido.

—Sí.

Rowland se sentó sobre la cama y se dispuso a observarla. Entonces, la tomó de la cintura y la atrajo hacia sí. Brigitte le acarició los brazos, sorprendida, al tiempo que él le apoyaba la cabeza entre los redondeados senos. Así permaneció el hombre, inmóvil, durante varios segundos. Ella se sintió profundamente conmovida y lo estrechó con fuerza, puesto que comprendía lo que él intentaba decirle.

—¿Me amas, Brigitte?

Ante esa pregunta, la joven sintió irresistibles deseos de llorar, ya que, en realidad, ignoraba la respuesta.

—He conocido muchas formas de amor en mi vida. El amor de mi madre y mi padre, el amor de mi hermano, de mis sirvientes y amigos. Pero lo que siento por tí es diferente. No estoy segura de que esto sea amor, Rowland. Nunca antes he amado a un hombre, de modo que no puedo afirmarlo.

—Ni siquiera a... — El hombre no pudo culminar la frase. No deseaba recordarle a Brigitte la figura de aquel lord de Louroux, aquél que la había amado y consentido, aquél que, probablemente, le había obsequiado la túnica bordada con zafiros. La muchacha le tomó el rostro entre las manos y le forzó a mirarla.

—¿Ni siquiera a quién?

—Sólo se me ocurrió que podría haber habido alguien en Berry —dijo él evasivamente—. Alguien con quien, tal vez, te hubieses deseado desposar o alguien con quien pasaste mucho tiempo.

Brigitte sonrió.

—No hubo nadie. Y te diré algo más, Rowland. Soy muy feliz contigo. Me sentí desolada cuando me hiciste a un lado. Y me devastó la sola idea de pensar que tu interés en mí era tan ínfimo, que ni siquiera habías sido capaz de cumplir con nuestro trato. ¿Podrías decirme ahora por qué razón me engañaste?

—Temí que alguien pudiera venir y arrebatarte de mi lado —respondió él con franqueza, y la joven le abrazó con más fuerza—. ¿Aún deseas que envíe a alguien a Berry? —susurró el joven.

—No —murmuró la muchacha—. Ya no. —Ni siquiera deseaba pensar en esa posibilidad.

Rowland la estrechó con fuerza una vez más, para luego liberarla y palmearle suavemente el trasero.

—Vístete, mujer.

El recuperó su acostumbrada rudeza. Se sentía muy torpe con la infinita ternura que esa muchacha despertaba en su interior. Necesitaba a Brigitte más allá que por el simple enlace de sus cuerpos. ¿Acaso la amaba? ¿Podía él responder a esa pregunta con mayor certeza que la joven? Rowland jamás había conocido el amor, ninguna forma de amor. Aún así, estaba seguro de desear el cariño de Brigitte. Tal vez, algún día, ella llegaría a conocer la respuesta y se la revelaría. Por el momento, le bastaba saber que ella era feliz, que ya no habría más amenazas de Berry, que jamás volvería a perderla.

—Ese vestido es demasiado delgado para viajar —comentó Brigitte, interrumpiendo los pensamientos del joven—. Veo que cambiaste de ropa —agregó, al notar que él llevaba una túnica de lana parda bajo la capa negra.

Rowland se miró el vestido.

—No me cambié, *chérie*. No traje más ropa conmigo. No había tiempo de empacar.

—Rowland, eso es una descarada mentira —afirmó la joven, sorprendida.

—¿Mentira?

—Sé que trajiste otro vestido contigo. Te vi esta mañana en el palacio y llevabas puesta una lujosa túnica.

Rowland soltó una estruendosa carcajada.

—Estás equivocada. Acababa de llegar a Angers cuando te encontré en la calle.

—Pero te digo que te vi hablando con el conde —insistió ella.

—No, no puede ser —negó él con firmeza—. Debe de haber sido alguien parecido a mí.

—Puedo reconocerte cuando te veo, Rowland —afirmó la muchacha con tono brusco—. Me sorprendió encontrarte allí, con una mujer colgada de tu brazo, hablando con el conde como si fuerais viejos amigos. Me habías dicho que no conocías a nadie en Angers.

—Y no te mentí, Brigitte. Yo no estuve en el palacio esta mañana. Jamás he visto al conde de Anjou. Te lo juro.

273

Brigitte frunció el entrecejo y observó al muchacho, confundida. ¿Qué razón tendría Rowland para mentirle? Rememoró enseguida aquel momento en que le había visto cabalgando en la calle. Entonces, le había sorprendido encontrarlo allí, cuando acababa de dejarle en el palacio. No pudo recordar que él llevara puesta la lujosa túnica negra en ese instante, y no había reparado en sus ropas al entrar en la habitación del convento.

—No comprendo, Rowland —le dijo lentamente, desconcertada—. El hombre que vi en el palacio eras tú. Tenía tu mismo rostro... y tu tamaño. Era de tu misma altura. ¿Cuántos hombres conoces tan altos como tú? Hasta tenía el mismo color de cabello. —Entonces, se detuvo de repente, y sus ojos azules se dilataron—. Tal vez, su pecho no era tan ancho. No, creo que no lo era.

Rowland se sintió tan aturdido como la joven.

—¿Quién era ese hombre tan semejante a mí en cualquier otro aspecto?

—Parecía un aristocrático lord. Y la mujer que tenía a su lado se encontraba elegantemente vestida con terciopelo y joyas. El conde le hablaba de manera amigable. Rowland, no puedo entenderlo. No era sólo un simple parecido. El hombre que vi parecía ser tu imagen reflejada en un espejo. Podría haber sido tu hermano gemelo.

El muchacho dejó escapar un ronco gruñido.

—Conque gemelos. Si Luthor hubiese tenido gemelos, puedes apostar la vida a que habría llevado a ambos a casa. Me agradaría ver a ese hombre por mí mismo —dijo Rowland de repente—. Vístete con tus elegantes galas, Brigitte. Iremos a la corte del conde.

35

—Evarard de Martel. Deberías sentirte avergonzado.

Rowland se volvió hacia la rolliza mujer que, tras observarle con furia, lanzó una mirada fulminante a Brigitte y se alejó abruptamente. Los jóvenes acababan de entrar en el palacio, en una de cuyas recámaras privadas se encontraba el conde atendiendo a las visitas. Decenas de hombres y mujeres aguardaban en la sala para verle. Ya se acercaba la hora del crepúsculo y, con seguridad, muchos tendrían que regresar al día siguiente.

—¿Me hablaba a mí esa mujer? —le susurró Rowland a la joven, que no dejaba de sujetarle el brazo con firmeza.

—Se dirigía a ti, sin duda, y creo que yo no le agradé demasiado.

—Ma llamó Evarard de Martel.

Brigitte asintió.

—Obviamente, cometió el mismo error que yo, sólo que a la inversa. Evarard debe ser el nombre del sujeto.

—¿Cómo lograremos encontrarle? —preguntó él con inquietud.

La vida cortesana siempre le había desagradado. Durante todos sus años de servicio al rey de Francia, había cuidado de mantenerse apartado de la corte real.

—¿Puedes verle? —inquirió Rowland.

Brigitte ya había examinado dos veces la gigantesca sala.

—El no se encuentra aquí.

—Ah, lord Evarard, veo que has regresado. Conque haciendo travesuras esta vez, ¿eh? —El corpulento hombre que Brigitte había conocido por la mañana se acercó a la pareja.— ¿Tan pronto te has cansado de tu flamante esposa? —agregó, guiñando un ojo con picardía antes de dirigirse a la joven—. Milady, ¿conseguiste tu audiencia con el conde?

—No, temo que me marché con demasiada prisa —respondió Brigitte con aire congraciador.

—Suficiente —dijo Rowland con rudeza, para luego arrastrar a la muchacha hacia el otro lado de la habitación, lejos del locuaz caballero—. Sé que estuviste aquí esta mañana, pero ¿con qué propósito? Viniste a ver al conde. ¿Para qué? —le preguntó con tono brusco.

—No tienes razón para enfadarte, Rowland —le tranquilizó Brigitte—. Vine aquí a solicitar una escolta para viajar a Berry. No creerás que planeaba atravesar sola todo ese largo camino, ¿o sí?

—Perdóname —murmuró él con un suspiro, enredando los dedos en la dorada cabellera de la muchacha—. Este asunto de Evarard de Martel me ha perturbado. —Esbozó entonces una amplia sonrisa.— Supongo que tendré que agradecer al hombre. Por él, no alcanzaste a solicitar la protección del conde, sino que escapaste del palacio para arrojarte directamente a mis brazos. ¿No lo crees así?

—Supongo que sí.

—Pues entonces, vayamos a buscarle para que pueda presentarle mi agradecimiento. Aguarda aquí, mientras yo averiguo dónde vive.

El hombre comenzó a alejarse, pero Brigitte le tomó del brazo para detenerle.

—Tú no puedes hacerlo, Rowland. Todos creeran que estás loco, puesto que suponen que eres lord Evarard. Permite que yo interrogue a alguien. Averiguaré dónde vive el hombre y todo lo referente a él.

Rowland asintió con renuencia. La joven habló con dos damas antes de encontrar a alguien que conocía a lord Evarard. La mujer, prima del conde de Anjou, parecía una excelente informante.

—Espero que no hayas puesto tus ojos en el querido Evarard, puesto que acaba de casarse y se le ve muy enamorado de su esposa —le advirtió lady Anne en tono confidencial—. Temo que podrás decepcionarte.

—Oh, no, milady —la tranquilizó Brigitte—. Es sólo curiosidad. El joven lord es un hombre muy apuesto. Su esposa es de veras afortunada.

—Sí, y forman una bonita pareja —le aseguró lady Anne—. El mismo conde arregló la boda, como favor para el barón Goddard de Cernay.

—¿Barón Goddard?

—El padre de Evarard. El barón y mi primo son íntimos amigos, ¿sabes?

—Cernay se encuentra muy lejos de aquí, ¿no es así? —inquirió la joven con tono vacilante, puesto que jamás había oído hablar de Cernay.

—Oh, no, no tan lejos. Al otro lado del Loira y luego, hacia el oeste. Cernay queda en Poitou.

Brigitte conocía una vieja ruta romana que conducía directamente de Berry hasta Poitou sobre la costa oeste.

—Pero lord Evarard vive aquí, en Anjou, ¿no es verdad? —preguntó la muchacha.

—El vive en Poitou, cerca de su padre, mi querida —le aclaró la dama—. El y su familia son invitados del palacio. Aquí se celebró la boda; luego, el clima frío se adelantó y, entonces, mi primo insistió en que toda la familia permaneciera en el castillo durante el invierno.

—¿Es una familia numerosa? ¿Tiene lord Evarard algún hermano o hermana?

—Vaya que eres inquisidora, pequeña. El es hijo único. Según tengo entendido, lady Eleonore tuvo dificultades en el alumbramiento. Jamás volvió a concebir, la pobre mujer. Yo tengo siete hijos y treinta y cuatro nietos. Y cada uno de ellos es una fuente de dicha para mí.

—Eres muy afortunada, milady. Y has sido muy paciente conmigo. Mi querida madre siempre decía que yo había nacido con más curiosidad de la necesaria. De veras te agradezco la molestia.

Brigitte se alejó rápidamente, antes de que la mujer pudiera interrogarla. De inmediato, abandonó la habitación, sabiendo que Rowland le estaba observando. El la siguió, para reunirse con ella en el corredor contiguo a la gran sala.

—¿Y bien?

—El está viviendo en el palacio con su familia. Todos son invitados del conde.

—¿Su familia?

—Su esposa, padre y madre. Su padre es el barón de Cernay e íntimo amigo del conde.

—Jamás oí hablar de él.

—Tampoco yo —afirmó la joven.

—¿Y bien? —preguntó Rowland con impaciencia—. Sé que lo has averiguado, Brigitte, de modo que acaba ya con eso.

—Es hijo único —admitió la joven, esbozando una sonrisa culpable. El joven la conocía bien y sabía lo que ella había sospechado.

—Aún siento deseos de conocer al hombre —confesó Rowland.

—También yo. —Brigitte sonrió con picardía—. Es una pena que esté casado. Podría resultarme mucho más agradable que tú.

—Eso crees, ¿eh? —dijo él, extendiendo los brazos para tomarla.

—Rowland —le reprendió, apartándole. Soltó una breve risa y, luego, adoptó una expresión más seria—. Buscaré un paje para que me conduzca a sus recámaras. Tú síguenos a una distancia prudente. Y asegúrate de que el paje no te vea —le advirtió con tono severo—. Creerá que eres De Martel.

Las habitaciones del barón de Cernay se encontraban situadas en el ala del palacio. El paje no cuestionó la solicitud de Brigitte y pronto la dejó en el corredor, frente a una puerta cerrada. Tras unos instantes, Rowland se le acercó.

La muchacha aguardó a que él llamara, pero él sólo permaneció inmóvil, con el ceño fruncido y los ojos fijos en la puerta, como si temiera descubrir qué encontraría del otro lado.

Entonces, Brigitte comprendió que Rowland, en realidad, no deseaba golpear, sino que prefería marcharse sin conocer al hombre.

—Esto es ridículo —protestó él con voz áspera—. No tenemos derecho de fastidiar a esta gente.

Hizo un movimiento para marcharse, pero ella susurró:

—No hay razón por la que no podamos conocerlos, Rowland.

—¿Y qué les diríamos? —preguntó él—. ¿Que sólo sentimos curiosidad?

—Sospecho que no habrá necesidad de decirles nada —sugirió Brigitte con la mirada fija en la puerta, como si pudiera ver a través de la madera.

La joven golpeó antes de que Rowland lograra detenerla y luego, tuvo que sujetarle, mientras aguardaban a que se abriera la puerta. Súbitamente, el joven se liberó y comenzó a alejarse con paso firme por el corredor.

—Rowland, regresa —le susurró Brigitte con ansiedad—. Tendrás que regresar, puesto que no me marcharé de aquí si no lo haces.

El se volvió y comenzó a caminar con el ceño fruncido hacia la joven. En ese instante, la puerta se abrió y, entonces, él se detuvo abruptamente. Una esbelta mujer se encontró de pie frente a Brigitte, que parecía estar sola en el pasillo. Era una dama de alrededor de cuarenta años, muy bella y elegante, de claro cabello rubio y ojos de color azul intenso, ojos de zafiro como los de Rowland.

—¿Sí? ¿Qué puedo hacer por ti? —preguntó la mujer con voz melódica.

—He venido a ver a Evarard de Martel, milady. ¿Podría hablar unas palabras con él?

—Mi hijo estará encantado de atenderte —respondió la dama con tono amable—. ¿Puedo preguntarte por qué quieres verle?

—¿Eres tú la baronesa de Cernay?

—Así es.

—Baronesa, mi lord, Rowland de Montville, desearía conocer a su hijo. —Brigitte se volvió hacia el joven —Por favor, Rowland —le suplicó.

El emergió con renuncia de las sombras, arrastrando los pies como un hombre que marcha hacia su ejecución. Por fin, se detuvo junto a la joven, que le tomó fuertemente de la mano para retenerle a su lado.

La mujer frunció el entrecejo.

—Evarard, ¿qué truco es éste? —preguntó con tono severo.

Rowland no respondió. Se encontraba absorto, observando el rostro de su sueño, algo más ajado por el paso de los años, pero, sin duda, el mismo rostro que le había perseguido desde la niñez. El joven no logró encontrar las palabras para expresar su aturdimiento.

De pronto, una estruendosa carcajada retumbó en el interior de la habitación y, luego, se oyó la voz de un hombre bromeando con su compañera. La baronesa empalideció. Dio un paso atrás y se tambaleó, como si estuviese a punto de desvanecerse. Rowland se adelantó para sujetarla, pero ella ahogó una exclamación y se irguió con los ojos dilatados, de modo que él no se atrevió a tocarla. El hombre no podía apartar la mirada de ese rostro; tampoco la dama podía dejar de observar a ese joven. Entonces, ella extendió una mano temblorosa para acariciarle el rostro con increíble ternura.

—Raoul —susurró con un sollozo, y luego retrocedió otro paso para exclamar— ¡Goddard! ¡Goddard, ven, deprisa! —Un hombre acudió velozmente a sus llamadas y, entonces, ella le instó con voz entrecortada. —Dime... dime que no estoy soñando. ¡Dime que es real, Goddard!

El caballero empalideció al observar atónito el rostro de Rowland. El muchacho retrocedió hacia el pasillo, para colocarse junto a Brigitte. Era ése el hombre de su sueño. Al parecer, él había penetrado en su propia pesadilla.

—¿Raoul? —preguntó Goddard.

Rowland miró alternativamente a Brigitte y al caballero y su confusión se transformó en furia.

—Yo soy Rowland de Montville —afirmó con vehemencia—. ¡Mi nombre no es Raoul!

La joven que Brigitte había visto esa mañana con Evarard de Martel apareció entonces en el cuarto y ahogó una exclamación al ver a Rowland. Enseguida, su esposo entró en la habitación.

—¿Emma? —preguntó Evarard, y luego siguió la horrorizada expresión de la muchacha hasta que sus ojos cayeron sobre el joven.

—¡Santo Dios! —Rowland apenas logró pronunciar las palabras. Entonces, se abrió paso entre el barón y la baronesa para caminar lentamente hacia el otro joven. Parecía estar mirando su imagen en un espejo, cada uno de sus rasgos se hallaban reflejado en ese rostro.

Por un instante, ambos permanecieron en silencio, observándose. Evarard alzó una mano para rozar apenas la mejilla de Rowland en un gesto tierno, de incredulidad. Rowland, en cambio, permaneció completamente inmóvil, con los ojos fijos en el otro hombre.

—¡Hermano! —exclamó Evarard.

Un intenso dolor se reflejó en la mirada de Rowland, puesto que percibió sinceridad en su palabra. El horror de su vida, su penosa vida, le atravesó la mente en un instante, y se volvió hacia el barón y la baronesa.

—¿Por qué tenían que regalarme? —susurró con angustia—. ¿Acaso dos hijos eran demasiado? ¿Tuvieron alguna razón para detestarme?

—¡Mi Dios, Raoul, estás equivocado! —exclamó Goddard, horrorizado—. Nos fuistes arrebatado... ¡te robaron!

Rowland le lanzó una penetrante mirada suspicaz y comenzó a caminar hacia la entrada.

Brigitte, sabiendo que él se marcharía sin escuchar los argumentos de esa gente, corrió a cerrar la puerta para impedirle el camino. Pero Rowland la tomó de la muñeca y, tras abrir nuevamente la puerta con violencia, la arrojó hacia el pasillo. La muchacha intentó detenerle a gritos.

—¡No puedes marcharte ahora, Rowland!

Los ojos del muchacho expresaron una increíble angustia, un tormento infinito, cuando observaron a la joven. Entonces, él la estrecho con fuerza, ella le sintió temblar.

—No puedo creerles, Brigitte. ¡O tendría que matar a Luthor!

—¡No, Rowland! No. Debes tener en cuenta las razones de Luthor. Un hombre tan desesperado por un hijo, que debió robar...

—¡Mi vida ha sido un infierno con él!

Evarard había corrido detrás de la pareja, pero se detuvo al verlos abrazados y escuchó lo que decían.

—Debes regresar a ese cuarto, Rowland —le dijo Brigitte con firmeza—. No puedes rechazarles. Y tu hermano, Rowland ¿no sientes curiosidad por saber de él? ¿Acaso no deseas conocerle?

La muchacha secó las lágrimas del hombre con su manto, azorada al advertir que él era capaz de llorar.

—Ah, *chérie*. —Rowland la besó con ternura. —¿Qué haría yo sí no estuvieras aquí para hablarme con cordura?

—Tendrías que luchar conmigo —los interrumpió por fin Evarard—. Porque jamás te dejaría partir.

Rowland se volvió para mirar a su hermano. Sonrió súbitamente al observar su delgada contextura y sus ropas cortesanas.

—Hubieras encontrado dificultades... hermano. Veo que no eres un hombre de guerra.

—Y yo veo que tú si lo eres —contestó Evarard con una amplia sonrisa.

Se produjo un profundo silencio, mientras ambos jóvenes se examinaban mutuamente. Brigitte sacudió la cabeza. Rowland necesitaba un impulso.

—Adelante, maldito seas, le instó con un ligero empujón—. Saluda a tu hermano correctamente. El está demasiado intimidado por tu malvada expresión como para atreverse a hacerlo.

Rowland avanzó lentamente, para luego tomar del cuello a su hermano y abrazarle con increíble fuerza. Evarard rió y Brigitte se desató en lágrimas.

Cuando los tres jóvenes volvieron a la habitación. Eleonore se encontraba llorando en los brazos de su esposo. Goddard la sacudió suavemente para hacerle notar que Rowland había regresado y, ante la presencia del joven, el llanto de la dama se tornó aún más intenso. Luego, Eleonore se volvió para abrazar al hijo que todos esos años le habían negado. Tomó el rostro del joven entre las manos y sus ojos brillaron a través de las lágrimas. Rowland sintió un repentino escalofrío. Apenas si podía respirar, pero ni por un instante apartó la mirada de la dama. Esa era su madre, su propia madre. Dejó escapar un ronco gemido y la estrechó con fuerza entre sus brazos, para hundir el rostro junto al cuello de la mujer y murmurarle algo al oído.

—Mi Raoul —susurró ella, sin dejar de abrazarle—. Creí que te había perdido por segunda vez cuando te marchaste por esa puerta. No hubiese podido tolerarlo. Pero regresaste, hijo mío, regresaste a mí.

Rowland prorrumpió en llantos. Su madre. Cuánto había necesitado a esa madre durante su niñez. Cuánto había anhelado tenerla a su lado en todos esos años. Y, ahora, ella estaba allí, brindándole todo el amor que él siempre había deseado con desesperación.

Goddard se adelantó para abrazar a su hijo en silencio. El joven vaciló por un instante. Jamás había conocido a un hermano, ni a una madre, pero siempre había contado con su padre. Sin embargo, Luthor no era su verdadero padre y, en realidad, nunca había parecido serlo.

Finalmente, Rowland correspondió al afectuoso abrazo del barón. Entonces soltó una repentina carcajada y tomó de la mano a Brigitte para atraerla hacia sí.

—¿Te das cuenta, *cherie,* de que ya no soy un bastardo?

Ella sonrió ante la brillante expresión del joven.

—Oh, Raoul. —Eleonore dejó escapar una breve exclamación. —¿Es eso lo que creías?

283

—Eso me dijo, milady, el caballero que afirma ser mi padre.

—¿Quién es el hombre que te arrebató de nuestro lado? —preguntó Goddard.

—Luthor de Montville.

—¡Lo pagará con creces! —exclamó Evarard con furia.

—Yo me encargaré de él, hermano —le aseguró Rowland con frialdad, para luego agregar en tono más alegre—. Pero no deseo hablar de Luthor. ¿Son ustedes franceses? —Goddard asintió con la cabeza y él soltó entonces una risita ahogada. —Por tanto, yo también soy francés. ¡Ja! —Giñó un ojo en dirección a Brigitte—. Ya nunca más podrás llamarme normando a modo de insulto.

—¡Rowland! —exclamó la muchacha, abochornada.

—¿Fuiste criado en Normandía? —inquirió Goddard—. ¿Fue allí donde te llevó ese hombre?

—Sí.

—No me sorprende que no pudiéramos encontrarte. Te buscamos por todo Anjou y las regiones vecinas, pero jamás se nos ocurrió extendernos hasta un lugar tan lejano como Normandía.

—Pero, ¿qué te trajo hasta Angers? —preguntó Evarard.

—La caza de esta mujer —respondió Rowland al tiempo que abrazaba a Brigitte y soltaba una breve risita—. Tengo que agradecerte por haberla encontrado y a ella, por haberte hallado a ti. Te vio esta mañana cuando vino a ver al conde. Supuso que eras yo y salió corriendo del palacio. Si no hubiera escapado entonces, jamás la hubiese encontrado. —Ante las aturdidas miradas de todos, el joven agregó—. Es una larga historia; será mejor reservarla para otro momento. —Se volvió hacia sus padres.— Ahora, cuéntenme qué sucedió entonces. ¿Cómo logró Luthor arrebatarme de su lado?

Eleonore se apresuró a responder.

—Nos encontrábamos en Angers para la celebración del día de San Remi. El conde había obtenido una excelente cosecha ese año y quiso festejarlo organizando un enorme banquete con nobles de todas partes del reino. Nosotros habíamos llevado a nuestros hijos, tú y Evarard, a la gran sala... para presumir, me temo. Nos sentíamos muy orgullosos de nuestros gemelos. Vosotros erais muy pequeños entonces, y realmente encantadores. —Rowland se sonrojó, pero Evarard soltó una carcajada, habituado a los mimos de su madre—. Algo más tarde, mi doncella, os trajo de vuelta a esta misma habitación. Y ésa fue la última vez que te vimos, Raoul.

—Rowland, mi amor —le corrigió Goddard con dulzura—. El se ha llamado Rowland durante la mayor parte de su vida. Tendremos que olvidar el nombre que le dimos cuando nació.

—Para mí, siempre será Raoul. —Eleonor sacudió la cabeza con obstinación.

—Tu madre es una dama muy sentimental, Rowland —le explicó el barón—. Ambos nos sentimos desolados cuando regresamos a la habitación y encontramos a la doncella inconsciente y sólo a Evarard en su cama. Tú ya no estabas. Yo tenía enemigos. ¿Qué hombre no los tiene? Temí que uno de ellos te hubiese llevado, y supuse que habrías muerto. Pero tu madre jamás perdió las esperanzas. Durante todos estos años, nunca las perdió.

—¿Fue este hombre, Luthor, bueno contigo? —preguntó Eleonore con suavidad'

—¿Bueno? —Rowland frunció el entrecejo con aire pensativo.

Había cosas que jamás podría contar a esa gente. ¿Quién sería realmente capaz de comprender la dureza de su vida? ¿Cómo podría explicar tanta crueldad a su familia?

—Luthor es un rudo guerrero —comenzó a decir el joven—. Es muy respetado en Normandía. Los nobles aguardan durante años hasta enviarle a sus hijos para el entrenamiento, en lugar de recurrir a cualquier otro lord. Mi propia capacitación comenzó tan pronto como fui capaz de sujetar una espada. Luthor se dedicó a mí con especial cuidado. Siempre fue un... un riguroso maestro. No sólo me enseñó las habilidades de un soldado, sino también las estrategias de la guerra. Me obligó a esforzarme para alcanzar la perfección. —Esbozó una irónica sonrisa.— Desde muy temprana edad, fui preparado para asumir la autoridad en Montville y conservarla contra cualquier desavenencia, dada que, si bien Luthor tiene dos hijas de su matrimonio, yo seré el heredero de su patrimonio. Aunque ahora que sé que no soy de su sangre, supongo que Montville ya no me pertenece.

—Eso es indiscutible, desde luego, puesto que hay hijas —le hizo notar Goddard—. Pero tú...

Rowland le interrumpió con un marcado tono severo.

—Yo podría apoderarme de Montville aún cuando no tuviera el mínimo derecho. No cabe duda al respecto.

El comentario reveló a la familia mucho más sobre la naturaleza del hombre que cualquier otro relato. Rowland era un guerrero, un hombre rudo, poderoso, preparado para obtener lo que deseara. Sería difícil para esas gentiles personas comprender tanta rudeza.

—Rowland es algo parco —se apresuró a comentar Brigitte, a fin de quebrar el silencio—. No quiso decir que intenta apoderarse de Montville por la fuerza, sino que podría hacerlo si así lo deseara.

El muchacho miró a la joven con el ceño fruncido, ya que no consideraba que sus palabras necesitaran explicación. Ella le respondió con un pellizco, y recibió a cambio una expresión aun más sombría.

—No deberías sentir que has perdido algo porque no eres verdadero hijo de ese hombre —le aseguró el barón—. No conozco Montville, pero tú posees una inmensa propiedad en Poitou, que te fue entregada al nacer por mi señor, el conde de Poitou. Evarard ha administrado tus tierras con el mismo cuidado que las propias. Al igual que tu madre, tu hermano jamás perdió la esperanza de que regresaras algún da.

—Bien, hermano. —Rowland sonrió—. ¿Soy un hombre rico entonces?

—Eres bastante más rico que yo —asintió Evarard, encantado—, ya que tus rentas se han acumulado durante todos estos años, mientras que yo he tenido que usarlas para vivir. Y debo reconocer que jamás me he privado de lujos.

Rowland rió.

—Pues entonces, dada la molestia que te he ocasionado, insisto en que aceptes mis rentas acumuladas como si te pertenecieran.

—¡Oh, no puedo aceptarlas! —exclamó Evarard, sorprendido.

—Claro que sí —insistió Rowland—. No quiero nada que no haya ganado por mí mismo. Y te estaría agradecido si continuaras ocupándote de mis tierras hasta que yo las reclame.

—¿No vas a reclamarlas ahora?

—Ahora, —comenzó a decir Rowland con expresión sombría—, debo regresar a Montville.

—Te acompañaré a Normandía —le ofreció su hermano.

Pero Rowland sacudió la cabeza con obstinación.

—Deberé enfrentarme sólo a Luthor. El hombre te detestará, hermano, ya que, de no ser por tu rostro, ya jamás me hubiese enterado de la existencia de mi familia, ni hubiera descubierto su engaño. Tu vida correrá un serio peligro en Montville.

—¿Y que me dices de la tuya?

—Luthor y yo somos igualmente fuertes. Yo no le temo. Es él quien deberá cuidarse de mí.

—Rowland —comenzó a decir el otro joven con vacilación, frunciendo el entrecejo—. Tal vez, sería más sensato que no volvieras a ver a ese hombre. ¿Crees que podrías vivir con tu conciencia si le mataras?

—No podría seguir viviendo sin escuchar sus razones para haber hecho lo que hizo —le aseguró Rowland con voz calmada, pero una expresión severa en los ojos.

Se trasladaron a una confortable habitación, donde conversaron durante toda la noche y comieron como una verdadera familia por primera vez en vientitrés años. Rowland escuchó en silencio las historias familiares, y Brigitte se preguntó si el recuerdo de tantas vivencias no aumentaría la pena del hombre, que jamás las había compartido. El parecía hechizado y no podía apartar los ojos de sus recientemente adquiridos parientes.

288

36

—¿Te das cuenta, Brigitte, de que si no te hubieras escapado hacia Angers, probablemente yo jamás hubiese conocido a mi familia? Durante años, Luthor me impidió llegar hasta allí, por temor a lo que yo pudiera encontrar. Nunca me pregunté qué tenía él contra esa ciudad. Pero, esta vez, no logró mantenerme alejado de Angers, y todo gracias a ti.

Los jóvenes se hallaban contemplando los dominios de Montville desde la colina del sur. Brigitte se sentía algo inquieta debido al venidero enfrentamiento, puesto que un muy silencioso Rowland había cabalgado a su lado durante tres días.

El muchacho le sonrió.

—Cada vez que huiste de mí, algo bueno me sucedió.

—¿Qué sucedió de bueno la primera vez?

—¿Acaso no fuiste mía a partir de entonces?

La muchacha se ruborizó.

—¿Te enfrentarás a Luthor en privado? —le preguntó, volviendo a sus inmediatos temores.

—Eso no tiene importancia.

—Claro que tiene importancia, Rowland. Por favor, debes hablarle a solas. Nadie más aquí necesita enterarse de lo sucedido. Luthor te ha considerado su hijo durante todos estos años. Compartes un estrecho vínculo con él, un vínculo de años que pesa tanto como un parentesco. Recuérdalo cuando llegue el momento de enfrentarte a él.

Rowland comenzó a descender lentamente por la colina, en silencio, sin aplacar los temores de la joven.

Luthor se encontraba en la gran sala cuando ellos entraron. Al verlos aproximarse, el anciano adoptó una expresión cautelosa, como si ya supiera lo acontecido.

—¿De modo que la trajiste nuevamente de regreso? —comentó el lord con tono jovial, al tiempo que se incorporaba de su asiento frente al fuego.

—En efecto.

Luthor se volvió hacia Brigitte.

—¿No te dije que pronto cedería, damisela?

—Eso dijiste, milord —respondió ella con voz suave.

—Estuviste ausente durante una semana —comentó el anciano, dirigiéndose a su hijo una vez más—. Supongo que la muchacha alcanzó a llegar a Angers, ¿no es así?

—Así fue.

Se produjo un prolongado silencio y luego, Luthor exhaló el suspiro de un hombre angustiado.

—¿Lo sabes?

Rowland no respondió. No había necesidad.

—Desearía hablar contigo a solas, Luthor —le dijo—. ¿Podrías cabalgar conmigo un rato?

El lord asintió y le siguió fuera de la sala. Al observarlos partir, Brigitte experimentó una inmensa compasión por el anciano. Había visto los hombros caídos de Luthor y la abatida resignación de su rostro.

Rowland desmontó en la cima de la colina donde él y Brigitte se habían detenido hacia apenas unos instantes. Recordó la advertencia de la joven. Empero, había en su interior una incontenible ira que luchaba por estallar; la ira de un pequeño niño golpeado, despreciado, cruelmente humillado. Tanta perversidad, le recordó esa misma ira, no había sido más que una tremenda injusticia.

Luthor se apeó del caballo y, al mirar a su hijo, Rowland le preguntó con un tono entre furioso y angustiado:

—¡Maldito seas, Luthor! ¿Por qué?

—Te lo explicaré, Rowland —respondió el anciano con calma—. Te explicaré la vergüenza de un hombre que no tiene hijos varones.

—¡Eso no es motivo de vergüenza! —dijo el joven.

—Tú no puedes saberlo, Rowland —le aseguró el lord con vehemencia—. No puedes saber cuánto anhelaba yo un hijo hasta que tú mismo no desees uno de tu sangre. Hijas he tenido... docenas de hijas por toda Normandía. Pero ningún varón, ¡ni uno! Ya soy un anciano de casi sesenta años. Comencé a desesperarme por tener un hijo que pudiera administrar mis tierras. Casi mato a Hedda cuando me dio otra mujer. Es por eso que ella jamás volvió a concebir y por esa razón siempre te odió.

—Pero, ¿por qué a mí, Luthor? ¿Por qué no el hijo de algún campesino... un niño qué, estaría agradecido por todo lo que pudieras brindarle?

—¿Acaso tú no estás agradecido? Te convertí en un hombre temible, un excelente guerrero.

—Me trajiste aquí para ser criado por esa bruja, para sufrir en sus manos. Me arrebataste del amor de mi madre... ¡para entregarme a Hedda!

—Te convertí en un hombre fuerte, Rowland.

—Mi hermano es un hombre fuerte y, sin embargo, fue criado por padres afectuosos. Tú me lo negaste todo.

—Yo siempre te he amado.

—¡Tú no conoces el amor!

—Estás equivocado —le aseguró Luthor tras una pausa, y sus ojos reflejaron un infinito dolor—. Es sólo que no sé como demostrarlo. Pero yo te amo, Rowland. Siempre te he amado como si fueras mi verdadero hijo. Yo te convertí en mi hijo.

El joven se resistió frente a un súbito impulso compasivo y preguntó con voz áspera:

—Pero, ¿por qué a mí?

—Ellos tenían dos hijos, dos hijos de un mismo nacimiento, cuando yo con tanta desesperación no pedía más que uno. Me encontraba en Angers con el duque Richard. Cuando vi al barón y a su esposa con los pequeños gemelos, me sentí abrumado por tanta injusticia. No había planeado llevarte. Una idea me acosó súbitamente, y el impulso me venció. No sentí remordimientos, Rowland. No diré que lo sentí. Ellos tenían gemelos. Perderían a uno, pero aún les quedaría el otro. Conservarían a un hijo, y yo podría tener el mío. Cabalgué durante dos días sin cesar, agotando al caballo, para traerte directamente hasta aquí. Tú ya eras mío.

—¡Santo Dios! —exclamó Rowland en dirección al cielo—. ¡No tenías derecho, Luthor!

—Lo sé. Alteré toda tu vida. Pero te diré algo. No suplicaré tu perdón, perque si volviera a presentarse la oportunidad, haría exactamente lo que hice. Montville te necesita —concluyó el anciano con un tono algo más firme.

—Montville tendrá otro lord después de tí, pero no seré yo —afirmó el joven con amargura.

—No, Rowland, no sabes lo que dices. He dedicado casi la mitad de mi vida a prepararte para asumir la autoridad de lord aquí. No eres de mi misma sangre, pero a nadie más podría confiar los dominios de Montville, sólo a ti.

—No los quiero.

—¿Y permitirás que Thurston los tenga, entonces? —preguntó Luthor con furia—. El no se interesa por esa gente, ni por la tierra, ni por los caballos que ambos amamos. Abatirá la ira del duque Richard con sus mezquinas guerras para conseguir más tierras y Montville, entonces quedará destruido. ¿Es eso lo que quieres que suceda aquí?

—¡Ya basta!

—Rowland...

—¡Dije basta! —bramó el muchacho, abalanzándose hacia el caballo—. Debo pensar, Luthor. No estoy seguro de poder tolerarte ahora, sabiendo lo que sé. Debo pensar.

Unos instantes más tarde, Rowland entró en su habitación. La tibieza del cuarto fue como un bálsamo para apaciguar su cólera. Su recámara jamás le había parecido un lugar acogedor, pero con la presencia de Brigitte...

La muchacha le observó con ansiedad. El exhaló un suspiro, dejó caer los hombros y se arrojó sobre una silla, evitando los ojos curiosos de la joven.

—No sé, Brigitte —le dijo con calma—. No puedo perdonarle, pero no sé qué hacer.

—¿Habéis peleado?

—Sólo con palabras.

—¿Y su razón?

—Tal como dijiste, anhelaba un hijo con desesperación. —Apoyó la cabeza en las manos de la muchacha y le lanzó una breve mirada—. ¡Ojalá no hubiese sido yo!

Desgarrada por esa angustiosa queja, Brigitte se arrodilló frente al joven y le rodeó con los brazos, en silencio.

Rowland le acarició el cabello con ternura, conmovido.

—Ah, mi joyita. ¿Qué haría yo sin ti?

37

La primera luz del amanecer ya penetraba a través de las pieles que cubrían las ventanas, cuando los pasos ansiosos de Rowland despertaron a Brigitte. La diminuta llama de una lámpara creaba indistintas sombras alrededor de la habitación.

La joven se apoyó sobre un codo y su larga cabellera le cayó sobre los hombros como una cascada dorada.

—¿No pudiste dormir?

El se sobresaltó.

—No. —continuó caminando por el cuarto.

—¿Es muy difícil, Rowland? ¿Puedo ayudarte?

El se acercó a la cama y se sentó sobre el borde, de espaldas a la muchacha.

— Debo decidirlo por mí mismo. Es Montville lo que está en discusión, no Luthor. El aún me quiere como su heredero.

—¿Y por qué eso te desagrada? ¿Acaso no supiste siempre que algún día serías el lord aquí?

—Cuando me marché hace seis años, renuncié a este patrimonio. Me propuse no regresar jamás. Y ahora, he vuelto a rechazarlo.

—Retornaste a casa porque te necesitaban. Aún te necesitan. Montville sigue bajo amenaza. Eso es lo que te perturba. No puedes marcharte sabiendo que este lugar aún te necesita.

—Juro que eres una bruja —afirmó Rowland, mirando a la muchacha por encima del hombro.

—No puedes separar a Montville de Luthor, Rowland, ése es el problema. Pero debes distinguir uno de otro. Y Montville siempre necesitará un fuerte lord.

El muchacho se recostó sobre la cama junto a ella.

—Pero Luthor aún vive aquí. Si me marcho ahora y Montville entra en guerra, no tendré derecho a reclamarlo más tarde. Sin embargo, si me quedo, deberé convivir con Luthor. Y no estoy seguro de poder lograrlo. Quise matarle, Brigitte. Quise retarle a la máxima prueba de poder... una batalla a muerte. No sé qué me detuvo... tú, tal vez, y tus palabras. Pero, si permanezco aquí, puede que llegue a desafiarle.

—¿Quién puede predecir el futuro? —preguntó Brigitte con suavidad, al tiempo que apoyaba la cabeza sobre el pecho del joven—. Puedes dejar que el tiempo resuelva tu problema, Rowland. Puedes quedarte y ver qué sucede. Si tu amargura se torna demasiado intensa y alcanzas el límite donde debes matar a Luthor o partir... entonces, márchate. Por el momento, deja en paz el asunto. Controla tu rencor y permanece en Montville. ¿No es eso acaso lo que en realidad deseas hacer?

Rowland le alzó apenas el rostro para besarla dulcemente en los labios.

—Tal como dije, eres una bruja.

Varias horas más tarde, cuando Rowland y Brigitte se encontraban en la sala, un caballero irrumpió súbitamente para dirigirse a Luthor con la noticia del avance de un ejército.

—Thurston de Mezidon no aguardó hasta el fin del invierno. ¡Ya se está acercando!

Rowland y Luthor se pusieron de pie e intercambiaron rápidas miradas.

—¿Qué podrá estar planeando? —preguntó él —Sabe que podemos resistir un sitio. Su ejército morirá de frío.

—¿Estará seguro de que puede forzarnos a salir? —sugirió Gui.

—Tal vez, planeó alguna forma de entrar —dijo Luthor con voz áspera, mirando a su hija Ilse, quien clavó los ojos sobre su regazo—. ¿A dónde fue realmente tu esposo, Geoffrey, cuando se marchó de aquí hace tres días? ¿A buscar a Thurston?

—¡No! —lady Ilse empalideció ante la severa acusación de su padre. —¡Geoffrey viajó a Rouen a visitar a su familia tal como te dijo!

—Si lo veo al otro lado de estos muros con Thurton, juro que te mataré, mujer. Hija o no, nadie que se atreva a traicionar a Montville continúa con vida.

Ilse se desató en lágrimas ante las despiadadas palabras del anciano y salió corriendo de la sala. Afuera, los aldeanos comenzaban a congregarse en el patio, tras haber recibido la advertencia. Los portalones fueron cerrados y los muros, guarnecidos de efectivos.

Rowland se volvió hacia Luthor.

—Sabremos la verdad sobre Geoffrey cuando veamos los movimientos de Thurston. ¿A qué distancia se encuentra el ejercito? —preguntó al caballero informante.

—Algunos, tal vez la mitad, fueron vistos sobre la colina del sur. El resto aún no ha aparecido.

—Ya llegarán —advirtió Rowland ominosamente— . Sin duda, Thurston planea acorralarnos. A los muros, entonces.

Todos corrieron fuera de la sala. Rowland ordenó a Brigitte permanecer allí y no abandonar ese cuarto por ninguna razón.

—Te traeré noticias en cuanto tenga una oportunidad.

La joven observó nerviosa la partida del muchacho. Con qué prontitud se había resuelto el problema. El y Luthor no se habían hablado esa mañana. El helado silencio entre ambos había suscitado numerosos comentarios. Empero, apenas comenzaba a vislumbrarse una amenaza sobre Montville y los dos volvían a convertirse en aliados.

Desde su posición sobre el elevado muro, Rowland miró a través de las colinas nevadas. Luthor, sir Gui y sir

Robert se encontraban a su lado. No se veía ni un alma
moviéndose en derredor, en ninguna dirección.

—Se ha vuelto loco —afirmó Rowland con convicción—. Miren toda esa nieve. La última tormenta dejó
varios metros de espesor. Debe de estar loco.

—Sí —asintió Luthor—. O es muy inteligente. Sin
embargo, no puedo imaginar su plan. No entiendo cómo
piensa obtener ahora la victoria.

Rowland frunció el entrecejo.

—¿Cuántos hombres se acercaban?

Sir Robert llamó al caballero que había divisado el
ejército durante su patrullaje.

—Conté más de un centenar de jinetes y, al menos, la
mitad de ellos eran caballeros —respondió el hombre—. Llevaban también dos carros.

Rowland se sintió azorado.

—¿Donde diablos habrá conseguido tantos caballeros?

—Los robó, sin duda —sugirió Gui—. A los breto-
nes que ha asaltado.

—Y, sin embargo, ésa es sólo la mitad de su ejército, o incluso menos, según lo que sabemos hasta el
momento —les hizo notar sir Robert.

—¿Cuántos venían a pie? —inquirió Rowland.

—Ninguno.

—¿Ningún hombre a pie?

—Así es —confirmó el caballero con calma.

—¡Pero tantos jinetes! Ni la mitad de nuestros hombres están entrenados para cabalgar —bramó Luthor.

—Y Thurston lo sabe. Quizás sea ésa la ventaja con
que cree contar.

—¡Miren ahí! —Gui clavó la mirada sobre la cima
de la colina.

Un solitario jinete apareció y se detuvo a observar
los dominios de Montville. Era un caballero vestido con
armadura, pero resultaba difícil identificarle a distancia.

—¿Es Thurston? —preguntó Gui.

—No podría asegurarlo —respondió Luthor—.
¿Rowland?

El hombre se cubrió los ojos contra el reflejo de la nieve y sacudió la cabeza.

—Está demasiado lejos.

Finalmente, al jinete de la colina se sumó otro y luego muchos más, hasta que una larga fila de caballeros se extendió a lo largo de la cima. No eran esos todos los hombres de Thurston y, aún así, ese único grupo de jinetes tenía un aspecto temible. Casi todos ellos eran caballeros, un caballero valía más que diez soldados a pie.

—Ahora sabremos qué tiene ese loco en mente —dijo Luthor llanamente cuando el primer caballero comenzó a descender por la colina hacia Montville.

Avanzaba sin escolta, y Rowland le observó, azorado ante la audacia de Thurston. ¿Qué esperaba ese hombre al acercarse sin compañía? Una simple flecha podría poner fin a ese conflicto.

Rowland comenzó a fruncir el entrecejo a medida que el caballero se aproximaba más y más. Sin duda, no se trataba de Thurston.

El jinete, por fin, se encontró junto al límite y elevó la mirada hacia los gigantescos muros de Montville, de modo que Rowland pudo verle el rostro con claridad. El hombre ahogó una exclamación. Era difícil creerlo, pero allí estaba él.

—¡Maldición! —gruñó Rowland con el cuerpo tenso.

—¿Qué ocurre, Rowland? —preguntó Luthor.

—¡El mismo diablo le ha enviado aquí para hostigarme! —exclamó el muchacho con voz áspera.

—¿Podrías hablar con más cordura?

—Ese no es el ejército de Thurston, Luthor. Montville tendrá que enfrentar a Thurston en otra oportunidad. ¡Ese ejército de caballeros proviene de Berry!

—¡Rowland de Montville! ¡Sal de ahí y enfréntate a mí! —exclamó el caballero desde abajo.

Rowland respiró hondo antes de gritar desde el parapeto.

—¡Ya voy!

Luthor le sujetó del brazo.

—¿Quién demonios es ése?

—El barón de Louroux, el hombre que me salvó la vida en Arles, el mismo que me envió a Louroux con el mensaje que demoró mi regreso a casa.

—¿Louroux? ¡La muchacha es de Louroux!

—Ahora lo comprendo. Por esa razón él se encuentra aquí. —Rowland podría haber reído si no se hubiese sentido furioso. —¿Puedes creerlo? El hombre ha hecho marchar un ejército a través de Francia en pleno invierno por una mera sierva. ¡Todo por una sierva!

—Entonces, puede que no sea una sirvienta —murmuró el anciano.

—¡No me importa un comino lo que esa muchacha sea! —bramó Rowland—. El jamás la tendrá.

—¿Lucharás contra el hombre que te salvó la vida?

—Si es necesario, lucharé contra todo su ejército.

—Rowland, entonces no tienes necesidad de salir —se apresuró a sugerir Luthor—. Ellos no pueden llevarse a la joven si no les abrimos los portalones.

—Entonces, Rowland comprendió que el anciano estaba dispuesto a ayudarle, aún cuando ésa no fuera su lucha.

—Aún así, bajaré —afirmó el muchacho con un tono más calmado—. Le debo, al menos, esa cortesía.

—Muy bien —asintió Luthor—. Pero ante la primera señal de peligro, una flecha le atravesará el corazón.

Rowland cabalgó a través de la entrada a un ligero galope. Quintin había retrocedido hasta una distancia media entre Montville y su ejército. Adiós a la flecha Luthor, pensó el muchacho con irritación. Se sentía enfadado. De otro modo, Quintin jamás hubiese logrado adivinar el paradero de Brigitte. Sin embargo, su ira no se debía tanto al engaño, como a un fuerte sentimiento de celos. Otro hombre deseaba a su Brigitte lo suficiente como para movilizar a todo un ejército en su rescate. ¿Acaso Quintin de Louroux seguía enamorado de la muchacha?

Con ojos entrecerrados observó Quintin el avance de Rowland de Montville. En su interior ardía una violenta, amarga sensación de ira, que le había acosado desde su partida de Louroux dos semanas atrás. Desde entonces, su cólera se había intensificado, emponzoñado.

Druoda lo había confesado todo; sus intrigas para apoderarse de Louroux, sus intenciones de desposar a Brigitte con Wilhelm de Arsnay, sus esfuerzos por mantener a su hermana alejada de Arnulf, los castigos impuestos a la muchacha.

Rowland de Montville había violado a Brigitte. Aún sabiendo quién era la joven, le había dicho su tía, el hombre la había violado. Y, al hacerlo, había arruinado los planes a Druoda. Entonces, la mujer, presa del pánico ante el regreso de Quintín, había intentado envenenarle. La dama había suplicado clemencia a su sobrino. Y él había sido clemente, puesto que, aún cuando hubiese deseado asesinarla, sólo la había expulsado de Louroux.

Pero era a Rowland a quien deseaba ahora matar. Rowland, a quien había enviado de buena fe hasta Louroux y quien le había pagado la deuda violando a su hermana y arrebatándola de su hogar.

Los dos caballos de guerra se enfrentaron en campo abierto. Huno rebasaba los flancos del animal francés en casi medio metro. Y, al igual que los corceles, sus jinetes también eran dispares. Rowland había desdeñado su escudo y su yelmo para cargar apenas una espada sujeta en la cadera, mientras que Quintin llevaba su armadura completa. Aún así, Rowland era el más robusto, el más fuerte y, tal vez, el más diestro.

—¿Se encuentra ella aquí, normando? —preguntó Quintin.

—Sí.

—Entonces, debo matarte.

—Si deseas verme muerto, barón, tendrás que enviar a una docena de tus hombres más fuertes para desafiarme.

—Tu arrogancia no me amilana —afirmó el lord de Louroux—. Y jamás envío a otros para luchar en mi lugar, sir Rowland. Seré yo quien acabe contigo. Y, luego lady Brigitte regresará a casa.

Rowland asimiló esas palabras sin demostrar que sus

peores temores finalmente habían sido confirmados. Lady Brigitte. ¡Lady! Entonces, era verdad.

—Este es ahora el hogar de Brigitte —aseveró con calma—. Y pronto ella será mi esposa.

Quintin rió con desprecio.

—¿Supones acaso que le permitiré desposarse con un sujeto como tú?

—Si mueres, dudo que puedas oponerte —le advirtió Rowland con tono sereno.

—Mi lord Arnulf conoce mis deseos al respecto. Si muero, el pasará a ser lord de Brigitte. El conde se encuentra aquí ahora para encargarse de alejar a la joven de tu lado.

—De modo que trajiste a todo Berry para rescatarla, ¿eh? Necesitarás un ejército mucho más poderoso que ése para atravesar los muros de Montville.

—Así se hará, si es necesario. Pero si de veras sientes algo por Brigitte, le permitirás partir. Aun así, nosotros lucharemos, pero ella no debe sentir que ha provocado alguna muerte. Y, sin duda habrá muchas muertes aquí.

—Nunca renunciaré a la joven —afirmó Rowland con calma.

—Entonces, defiéndete —le desafió Quintin con voz áspera, al tiempo que extraía su espada.

El sonido de las armas atrajo a varios hombres hacia los parapetos de Montville. Brigitte, ya impaciente de tanto aguardar en la sala, siguió a los otros hasta los muros.

De inmediato, reconoció a Rowland y a su caballo de guerra, y entonces contuvo la respiración. El estaba librando un encarnizado combate contra su oponente, aun cuando no llevaba puesta su armadura. ¡El muy tonto! ¡Con qué facilidad podría morir!

La muchacha divisó a Luthor a unos metros de distancia y corrió hacia el anciano.

—¿Por qué están luchando? —preguntó con aspereza—. ¿Acaso no habrá guerra... sólo esta batalla?

El lord se volvió hacia la joven con expresión sombría.

—Tú no deberías estar aquí, damisela.

—¡Dime! —le exigió Brigitte, alzando la voz—, ¿por

qué Thurston se enfrenta sólo a Rowland?

—No es Thurston. Pero si tu preocupación es Rowland, ya puedes estar tranquila —afirmó Luthor con orgullo—. El francés es presa fácil.

—¿El francés? ¿Es un ejército francés?

La joven miró por encima del muro en dirección a la larga fila de soldados que se encontraban apostados sobre la cima de la colina. Alcanzó a ver varios estandartes, algunos de los cuales logró identificar. Entonces, avistó la figura de Arnulf y ahogó una exclamación. ¡El finalmente había acudido a su rescate! Y junto a su estandarte estaba... ¡oh, Dios! Instantáneamente, la muchacha clavó los ojos en el caballero que se enfrentaba a Rowland en el campo y, entonces gritó.

Quintin oyó los alaridos de Brigitte profiriendo su nombre, y creyó percibir un ruego de liberación. Rowland, en cambio, percibió alegría en esa voz. Sin embargo, el efecto en ambos hombres fue idéntico. Cada uno de ellos sintió, más que nunca, el deseo de acabar con su adversario.

Quintin fue arrojado de su montura y la lucha continuó sobre el césped. Los repetidos ataques que debió resistir fueron reveladores. El supo entonces con certeza que su hora había llegado. Empero, no estaba dispuesto a morir sin antes oponer resistencia y trató de reunir todas sus fuerzas.

Todo fue inútil, sin embargo. Rowland era demasiado fuerte para él y demasiado hábil. Tras mantenerse a la defensiva durante varios minutos, Quintin sintió la espada enemiga quebrar los tirantes de su cota y penetrar en su hombro.

El dolor fue intolerable. Aun cuando hubiese deseado resistirse, las piernas le traicionaron, y se dejó caer sobre las rodillas. Trató de sujetar el arma, pero perdió también el control de las manos. Y, en un instante, la espada de su adversario se encontró junto a su cuello.

—Sería muy fácil. Lo sabes, ¿eh? —dijo Rowland con frialdad, presionando apenas el arma de modo que un fino hilo de sangre corrió por el cuello de su víctima.

Quintin se negó a responder. El dolor del hombro era irresistible. Había fracasado. ¡Oh, Brigitte!

La espada hostil cayó súbitamente hacia un costado.

—Te perdonaré la vida, Quintin de Louroux —aseveró Rowland—. Te la perdonaré porque te debo el favor. Ahora, mi deuda queda saldada.

Tras pronunciar esas palabras, volvió a montar su caballo y emprendió el regreso a Montville, al tiempo que cuatro caballeros franceses comenzaron a descender por la colina para recoger a su derrotado lord. Brigitte. La muchacha lo sabía... ¡lo sabía! Había visto a Quintin. Y en verdad era lady Brigitte. Una dama, no una sierva. ¡Druoda le había engañado! Sin embargo, no le había mentido acerca del amor que existía entre Quintin y la joven. Eso era evidente. Y era también obvio el hecho de que Brigitte jamás permanecería voluntariamente a su lado. Rowland había percibido alegría en su voz al pronunciar el nombre de Quintin, su amado.

38

—¿Qué demonios estaba haciendo Brigitte en el muro? —preguntó Rowland cuando Luthor fue a recibirle al establo.

—Se acercó con los otros para presenciar un espléndido combate —respondió el anciano con regocijo—. Le demostraste a esos franceses quién es su adversario, ¡mi Dios!

—¿Dónde está ella ahora? —inquirió el muchacho con irritación.

—Ah, pues la joven no es tan fuerte como supuse. Se desmayó cuando heriste al caballero francés. Ordené que la llevaran a tu habitación.

Rowland corrió desde el establo hacia la sala, subió velozmente las escaleras y abrió con violencia la puerta de su recámara.

Brigitte se encontraba tendida en la cama inconsciente. El ruido la perturbó y comenzó a gemir. Empero, no alcanzó a despertarse, sino que continuó perdida en algún profundo tormento.

El hombre se sentó a su lado y le apartó el cabello del rostro.

—¿Brigitte?... ¡Brigitte! —la llamó con más firmeza al tiempo que le palmeaba las mejillas.

Los ojos de la muchacha se abrieron y, luego, se dilataron al posarse sobre Rowland. Prorrumpió en sollozos y comenzó a golpear el pecho del hombre con los puños hasta que él la sujetó.

—¡Le mataste! —chilló Brigitte—. ¡Le mataste!

El entrecerró los ojos con furia.

—No está muerto —anunció—, sino herido.

Por un instante, él observó el juego de emociones que atravesaron el rostro de la joven. Ella se incorporó.

—Debo ir con él.

Empero, Rowland la sujetó con firmeza contra la cama.

—No, no irás, Brigitte.

—¡Debo hacerlo!

—¡No! —exclamó el joven con aspereza, y luego agregó: Sé quién es él, Brigitte.

La joven se sintió azorada ante semejante revelación.

—¿Lo sabes? ¡Lo sabes y, aun así, luchaste en su contra! ¡Oh, Dios, te odio! —gimió entre sollozos—. Creí que sentías algo por mí. Pero tú no tienes corazón. ¡Estás hecho de piedra!

Rowland se sorprendió ante la profundidad de su propio dolor.

—¡No pude hacer nada más que luchar! —bramó con furia—. ¡Jamás permitiré que él te tenga!¡Sólo si yo muero podrás desposarte con ese hombre. ¡Lo juro, Brigitte!

—¿Desposarme? —preguntó ella con voz entrecortada—. ¿Desposarme con mi propio hermano?

El muchacho la observó con mirada atónita.

—¿Hermano?

—¿Y osas fingirte inocente? ¡Tú sabes que Quintin es mi hermano! ¡Acabas de afirmarlo!

Rowland sacudió la cabeza, azorado.

—Creí que era tu señor. ¿Quintin de Louroux es tu hermano? ¿Por qué no me lo dijiste?

Brigitte no podía cesar de sollozar.

—Pensé que había muerto y me resultaba demasiado doloroso hablar de él.

—Entonces, ¿quién es Druoda si no es su hermana? Me dijo que Quintin deseaba casarse contigo, pero que ella lo impediría. Me juró que te mataría antes de que él regresara a Louroux, a menos que yo aceptara llevarte conmigo.

—¡Mentiras, todas mentiras! —bramo la joven—. Ella es la tía de Quintin. Te dije que había mentido sobre mí. ¿Por qué no pudiste creer...? —Brigitte dejó escapar una exclamación—. ¿Antes de que Quintin regresara a Louroux? ¿Sabías que él regresaría? ¿Sabías que mi hermano vivía y no me lo dijiste?

Rowland no se atrevió a mantener la mirada de la muchacha.

—Creí que le amabas, que intentarías regresar a él —comenzó a explicarle.

Pero Brigitte se sentía demasiado irritada para escuchar.

—¿Creíste que le amaba? ¡Claro que le amo! Quintin es mi hermano. El es toda mi familia. Y me iré con él... ¡ahora!

Se puso de pie abruptamente, pero Rowland le tomó de la cintura antes de que pudiera llegar hasta la puerta.

—Brigitte, no puedo permitirlo. Si te dejo partir, él te impedirá regresar a mí.

Ella le miró horrorizada.

—¿Acaso supones que deseo regresar? ¡No quiero volver a verte jamás! Luchaste en contra de mi hermano, ¡y estuviste a punto de matarle!

—Tú no te marcharás de aquí, Brigitte —afirmó él de modo categórico.

—¡Te odio, Rowland! —siseó la joven—. Puedes retenerme aquí, pero nunca volverás a poseerme. ¡Me mataré si lo haces!

Se desplomó sobre el suelo en un mar de entrecortados sollozos. Rowland la observó por un instante y luego, abandonó la habitación.

Llegó la noche. El ejército francés se había retirado durante el día, aunque sin alejarse demasiado. Las espirales de humo provenientes del campamento revelaban que los caballeros franceses se encontraban al otro lado de la colina. Su intención era permanecer allí.

En todo el día, Rowland no había regresado a su habitación. No sabía como comportarse ante Brigitte. Cada vez que pensaba en alguna disculpa, imaginaba la respuesta de la joven y se percataba de que no podía enfrentarse a ella.

Con obstinación, se había negado a creer en la muchacha, aun cuando ella no había hecho más que decir la verdad. Había deshonrado a una dama de alta alcurnia. La había forzado a servirle y tratado con rudeza. Y ella le había tolerado todo. Milagrosamente, Brigitte le había tolerado. Pero nunca perdonaría por haber luchado contra Quintin. Ni le perdonaría jamás el haberle ocultado el hecho de que su hermano continuaba con vida. Rowland no tenía derecho a retenerla, pero no podía soportar la sola idea de perderla. Y Quintin jamás le permitiría desposarse con la joven.

Tal vez, cuando advirtiera que nunca volvería a ver a su hermana a menos que aceptara la boda, entonces, el francés probablemente cedería. Brigitte con seguridad se opondría, pero una mujer podía ser desposada sin su consentimiento. Sólo la aprobación del tutor era necesaria.

Tal vez, si le demostraba cuánto sentía el daño ocasionado, ella cesaría de detestarle. Tenía que enfrentarse a ella . Ya no podía tolerar el sentirse odiado por la joven.

Rowland abrió la puerta de su recámara con una leve esperanza. Empero, la habitación se encontraba vacía. Las pertenencias de Brigitte continuaban allí, pero ella había desaparecido. Una búsqueda por toda la mansión no fue más que una pérdida de tiempo. Ni la muchacha ni su perro pudieron ser encontrados. Finalmente, se descubrió que la puerta del muro trasero había sido destrabada desde el interior.

El hombre corrió hacia el establo para ensillar a Huno. Con seguridad, Brigitte había partido después del anochecer; de otro modo, alguien la habría visto atravesando los campos. Quizás, la muchacha aún no había logrado llegar al campamento francés. Tal vez, sólo tal vez, él todavía tenía oportunidad de alcanzarla, pensó Rowland, esperanzado.

Por fin, cabalgó hasta la cima de la colina. El corazón comenzó a latirle con violencia. Ya no podía divisarse ningún ejército al otro lado del monte, nada excepto una pradera desértica y los restos de varias fogatas ya extinguidas.

—¡Brigitte! ¡Brigitte! —Fueron gritos apasionados, desesperanzados, que nadie oyó, excepto el poderoso viento.

39

Brigitte se acurrucó en la carreta junto a su hermano. No llevaba prisa, ya que los caballeros franceses hubiesen recibido con agrado una persecución de sus enemigos normandos. Era un viaje lento, pero cada minuto, cada hora los alejaba más y más de los dominios de Montville.

La joven reclinó cansadamente la cabeza para observar el oscuro cielo de la noche. Quintin dormía. Ardía de fiebre y de dolor, gemía entre sueños, pero ella no podía ayudarle. Incluso había empeorado el estado del muchacho al sostener una violenta discusión, tan violenta como la que había mantenido frente a Rowland.

Quintin se había opuesto a la partida. Deseaba atacar Montville, reducir a grava los gigantescos muros del feudo. Empero, su mayor anhelo era obtener la cabeza de Rowland. La muchacha había empalidecido al oír esas palabras. Sin saber cómo había sucedido, se encontró súbitamente defendiendo a Rowland.

—¡El te perdonó la vida! ¡Te permitió vivir cuando podría haberte matado! —había exclamado ella.

Pero la temible cólera de Quintin no se había apaciguado.

—¡El hombre debe morir por lo que te ha hecho!

—Pero Rowland no es responsable por lo que ha sucedido —insistió Brigitte—. Druoda es la única culpable.

—No, Brigitte. El normando convenció a Druoda de entregarte.

La muchacha reflexionó por un instante y, luego, soltó una amarga risotada ante tan absurda afirmación.

—¿Te dijo ella eso? Ah, Quintin, ¿acaso aún no has notado la habilidad de esa mujer para mentir? Rowland no me quería consigo. Se enfureció cuando le forzaron a llevarme. Puede que ahora me quiera, pero no entonces. Druoda le juró que me mataría si él no me llevaba consigo. Y, debido a lo que me había hecho, él aceptó.

—¡Esa es otra razón por la que debe morir!

—¡Eso ni siquiera sucedió en Louroux! —replicó Brigitte.

—¿Qui...quieres decir que no te violó?

—No. Estaba ebrio, y demasiado aterrado para hablar. Ambos creímos que había sucedido, pero la verdad es que yo me desmayé y él luego se desvaneció. Por la mañana, dimos por sentado que había ocurrido el estupro, y lo mismo pensó Druoda. Pero fue todo una equivocación.

—Aun así, él te arrebató de casa, ¡sabiendo que eras mi hermana y que Druoda no tenía derecho a entregarte!

—¿Es ésa otra mentira de la dama? Rowland me creyó una sierva. Se rehusó a creerme cuando afirmé lo contrario porque Druoda le convenció de que yo era una sierva. Incluso hoy, cuando tú llegaste, él supuso que eras mi señor. No sabía que eras mi hermano. Pensó que Druoda era tu hermana.

—¿Por qué habría de mentirme mi tía, despues de haber confesado todos sus otros pecados?

—¿Acaso no lo adivinas? —preguntó Brigitte—. No me resulta difícil imaginarlo, puesto que la conozco después de haber convivido con ella tanto tiempo. Al mentirte acerca de las acciones de Rowland hizo que sus propios pecados no parecieran tan atroces. ¿Le mataste acaso?

—No, la expulsé.

—Ya ves. Le dejaste marchar sin más castigo y, sin embargo, viniste aquí para matar a Rowland. Y aún deseas matarle, pese a que te perdonó la vida. —Hizo una pausa y luego, reflexionó en voz alta. —Aunque Rowland sabía que tú vivías y nunca me lo dijo. Te creí muerto hasta hoy.

—Ahí no puedes defenderle, Brigitte, puesto que le envié a Louroux a informarte de que yo seguía vivo.

—Se lo comunicó a Druoda, creyendo que ella era tu hermana. Hizo lo que le ordenaste, Quintin.

—No haces más que disculparle —le acusó su hermano—. ¿Por qué insistes en defenderle?

Brigitte bajó la mirada antes de admitir en voz baja:

—He sido feliz aquí, Quintin. Sufrí al principio, pero luego me convertí en una mujer dichosa. No deseo que mates a Rowland, como tampoco deseo que él te mate. Y, sin duda, alguno de los dos morirá si no nos marchamos de aquí. Quiero regresar a casa ahora. No necesito ser vengada, puesto que mi honor no ha sido dañado.

—¿Quieres decir que él jamás te tocó en todo este tiempo? —preguntó Quintin con suspicacia.

—Jamás —respondió la joven con firmeza, esperando que la mentira lograra poner fin a ese conflicto.

Y así fue. Finalmente, Quintin consintió en marcharse. Ya todo había terminado.

Brigitte jamás volvería a ver a Rowland. Enterraría sus sentimientos por él. De algún modo, lograría olvidar todo cuanto había sucedido entre ella y Rowland de Montville.

40

La cálida brisa de primavera entibió la tierra y atrajo a Thurston de Mezidon hacia Montville. El ejército normando no parecía temible, no después de la terrible amenaza que había inquietado al feudo apenas unos meses atrás. Había, al menos, doscientos soldados con Thurston, pero no más de una docena de capacitados caballeros.

Rowland observó con desdén la congregación de hombres que pretendían arrebatarle los dominios de Montville. Mercenarios en su mayoría, tal vez algunos buenos soldados, pero la mayor parte del ejército estaba formada por campesinos que sólo intentaban aumentar su patrimonio. No existía lealtad allí. Ningún hombre contratado estaría dispuesto a luchar hasta el amargo final.

Cuatro caballeros cabalgaron hacia la entrada de Montville precedidos por Thurston. Rowland logró reconocer a otro de los hombres y esbozó una sonrisa despectiva. Roger. El canalla se había unido a su hermano, tal vez, con la intención de utilizar la batalla como excusa para matar a su antiguo adversario. Sin duda, el patán había informado a su hermano acerca del poderío de Montville y, sin embargo, Thurston era tan tonto como para iniciar la guerra. Rowland estaba seguro de que pronto encontraría también a Geoffrey entre el ejército hostil.

—¡Luthor! —bramó Thurston desde abajo—. ¡Te desafío a luchar por el dominio de Montville!

—¿Con qué derecho? —preguntó el lord.

—Con el sagrado derecho que me otorga el matrimonio con tu hija mayor. Montville será mío después de tu muerte. Y no deseo aguardar.

—Perro infame. —Luthor soltó una desdeñosa carcajada. —Tú no tienes derechos aquí. Mi hijo, Rowland, será quien herede la autoridad en Montville. ¿Tú? ¡Jamás!

—¡El es un bastardo! No puedes favorecerle frente a tu legítima hija.

—Claro que puedo, ¡y ya lo he hecho! —exclamó el anciano—. Le crié para ocupar mi lugar, y así será.

—Entonces, ¡desafío a tu bastardo!

Rowland había escuchado con impaciencia ese intercambio de palabras. Todo su ser ardía con el anhelo de lucha. La desesperación en que se había sumergido tras la partida de Brigitte había llegado a convertirse en una furia incontrolable. Era ésa la oportunidad que necesitaba para descargar su ira.

Empero, los planes de Luthor eran diferentes. El anciano sujetó el brazo del muchacho, ordenándole silencio.

—¡Lord de mercenarios! —bramó Luthor—. Mi hijo no se rebajará luchando con un canalla como tú. El no malgasta su destreza con palurdos.

—¡Cobardes! —profirió Thurston con cólera—. Ocúltese tras los muros, entonces. ¡Aun así, tendrán que enfrentarse a mí!

Los caballeros retrocedieron para unirse a su ejercito en el campo. Rowland los observó marcharse y luego se volvió hacia Luthor con enfado.

—¿Por qué? Podríamos haber terminado este conflicto enfrentándome a ese patán.

—Oh, sí —asintió el anciano con perspicacia—. Tú te hubiese enfrentado... en una lucha limpia. Pero usa la cabeza, Rowland. Thurston recurrió a mí en su juventud, pero fue siempre un holgazán, despectivo frente a todas mis enseñanzas. Jamás un caballero más desgraciado ha

316

traspasado estos muros. El sabe que nunca podría ganar y, aún así nos ha desafiado. ¿Por qué? Jamás se hubiese atrevido si no contaran con algún sucio plan para asegurarse la victoria.

—¿Piensas ocultarte detrás de estos muros, entonces?

—Claro que no —gruñó el anciano—. Puede que su intención haya sido matarme para evitar la guerra, pero no lo conseguirá. Se librará la batalla en el campo, pero sólo cuando yo lo decida.

—¿Y, entretanto, le permitirás asolar las tierras de Montville? —preguntó Rowland, mientras observaba a varios hombres de Thurston que, con antorchas encendidas, se dirigían hacia la aldea.

Los ojos de Luthor centellearon al ver el espectáculo que el joven estaba contemplando.

—¡El muy canalla! —gruñó—. Pues, muy bien, saldremos ahora y terminaremos ya mismo con este engorroso conflicto.

Rowland trató de impedir cualquier acción precipitada del anciano, pero fue demasiado tarde. Luthor ya no estaba dispuesto a escuchar. Había dejado de pensar con claridad, para permitir que la ira comenzara a gobernarle, y ése era un lujo que ningún guerrero podía jamás afrontar. Aún así, el hombre no tuvo más alternativa que seguirle. De inmediato, cuarenta de los mejores caballos de guerra de esas tierras fueron montados y Luthor empezó a impartir las órdenes. Un instante después, los caballeros y soldados de Montville atravesaron los portalones al galope para enfrentarse al lord de Mezidon y sus hombres.

Rowland conducía la mitad de las defensas, detrás de la línea de hacheros. La aldea se encontraba ya en llamas: cada choza, cada refugio caía tras una nube de humo en una ardiente bola anaranjada. Tras encender las fogatas en círculo alrededor de la mansión, los hombres de Thurston volvieron a reunirse con su ejército. Rowland redobló la marcha para seguirlos.

No bien llegó al campo de batalla, se le congeló la sangre ante el horrendo espectáculo que allí presenció. Y, entonces, la pena le desgarró cuando vio caer a Luthor. Todo sucedió antes de que él pudiera unirse al anciano, y no tardó en comprender que habían sido embaucados. Otros treinta jinetes habían descendido desde la colina para atacar a Luthor y sus hombres. Una muy antigua táctica, pero había resultado. Luthor había sido derribado y la mitad de los hombres habían caído con él.

Rowland cesó de pensar con claridad. Al igual que el anciano unos momentos atrás, se dejó gobernar por sus impulsos. Como un enloquecido, se abalanzó hacia el lugar del combate, seguido por una veintena de sus formidos guerreros. Con repetidos golpes de su espada, quebró los flancos del ejército enemigo, hasta llegar al centro de la lucha. Entonces, vio a Luthor. El sable de Thurston le había atravesado.

Lord Thurston de Mezidon se estremeció al ver la expresión en los ojos de su adversario. En ellos, la misma muerte parecía reflejada. Rowland alzó su espada ensangrentada para atrapar a su oponente y profirió un espeluznante alarido de ira. Thurston se paralizó, presintiendo que el fin había llegado.

El lord de Mezidon luchó de modo salvaje, imprudente, y pronto fue derrotado. Pero, al tiempo que Rowland extrajo su espada del cuerpo de Thurston, otro sable le penetró en la espalda. El muchacho abrió los ojos con sorpresa, pero reaccionó de inmediato girando hacia atrás su brazo armado. Alcanzó a golpear algo con la espada, pero su dolor era demasiado intenso para volverse a mirar. Su sed de sangre aún continuaba consumiéndole; aún retumbaba en su cabeza el ensordecedor clamor de batalla; sin embargo, se encontraba casi ciego, y también muy aturdido, ya que sólo podía ver la caída del poderoso Luthor, el fuerte, invencible Luthor derribado por una espada enemiga.

Un caballo se estrelló con Huno y Rowland cayó. El impacto intensificó su dolor hasta tornarlo irresistible. A partir de ese instante, el muchacho ya nada más oyó.

—¡Está muerto! —exclamó Hedda, al tiempo que dos caballeros entraron en la sala cargando el cuerpo inerte de Rowland—. ¡Oh, por fin!

Gui le lanzó una mirada fulminante y, con un ademán, indicó a los dos caballeros que colocaran al hombre inconsciente junto a los otros heridos, para luego ordenarles que se marcharan. Entonces, se volvió hacia la dama y le informó con frialdad:

—No está muerto, lady Hedda, aún no.

Los ojos pardos de la mujer se dilataron decepcionados.

—¿Pero morirá?

El tono esperanzado en la voz de Hedda repugnó al joven, quien, por una vez, se permitió olvidar la jerarquía de la dama de Montville.

—¡Fuera de aquí! —exclamó—. Acabas de perder a tu esposo. ¿Acaso no tienes lágrimas?

Los ojos de Hedda centellearon.

—¡Derramaré lágrimas por mi lord cuando haya muerto su bastardo! —siseó—. Y eso debería haber sucedido mucho tiempo atrás. Su caballo tendría que haberle matado. ¡Estaba tan segura! ¡Todo habría terminado!

—¿Lady? —inquirió Gui, sin atreverse a expresar la pregunta.

Ella retrocedió, sacudiendo la cabeza.

—No dije nada. ¡Yo no fuí! ¡Yo no fuí!

Hedda corrió hacia Luthor. El cuerpo del anciano había sido colocado sobre las alfombras. La dama se arrojó sobre el cadáver y sus pesarosos gemidos inundaron la gigantesca sala. Pero Gui sabía que no eran más que falsas lágrimas.

—Entonces me equivoqué al sospechar de Roger.

Gui bajó la mirada para encontrar los ojos de Rowland abiertos.

—¿La oíste? —le preguntó

—Sí, la oí —respondió el herido.

Gui se arrodilló junto al cuerpo echado de su amigo y habló con una marcada nota de amargura.

—Fuiste injusto con Roger en esa ocasión, pero sólo en ésa. Por él, estás tendido aquí ahora.

Rowland trató de incorporarse, pero volvió a caer con una marcada mueca de dolor.

—¿Es muy grave la herida?

—Es grave —admitió su amigo—. Pero tú eres fuerte.

—Luthor también era fuerte —afirmó el herido, y entonces la sangrienta escena volvió a cruzarle por la mente—. ¿Luthor?

—Lo siento, Rowland. Está muerto.

El joven cerró los ojos. Desde luego. Lo había sabido desde el momento en que había visto a Luthor caer. Luthor. No su verdadero padre y, aun así, su padre. El vínculo de años así lo había querido, tal como había afirmado Brigitte. Y ese vínculo era mucho más fuerte de lo que Rowland siempre había supuesto. El muchacho comenzó a sentir un profundo dolor, un dolor mucho más intenso de lo que jamás podría haber imaginado.

—El descansará en paz —dijo finalmente—. Ha sido vengado.

—Vi que también te vengaste a ti mismo —afirmó Gui con tono calmado.

Rowland frunció el entrecejo.

—¿Qué quieres decir?

—¿Acaso no sabes quién te hirió en la espalda? —preguntó su amigo—. Fue Roger. Pero tu propia espada le atravesó fatalmente, y cayó incluso antes que tú. Roger está muerto.

—¿Estás seguro?

—Si, Y los hombres de Thurston se lanzaron a la fuga. Pero la traición de Roger fue evidente. Siento haber dudado de ti en la anterior ocasión. No creí que nadie, incluso Roger, fuese capaz de atacar por la espalda. Pero tú le conocías mejor que yo.

Rowland no alcanzó a oír las últimas palabras de su amigo ya que, una vez más, el oscuro mundo del inconsciente se había apoderado de él. El joven ya no pudo sentir el dolor de la pérdida, ni el dolor de la herida.

Al tiempo que Rowland luchaba por aferrarse a la vida, Brigitte recibía los primeros brotes de primavera con infinita tristeza. Ya no podía continuar ocultando su secreto. Quintin se tornó lívido cuando ella decidió abandonar las excusas para justificar su peso y admitió, por fin, la verdad.

—¿Un hijo? —preguntó su hermano con irritación—. ¿Darás a luz un hijo de ese normando?

—Mi hijo.

—¡Me mentiste, Brigitte! —bramó Quintin.

Era ésa la principal causa de su ira: su hermana le había mentido por primera vez en la vida. La muchacha le había ocultado la noticia de su estado desde su regreso a Louroux, aún cuando ya lo había sabido entonces, puesto que llevaba cuatro meses de embarazo.

—¿Por qué? ¿Por qué me mentiste? —inquirió el joven.

Brigitte trató de mantenerse insensible frente al angustiado tono de la voz de su hermano.

—¿Acaso habrías abandonado Montville si te hubiese revelado la verdad?

—Claro que no. —Quintin se sentía realmente perturbado.

—Allí tienes la respuesta, Quintin —le explicó la joven con frialdad—. No iba a permitir que lucharais por mi honor cuando fui yo quien entregué ese honor. No había razón para librar una batalla.

—Pero, ¿en qué otra cosa me mentiste?

La muchacha bajo los ojos, incapaz de enfrentar la mirada acusadora de su hermano.

—Te oculté mis verdaderos sentimientos —admitió finalmente—. Estaba furiosa ese día. Odiaba a Rowland por haberse enfrentado a tí. Me sentía tan herida, que deseaba morir.

—Y, aun así, le defendiste ante mí.

—Sí —murmuró ella con suavidad.

Quintin se marchó, dejando sola a Brigitte con sus lágrimas. Había decepcionado a su hermano, y eso desgarraba el corazón de la joven. Sólo ella sabía cuánto añoraba la presencia de Rowland. Oraba día tras día, implorando que él regresara a su lado. Pero, ¿cómo podría explicárselo a Quintin?

41

Rowland se desperezó e, instantáneamente, dejó escapar un ronco gruñido. Por lo visto, la molestia de la herida aún no estaba dispuesta a abandonarle. Echó una mirada de soslayo a su hermano y le encontró sonriente.

—Apuesto a que no tienes ninguna cicatriz, o mi dolor no te divertiría tanto, hermano —gruñó Rowland.

—Ganas esa apuesta —le aseguró Evarard con una breve risita—. Jamás he adoptado la guerra como una forma de vida. No siento compasión por aquéllos que lo hacen y luego, gruñen borrachos cuando los aquejan las heridas.

—Conque gruñen borrachos, ¿eh? —refunfuñó Rowland con malhumor—. ¡Jamás me verás gruñendo borracho por un simple dolor!

—Oh, no, sólo por ella.

Rowland frunció el entrecejo.

—No deseo hablar de ella. Te revelé más de lo que debía anoche.

—Cuando estabas gruñendo borracho —acotó Evarard con una carcajada.

Rowland se incorporó abruptamente y, de inmediato, dio un respingo ante la intensa punzada de dolor. Hacía apenas dos meses que había recibido la herida y ésta aún no había cicatrizado.

—Puedo prescindir de tu jocosidad —afirmó con tono brusco.

Evarard permaneció impávido frente al mal genio de su hermano.

—¿Donde está tu sentido del humor, hombre? ¿Se fugó acaso con tu bella dama?

—Evarard, te juro que si no fueras mi hermano, ¡te despedazaría! —gruñó Rowland, cerrando los puños—. No vuelvas a mencionarla.

—Precisamente porque soy tu hermano puedo hablarte con sinceridad —afirmó el otro joven con tono serio. Con seguridad, lo pensarías dos veces antes de asestarme un puñetazo en la cara, porque sería como golpearte a ti mismo.

—No estés tan seguro, hermano.

—¿Lo ves? —La expresión de Evarard se tornó muy solemne—. Reaccionas con irritación cuando yo sólo estoy bromeando. Abrigas una intensa ira en tu interior, Rowland, y la dejas vivir en lugar de combatirla.

—Tu imaginación es demasiado activa, Evarard.

—¿Eso crees? —se arriesgó a preguntar el gemelo—. Ella te abandonó. Prefirió marcharse con su hermano en lugar de permanecer a tu lado. ¿Me dirás que eso no te afectó?

—¡Ya basta, Evarard!

—Nunca volverás a ver a la dama. Eso no significa nada para ti, ¿eh?

—¡Basta! —bramó Rowland.

—¿No llamas a eso ira? —continuó Evarard, exponiéndose a un violento golpe, ya que el rostro de su hermano comenzaba a transformarse en una verdadera máscara de cólera—. Mírate, hermano. Estás a punto de derribarme sólo porque te hice notar que la furia te está consumiendo por dentro. ¿Por qué no acabas de una vez con tu vida? Es obvio que no deseas vivir sin esa mujer y, sin embargo, no haces ningún esfuerzo por recuperarla.

—Maldito seas, Evarard. Dime cómo podría recuperarla si me desprecia. ¿Como podría siquiera acercar-

324

me a ella cuando su hermano está dispuesto a matarme apenas me vea?

—Ah, Rowland, esos son sólo obstáculos que tu propia imaginación exagera. Ni siquiera lo has intentado. Temes fracasar. El fracaso sería de veras el final. Pero tú no sabes si fracasarías, y nunca lo sabrás si no haces el intento.

Ante el completo silencio de su hermano, Evarard prosiguió.

—¿Y si la dama se siente tan desolada como tú? ¿Y si la ira de su hermano ya ha comenzado a apaciguarse? Si cometiste errores, debes disculparte ante la joven. Puede que ella entienda más de lo que supones. Pero, ¿cómo lo sabrás si no vas a verla? Ve. Ve a Berry, Rowland. Habla con el hermano y, luego, exprésale a la muchacha tus sentimientos. No tienes nada que perder, pero si no vas, entonces todo estará perdido.

A medida que se acercaba más y más a Louroux, Rowland reflexionaba sobre su conversación con Evarard. La sensatez de su hermano le había hecho comprender cuán obstinado y tonto era su comportamiento.

Ya había comenzado el verano. Durante demasiado tiempo, había aceptado su infortunio sin intentar modificarlo. Durante demasiado tiempo, había estado separado de Brigitte, permitiendo que la ira le consumiera.

—Lord Rowland de Montville, milord —anunció Leandor con inquietud.

Rowland siguió al hombre hasta la sala y, al verle, Quintin se incorporó abruptamente, al tiempo que se llevaba una mano a la espada.

—No aceptaré el reto si me desafías, barón —se apresuró a advertir Rowland. Quintin quedó sin habla, azorado ante la aparición de ese joven. Jamás hubiese imaginado que el normando pudiera ser tan imprudente de presentarse en Louroux. Después de todo, él era el lord allí y, lo deseaba, podía encerrar a ese hombre para no liberarle jamás.

—O bien ya no tienes deseos de vivir o eres el tonto más grande de toda la cristiandad —afirmó Quintin cuando por fin logró recuperar el habla—. No te había tomado por un tonto, Rowland. Claro que me equivoqué contigo desde el principio. Confié en ti, y me enseñaste una valiosa lección.

—No vine aquí para pelear contigo, milord —le aseguró Rowland—, sino para hacer las paces.

—¿Las paces? —bramó Quintin, irritado ante la calma de su inoportuno visitante. Sin titubear, asestó un violento golpe en el rostro del fornido hombre. Pero Rowland permaneció sin inmutarse, tratando de controlar su mal genio.

—¡Maldito seas! —gruñó el anfitrión—. ¿Cómo te atreves a presentarte en mi casa?

—Vine porque la amo —confesó Rowland con firmeza. Le sorprendió la facilidad con que podía pronunciar esas palabras, y decidió repetirlas—. Amo a Brigitte. La quiero por esposa.

Quintin estuvo a punto de atragantarse ante semejante revelación.

—También la quisiste para satisfacer tu apetito carnal, ¡y no dudaste en violarla! ¡La tomaste por la fuerza!

—¿Te dijo ella eso?

—La poseíste, ¡y eso habla por sí solo!

—Jamás fui violento con Brigitte —afirmó Rowland—. No fui gentil al principio, lo reconozco, porque era yo un hombre muy rudo entonces. Pero, en poco tiempo, tu hermana logró cambiarme, hasta que sólo comencé a sentir desesperados deseos de complacerla.

—Eso ya no es importante.

Rowland perdió la paciencia.

—¡Maldición! Ponte en mi lugar. Druoda me entregó a Brigitte y creí que esa mujer era tu hermana. La muchacha se convirtió entonces en mi sierva. Viajar solo con ella hasta Montville fue un verdadero tormento, tal como hubiese sido para cualquier hombre forzado a enfrentarse a semejante belleza. Al igual que la joven, creí que ya la había desvirgado aquí, en Louroux. Tal vez, si hubiera sabido que aún era virgen, no le hubiese poseído...no sé, no puedo afirmarlo. Pero no fue ése el caso. ¿Acaso nunca has llevado a una mujer a tu cama sin pedirle en consentimiento?

—Estamos hablando de mi hermana, no de una mera sierva, obligada desde el nacimiento a servir a su amo. Brigitte es una dama de alta alcurnia, y ninguna dama debe sufrir el tormento a que tú la has expuesto.

—Ella me perdonó —aseveró Rowland.

—¿En serio? No podría asegurarlo, puesto que jamás te menciona.

Mi pelea contigo es lo que la volvió en contra de mí. —Explicó el lord de Montville.

—Lo mismo da, puesto que no volverás a verla jamás.

—Sé razonable. Ofrezco matrimonio. Soy el lord de Montville ahora y poseo además un inmenso patrimonio en Cernay. Como mi esposa, Brigitte lo tendría todo, especialmente amor. Estoy dispuesto a dedicar toda mi vida en compensar el daño que le he ocasionado. El pasado ya no puede modificarse. Pero puedo, sin embargo, jurarte que jamás volveré a causarle penas.

—Ya no hay forma de remediar lo que has hecho con Brigitte —afirmó Quintin con frialdad.

—¿Qué opina ella?

—Eso no tiene importancia.

Rowland volvió a perder la paciencia.

—Al menos, ¿me permitirás verla?

—¡Ya te dije que no volverías a verla jamás! Ahora, vete de aquí, normando, cuando aún estoy dispuesto a dejarte marchar libremente. No olvides dónde te encuentras.

—No lo olvido, barón —afirmó Rowland con calma, mirando al otro hombre fijamente—. Brigitte significa para mí mucho más que mi propia vida.

Tras ese comentario, se volvió y se retiró inmediatamente de la sala. Quintin le observó en silencio, pero no tuvo tiempo de meditar las sentidas palabras del normando, ya que su hermana irrumpió de repente en la sala. ¡Maldición! Lo último que necesitaba Brigitte era enfrentarse a ese bellaco. La muchacha parecía muy desdichada e irascible últimamente.

—Dice Leandor que tenemos una visita —comentó la joven, al tiempo que se acercaba a su hermano.

—Leandor está equivocado —afirmó Quintin con más brusquedad de la que hubiese deseado.

¿Equivocado?

—Era sólo un mensajero —explicó el hombre. Un joven se había presentado esa mañana sin que su hermana se hubiese enterado—. Arnulf organizará un festejo el mes entrante. Se celebrará la boda de una sobrina. Me ha invitado a la fiesta.

—Entonces, puede que no estés aquí cuando...

—No —la interrumpió él con rudeza—. Puede que no.

Quintin abandonó la sala de inmediato. Le incomodaba hablar del nacimiento. Le avergonzaba el estado de su hermana; le abochornaba saber lo que le habían hecho a la muchacha, pero ante todo, le fastidiaba que el hombre que la había poseído aún continuara con vida. Cada día que pasaba, le resultaba más y más difícil ponerse frente a Brigitte. La joven era consciente de su fracaso en sus intentos de vengarla. Ella había fingido restar importancia al asunto, pero Quintin conocía a su hermana y sabía cuáles debían de ser sus sentimientos. Sin embargo, no podía culparla por haber perdido la fe en él.

42

Brigitte se encontraba caminando lenta e indolentemente por el huerto. Una y otra vez, intentaba atrapar las hojas secas del otoño que revoloteaban hacia el suelo. Luego, se llevaba las manos al vientre, ahora nuevamente plano. Durante un largo tiempo había llevado su carga, pero ya todo había culminado. No había sido un alumbramiento difícil, según las palabras de Eudora. La opinión de Brigitte había sido diferente en el momento, ¡oh, sí! muy diferente.

Sin embargo, la muchacha ya no recordaba ese dolor y se sentía muy feliz como madre. Empero, cuando se encontraba sola, una inmensa sensación de desdicha la abrumaba. Detestaba pensar en Rowland, pero, aun así, no lograba olvidarle. Odiaba la pena que ese hombre le había causado, odiaba sentir el anhelo de tenerle a su lado, pero no podía sino pensar en él constantemente.

Brigitte creyó estar imaginando cuando vio a un jinete acercarse a la entrada de Louroux. La muchacha caminó por entre los árboles hasta los límites del huerto, con la certeza de que la visión no tardara en desaparecer. Algo en el caballo le recordaba al gigantesco Huno. Se regañó a sí misma por permitir tanto vuelo a su imaginación.

Se recogió las faldas para dirigirse hacia la mansión. Aceleró el paso gradualmente, hasta atravesar corriendo los inmensos portalones. Al llegar al patio, se detuvo de repente, ya que reconoció al enorme caballo que un encargado conducía hacia el establo. El jinete ya había desaparecido. El corazón de la joven comenzó a latir con violencia. Corrió entonces hasta la sala y, al atravesar las puertas, volvió a detenerse abruptamente.

—¡Rowland! —exclamó.

Sin embargo, nadie pudo oírla frente a los feroces gritos de su hermano. Ambos jóvenes se encontraban enfrentados a unos escasos metros de distancia: Quintin, enfurecido y Rowland, listo para extraer su espada.

—¡Deténte! —exclamó Brigitte, al tiempo que corría hacia los hombres—. ¡Te ordeno que te detengas! —Empujó a Rowland, quien retrocedió sin apartarle la mirada. Luego, ella se volvió hacia su hermano—. ¿Qué significa todo esto?

—El no es bienvenido aquí.

—¿Serías capaz de expulsarle —preguntó la joven con irritación— sin saber por qué ha venido?

—¡Sé muy bien por qué vino!

—¿Por qué?

—Por tí.

Rowland había respondido. Brigitte se volvió para mirarle y continuó observándole durante un largo instante incapaz de apartar la mirada, al tiempo que el hombre la devoraba con sus oscuros ojos azules.

—Déjanos solos. Quintin —murmuró la muchacha, sin mirar a su hermano.

Quintin la sujetó del brazo y le forzó a mirarle.

—No te dejaré sola con él.

—Me agradaría hablar con Rowland en privado Quintin.

—No.

—Tengo derecho. Ahora, déjanos solos. Por favor.

Quintin se sintió furioso, pero, aún así, aceptó marcharse.

—Estaré cerca si me necesitas, Brigitte.

—Maldición —gruñó Rowland, tan pronto como estuvieron a solas—. Tu hermano es un agresivo y obstinado...

—Cuidado, Rowland —le interrumpió Brigitte con una expresión helada en sus ojos azules.

—Comenzó a gritar no bien entré. Si tú no hubieses llegado en ese instante, yo hubiera...

El muchacho enrojeció con un intenso sentimiento de culpa y la hostilidad en los ojos de la joven logró silenciarle.

—Sé exactamente lo que hubieses hecho, Rowland —afirmó ella con calma—. Te conozco muy bien. Hubieras desafiado a mi hermano.

—No, —le aseguró él de inmediato—. Sólo intentaba detener sus gritos.

—Sólo dime por qué has venido —le ordenó la muchacha con brusquedad.

Rowland exhaló un profundo suspiro. El comienzo había sido lamentable. Pero Brigitte se encontraba por fin ante sus ojos y, ¡oh, Dios!, qué hermosa se veía, incluso más hermosa de lo que él creía recordar.

—No sabes cuánto te extrañé, *chérie* —confesó él impulsivamente, sorprendiendo a la joven con tan súbita revelación.

Rowland no había planeado comenzar de ese modo. Las palabras habían fluido por propia voluntad, y habían tomado desprevenida a la muchacha.

—Hemos estado separados durante muchos meses, Brigitte —prosiguió él con dulzura—. En realidad, me parecieron años... el tiempo se tornó irresistiblemente largo sin tu compañía.

Brigitte entrecerró los ojos.

—¿Acaso esperas que yo crea que me has echado tanto de menos?

—Todo eso es verdad, y mucho más —le aseguró él con ternura—. Deseo que regreses a casa conmigo. Luthor ha muerto y ahora Montville me pertenece.

Los ojos de la muchacha se dilataron.

—¿Luthor está muerto? Tú no...

—No, no fui yo. Thurston apareció en la primavera, y se desató una batalla. Me ocupé de vengar a Luthor. Descubrí que... amaba al anciano más de lo que creía.

—De veras siento lo de Luthor —murmuró la muchacha con franqueza—. ¿Murieron muchos?

—No, hubo más heridos que muertos. Pero Thurston y Roger, ambos cayeron bajo mi espada. Ya no volverán a fastidiarnos.

—¿Roger está muerto?

—Me apuñaló y le ataqué en acción refleja. Ni siquiera alcancé a verle antes de caer.

—¿Tú caíste? ¿Te hirieron entonces? —Los ojos de Brigitte examinaron temerosos al hombre.

—En la espalda —respondió Rowland pausadamente.

—¿De modo que volvió a atacar por la espalda, tal como sucedió en Arles?

—¿Tú sabes eso?

Ella le lanzó una mirada fulminante.

—Un pequeño detalle que jamás mencionaste... ¡mi hermano te salvó la vida! Y tú le correspondiste con gran amabilidad, ¿no es así? —agregó la joven con amargura.

—Brigitte...

—Admito que no sabías que yo era su hermana, pero suponías que él era mi señor. Creías que él deseaba desposarse conmigo y, aún así, ¡me arrebataste de Louroux! Le traicionaste, Rowland.

—Lo hice sin saber, Brigitte, cuando se daba por sentado que yo te había violado aquí, Ya todo estaba hecho y no podía modificarse. ¿Acaso crees que me sentía orgulloso? Estaba furioso conmigo mismo no sólo por eso, sino también por traicionar a tu hermano al alejarte de aquí. Pero, ¿qué otra cosa podía hacer? Druoda amenazó con matarte si te dejaba en Louroux. ¿Qué hubieses hecho tú en mi lugar?

—Hay algo que sí podrías haber hecho, Rowland, ¡podrías haber renunciado a mí cuando Quintin fue a buscarme en lugar de librar un combate?

—No era tan sencillo, *cherie* —murmuró Rowland

con dulzura—. No podía entregarte, no cuando creía que él deseaba desposarse contigo. Yo te quería por esposa.

Brigitte se volvió, y las palabras continuaron retumbando en sus oídos. "Yo te quería por esposa".

Rowland confundió la reacción de la muchacha con un arrebato de ira.

—Nunca me atrevería a desafiar nuevamente a Quintin, Brigitte, sabiendo ahora que es tu hermano. Traté de hacer las paces con él, pero se rehusó a escucharme. Le ofrecí casarme contigo y se negó. No puedo luchar por ti, y Quintin nunca aceptará entregarte a mí. Brigitte, quiero convertirte en mi dama. Jamás he deseado nada tanto como te deseo a ti.

Los ojos de la joven se llenaron de lágrimas. ¿Cuántas veces había implorado oír esas palabras? Pero ya había trascurrido demasiado tiempo y ella había detenido sus ruegos. Se sentía herida en su orgullo. Ahora su corazón sólo abrigaba amargura, porque Rowland le había abandonado. Durante todo el embarazo, durante esos largos meses en que tanto le había necesitado, él había estado ausente.

—Ya es demasiado tarde, Rowland —susurró finalmente.

El corazón del muchacho se detuvo.

—¿Te has casado?

—No.

—Entonces, no es demasiado tarde —afirmó él, aliviado.

De inmediato, extendió los brazos para tomar a la muchacha, pero ella se puso rígida y, apartando el rostro hacia un lado, le suplicó:

—No me toques, Rowland. No tienes derecho a venir aquí ahora y proponerme matrimonio. ¿Dónde estabas todos esos meses cuando...cuando... —Un nudo se le atascó en la garganta y amenazó con sofocarla. Sintió deseos de llorar y se resistió con desesperación—. No me casaré contigo, Rowland. Deberías haber llegado antes cuando... cuando aún sentía algo por ti. Ahora ya... ya no siento nada.

Rowland la tomó de los hombros con furia y la forzó a mirarle.

—Yo vine antes, meses atrás, ¡pero tu hermano me echó! He estado vagando desde entonces. No pude regresar a casa. Mi hogar ya no significa nada para mí si tú no estás allí.

La joven sacudió la cabeza con violencia.

—No te creo. Quintin me lo habría dicho si de veras hubieras venido aquí antes.

—¡Maldición, Brigitte! —bramó el muchacho—. ¡Yo te amo!

—Si en verdad me amaras —gritó ella—, ¡me habrías buscado antes!

Desesperado, Rowland la atrajo bruscamente hacia si para apoderarse de los delicados labios de la joven en un salvaje beso. El le había abierto el corazón y ella intentaba destrozarle. Esa muchacha le estaba desgarrando.

Brigitte forcejeó con violencia, hasta que él se vio forzado a liberarla. Ella le condenó con la mirada cuando habló.

—No debiste hacer eso. Yo ya no te amo, Rowland.

El reunió los últimos restos de su orgullo y se volvió, para alejarse de la joven sin siquiera mirar atrás.

—¡Oh, Dios, no me importa! —gritó ella hacia la sala vacía.

—¿Qué no te importa?

Brigitte se volvió, para encontrar a su hermano de pie junto a la puerta, y cerró con fuerza los puños para controlar sus arrolladores deseos de llorar.

—No me importa que Rowland se haya marchado —repitió con firmeza.

—Me alegra oír eso —afirmó Quintin, aunque su voz reveló una marcada nota de incertidumbre.

Elhombre se sentía tan abrumado por el remordimiento, que no supo cómo reaccionar frente a su hermana. Había oído toda la conversación, y hubiese deseado no hacerlo. La conocía muy bien a la muchacha. Brigitte, en realidad, no había sentido todo cuanto había dicho a Rowland. ¿Por qué su propio hermano no había sido capaz de comprender cuánto amaba ella a ese hombre? ¿Por qué había sido tan necio de permitir que la ira le cegara?

Sin embargo, aún no era demasiado tarde para enmendar los errores. Pero, ¿como podría confesar a la muchacha su terrible pecado? ¿Acaso la revelación la volvería en su contra? Finalmente, Quintin se armó de coraje y decidió enfrentarse a ella.

—Jamás he conocido a un hombre con tanto valor como tu Rowland —comenzó a decir—, ni con tanto amor.

—¿Qué significa eso?

—El ya vino aquí una vez, Brigitte, hace varios meses. No te lo dije porque creí que te perturbaría, especialmente en tu estado. Trató de hacer las paces conmigo, pero yo me negué. Le advertí que no regresara nunca, pero, como ves, él no escuchó mi advertencia. Y ahora sólo puedo suplicarte perdón por no habértelo contado. El es un bruto bárbaro, pero si lo quieres, haré que regrese.

—¡Oh, Dios, Quintin! —Brigitte liberó por fin sus lágrimas—. ¿No crees que será demasiado tarde?

—Le detendré.

—¡No! —exclamó la muchacha—. Yo soy quien debe detenerle.

Brigitte salió corriendo de la sala. Quintin la siguió hasta la puerta y le observó atravesar velozmente el patio hasta el portalón, para luego perderla de vista. El joven se forzó a permanecer en su lugar. No deseaba volver a interferir en el destino de su hermana.

Rowland se alejaba más y más, cabalgando por la ruta, pero aún se encontraba lo suficientemente cerca como para oír los frenéticos alaridos de la joven. Sin embargo, él no se detuvo. Ni siquiera se dignó a mirar atrás.

Brigitte le siguió, gritando su nombre una y otra vez. Su condenado orgullo había causado la partida del hombre. ¡Al diablo con ese orgullo! La muchacha comenzó a sollozar, temerosa de que fuera demasiado tarde, temerosa de haberle herido irremediablemente.

—¡Rowland, por favor!

De pronto, tropezó con las faldas y cayó, sollozando con desesperación. Se incorporó, pero él había continuado alejándose y, entonces, dudó de que pudiera oírla.

—Rowland ...¡regresa!

Ese fue su último lastimoso grito, y el joven lo ignoró. Entonces, Brigitte se desplomó sobre las rodillas en medio de la ruta, con la cabeza gacha, derrotada y el cuerpo temblando con angustiados sollozos.

No advirtió que Rowland se había vuelto, para encontrarla echada en el camino. El se detuvo, vaciló durante unos instantes y regresó velozmente hacia ella. Brigitte oyó el galope del caballo y se puso de pie, pero la ira reflejada en el rostro de Rowland le impidió hablar.

—¿Qué locura es ésta? —preguntó él con furia—. ¿Tienes acaso más palabras hirientes para desgarrarme el corazón?

Brigitte no pudo culparle. Había sido despiadada.

—Rowland... —Se acercó con vacilación y, tras colocarle una mano sobre la pierna, le miró con expresión suplicante—. Rowland, te amo.

Los ojos del hombre ardieron más intensamente.

—Entonces —comenzó a decir él con tono helado—. ¿qué se supone que debo hacer yo ahora? ¿Pedirte que seas mía una vez más, de modo que puedas volver a rechazarme? ¿Acaso no te bastó una estocada del cuchillo?

—Rowland, me sentí herida porque te había llevado demasiado tiempo venir a buscarme. Oré mucho por tu regreso y finalmente abandoné los ruegos. Me sentía desdichada y comencé a abrigar un intenso rencor porque creí que ya no me querías. Traté con desesperación de olvidarte, pero no lo logré.

—Si me amaras, Brigitte, no me habrías rechazado.

—Era la voz de mi orgullo herido la que hablaba. Sentía que si de veras me amabas, hubieras venido antes por mí.

—Eso hice.

—Ahora lo sé. Quintin acaba de confesarlo. No me lo dijo antes porque no sabía que yo te amaba. Nunca me atreví a revelarle mis verdaderos sentimientos porque él se negaba a perdonarte.

—¿Quieres decir que tú sí me perdonaste por lo que sucedió con tu hermano?

—Te amo, Rowland. Sería capaz de perdonarte todo... Por favor, no permitas que tu orgullo se interponga entre nosotros, tal como yo lo hice... De lo contrario, ¡moriré!

Rowland se apeó del caballo para estrecharla en un fuerte abrazo.

—Mi joyita —le susurró con voz ronca—. Ningún hombre de esta tierra podría amar a una mujer tanto como yo te amo. Serás mía para siempre. Ya nada en el mundo puede impedirlo, ahora que sé que tú también me amas. —La miró fijamente a los ojos—. ¿Estás segura? ¿No tienes dudas?

—Me siento segura, muy, muy segura —afirmó ella con una sonrisa.

Rowland rió con deleite.

—Ahora podemos regresar a casa.

43

Quintin no se sorprendió al ver a su hermana y al joven entrar en la sala íntimamente abrazados, pero la expresión de dicha extática en el rostro de Brigitte le dejó sin habla.

La pareja se detuvo en el centro del salón, y Rowland miró al otro joven con cautela. Entonces, Quintin se incorporó abruptamente.

—Por el amor de Dios, Rowland. No soy un perverso ogro. —Sonrió con afabilidad—. Y tampoco soy tan necio como para no admitir que estaba equivocado. Deseo la felicidad de Brigitte, y puedo ver que sólo contigo será feliz.

—¿Contamos con tu bendición, entonces?

—Mi bendición y mis más sinceros deseos para una larga y dichosa vida juntos —afirmó el hombre con calma.

—Ya ves por qué amo tanto a Quintin. —Brigitte sonrió y se aproximó a su hermano para abrazarle con fuerza—. Gracias, Quintin.

—No me lo agradezcas, pequeña. Sólo siento que hayas estado tanto tiempo separada del hombre que amas. Espero que puedas perdonarme por toda la pena que te he causado.

—Claro que te perdono. Ahora tengo a Rowland y ya nada volverá a separarnos.

Quintin le sonrió con cariño.

—¿Y ya le hablaste acerca de...?

Brigitte se volvió hacia Rowland y le tomó de la mano.

—Ven. Tengo una agradable sorpresa para tí.

Condujo al hombre por las escaleras y luego, por el corredor, hasta detenerse frente a una puerta cerrada. En el suelo, se hallaba tendida una gigantesca bestia peluda.

—Espero que no me hayas arrastrado hasta aquí sólo para mostrarme a Wolff —bromeó Rowland con fingida severidad.

La muchacha sonrió y su mirada se topó con los oscuros ajos azules de su amado.

—No, no se trata de él.

—Entonces, con seguridad, eso puede esperar —murmuró el muchacho con voz ronca para luego besarla apasionadamente.

Empero, Brigitte se apresuró a disligarse del abrazo.

—Rowland, por favor... —Esbozó una dulce sonrisa, sacudiendo la cabeza, y luego abrió la puerta con sumo cuidado. Le condujo hacia el interior del cuarto y le arrastró hasta el centro de la habitación, donde se encontraba una cuna totalmente revestida con delicados encajes blancos.

Rowland frunció el entrecejo, confundido.

—¿Bebés? ¿Me trajiste hasta aquí para ver unos bebés?

—¿No son hermosos?

—Supongo que sí —gruñó el muchacho.

Brigitte se inclinó sobre la cuna para tomar una de las diminutas manecitas.

—Se parecen, ¿no es verdad?

—Eso creo.

—¿No los ves indénticos?

Rowland miró alternativamente cada uno de los pequeños rostros y, entonces, notó que los cabellos rubios, los diminutos ojos oscuros, todos los rasgos eran en verdad idénticos. De pronto, comprendió y soltó una carcajada.

340

—¡Ja! ¡Son gemelos! Quisiste mostrarme dos bebés gemelos, como Evarard y yo.

La muchacha se sintió decepcionada. El no había comprendido.

—Estos gemelos son muy especiales. —Levantó uno de los bebés para entregárselo a Rowland. —Esta es Judith. Toma, sujétala.

—¡No! —El retrocedió, alarmado.

—No te lastimará, Rowland —le aseguró Brigitte con una sonrisa.

El frunció el entrecejo.

—Es un bebé muy pequeño. Soy yo quien podría lastimarla.

—Tonterías.

Aun así, la joven decidió no presionarle. Era obvio que Rowland jamás había alzado antes un bebé, pero debería aprender. Volvió a colocar a Judith en la cuna y levantó al otro pequeño.

—Y éste es Arland.

—¿Un niño? —preguntó el joven, aturdido.

—Un niño —asintió ella, divertida.

—Pero dijiste que eran gemelos.

—Así es.

Rowland volvió a observar a los bebés con más detalle, y preguntó con vacilación:

—¿Cómo supiste cuál era cuál?

Brigitte volvió a colocar a Arland en su cuna y le cosquilleó festivamente la diminuta pancita.

—Lo sé, Rowland. Y, muy pronto, tú también aprenderás a reconocerlos. —Miró al joven con expresión expectante, pero advirtió que él aún no había adivinado. Entonces, agregó significativamente: Creo que ambos se parecen a tí.

En ese instante, todo se aclaró para Rowland y, de inmediato, su rostro empalideció.

—¿Tuyos... y míos?

—Nuestros hijos, mi amor.

El la arrojo hacia sí, para observar a los niños por encima del hombro de la joven.

—Y pensar que debiste hacer frente a todo esto sin mí... Jamás imaginé que... —De pronto, apartó a la muchacha bruscamente—. ¿Y hubieses permitido que me marchara de aquí sin siquiera saber lo de los niños?

—Así es —admitió ella, alzando el mentón con su acostumbrada actitud desafiante.

Rowland sacudió la cabeza.

—Eres una bruja obstinada —afirmó, dejando escapar un suspiro de resignación.

—En efecto —reconoció Brigitte, curvando los labios.

El hombre volvió a tomarla entre sus brazos para hablarle con infinita ternura.

—Pero eres mi bruja obstinada. ¡Mía! —La abrazó con más fuerza—. Y ellos son míos, un hijo y una hija, dos joyas de mi joyita. ¡Eres maravillosa, Brigitte! Y cuánto te amo, milady. ¡Oh, Dios, cuánto te amo! Nunca me separaré de ti.

De inmediato, Rowland selló esa promesa con un apasionado beso y Brigitte no tuvo oportunidad de expresarle cuánto le amaba ella también. Pero se lo diría más tarde, y una y otra vez, durante el resto de sus vidas.

HABÍA UNA VEZ UNA PRINCESA

JOHANNA LINDSEY

Tanya, una hermosa y exótica joven, trabaja como sirvienta en una taberna de Mississippi. Allí llegará el príncipe Stefan Barany, quien junto a sus hombres tratará de secuestrarla... Ella ignora su sangre real, no sabe que es la princesa Tatiana Janacek, nacida en una lejana región de Europa Oriental. El príncipe Stefan intentará devolverla al trono y casarse con ella. Una mágica e inolvidable historia de amor.

TIERNA FUE LA TORMENTA

JOHANNA LINDSEY

Él es Lucas Holt: un hombre musculoso, arrogante, de aspecto salvaje pero también peligrosamente atractivo, que ha solicitado una esposa por correo. Ella es Sharise Hammond: una hermosa y excitante mujer que intenta escapar del matrimonio por conveniencia que su padre le ha impuesto. Ambos desconocen las oscuras intenciones del otro, aunque persiguen el común objetivo de utilizarse mutuamente. Pero la fuerza del deseo truncará sus planes y les hará vivir una historia de amor más allá de los límites sociales.

LA MUJER DEL GUERRERO

JOHANNA LINDSEY

Corre el año 2139. La bella e intrépida Tedra De Arr deja su planeta Kystran en busca de ayuda para liberarlo de la brutalidad de sus invasores. Experta en el combate, aunque no así en el amor, la hermosa amazona vuela hacia un mundo donde los guerreros son los únicos soberanos. Allí caerá en los brazos del bárbaro Challen Ly San Ter. Challen, un magnífico ser primitivo, logrará triunfar donde ningún varón de Kystran lo había hecho, seduciendo, enamorando, cautivando el joven corazón de Tedra. Ella vivirá una pasión sin precedentes que la conducirá a salvar su mundo esclavizado.